中國詩學——鑑賞篇

黃永武著

巨流圖書公司印行

國立中央圖書館出版品預行編目資料

中國詩學．鑑賞篇／黃永武著．－－一版．－－臺
北市：巨流，民65
面；　公分
參考書目：面
ISBN 957-9464-64-2（平裝）

1. 中國詩－歷史與批評

821　　　　80001178

民國65年10月一版一印
民國82年9月一版十一印

中國詩學 鑑賞篇

著　者：黃永武
發行人：熊　嶺
出版者：巨流圖書公司
地　址：100 臺北市博愛路25號312室
電　話：(02)371-1031 314-8830
郵　購：郵政劃撥戶01002323
傳　眞：(02)381-5823

國際書號：ISBN 957－9464－52－9（平裝）

出版登記證：局版臺業字第1045號
著作權登記證：臺內著字第9449號
定價：240元

中國詩學——鑑賞篇

目次

作者的心境

自序——談詩的鑑賞角度

詩歌的鑑賞活動，可以說人人都會，也可以說不是人人都能的。怎麼說呢？如果鑑賞完全是以讀者個人趣味爲中心，這種印象式的鑑賞，是人人都能的；但如果要透過字義詮釋的層次、透過結構美感的層次、透過性向風格的層次、透過道德判斷的層次、直與作者的心弦發生生命的共振，則這種鑑賞斷非人人皆能。

現代的詩歌研究，無論是詩的設計、鑑賞、考據，莫不須注意方法：考據須遵循科學的方法，設計須了悟藝術的原則，而鑑賞則須將科學性、藝術性的法則兼備並用。每一首詩，可以從多種角度作爲鑒賞的著眼點，如歷史故實的考求、社會背景的探究、作者心理的分析，這些是鑑賞作品的前提，都有其科學的方法；又如章句結構的析論、音響美感的探索、境界層次的闡述，也是鑑賞作品的要點，都有其藝術的法則。有了這些法則，未必能作完全的欣賞，但沒有法則，只能求盲目的偶合，然而法則的深諳，就不是人人皆能的。

所謂鑒賞的法則，究竟是指那些呢？試舉權德輿的玉臺體詩來說明，這是一首以率直賦體寫成的詩：

昨夜裙帶解，今朝蟢子飛。鉛華不可棄，莫是藁砧歸？

前人的鑑賞，大部分在注釋何謂「玉臺體」，或者特別討論「藁砧」何以是「夫壻」的轉折隱語，都著重於字義解釋的層次，能够聯想到「女爲悅己者容」，或者批評它「俗不傷雅」的，涉及到內容風格的批評，已經是難能可貴了。

事實上，本詩還可以從許多角度加以分析：譬如每一句的動詞位置就很特別，都安排在句末第五字，幸好第三句沒有寫成「勿將鉛華棄」（姑不論其平仄），否則四句詩的句型完全類似，虛字實字安排的位置過分一致，聲調節奏便呆滯重複，「複調」原是詩中的毛病，但本詩一二四句的「複調」反使本詩表現出古拙的民謠風味。

再就本詩所寫時間的順序來看，完全是直線敍下的，先說過去的「昨夜」，再說眼前的「今朝」，再推想到預測中的未來。直線式的時間行進，表達出簡單淳樸的意味。詩中所說過去與現在，是實有的事，已經發生，未來的推測則是虛敍的事，可能發生，結尾只作一個疑問句，這個問號不曾因獲得解答而消失，反使不竭的餘情在空際迴盪。

同時也可從本詩窺見唐代婦人的心理，婦人沒有交遊，唯以丈夫爲生活的中心，丈夫不在時，由於航郵口訊的不便，婦人們直覺地重視「裙帶解」「蟢子飛」等等喜樂的瑞兆，與其批評那是一種迷信，還不如說是一種無可奈何的心理慰藉法。婦人能以毫不掩飾的口吻說出「裙帶解」「蟢子飛」，這種突然降臨的歡樂預感，使她望夫的眼神，充滿了閃爍的光彩。也正因用的是率眞的表現法，加濃了「古調」的韻味。

再從平仄格律上講，第一句的第四字拗成仄聲，按例必須以第二句第三字改爲平聲來救轉，但本詩「蟢」字却是上聲，這種例子極特殊，梅堯臣的夏日晚霽詩：「雨脚收不盡，斜陽半古城」，也許是學這詩的格律，這種特殊的格律，使節奏間特別明顯地流露出脫胎於古詩的痕跡，也加深本詩古風式的印象。

若再從本詩作者的性向去認識作品，史書上記載權德輿雖官至輔相，但是他「動止無外飾」（見唐才子傳卷五），這種自然瀟灑的風格，表現在本詩裏，自然沒有一絲矯情作態的習氣。

試再看李商隱的登樂遊原詩：

向晚意不適，驅車登古原，夕陽無限好，只是近黃昏。

這首簡短的詩，可供分析的方面仍很多，前人有的用旁圈密點的方式，有的用眉批夾注的方式，或是把這首好詩選出來，抄在選集裏，也算是完成了他個人印象式的欣賞，其中大部分只欣賞到「好景難長久」的含意方面，就擱筆不談了，這種體認雖不錯，但總嫌籠統，如果能分別從各種角度去透視，必然體認得更爲深刻。

譬如從音響方面說，第一句連用了五個仄聲字，是拗句，第二句的第三字就必須將仄聲換成平聲，藉以救轉這平仄失調的現象，本詩正用「登」字作了拗救。義山在平仄拗救方面，往往寓有深意，原來拗救的秘密就在於將拗口的音響與情感作一致的呼應，「向晚意不適」連用五個仄聲，五仄之中必須有入聲參雜，聲調才不致太低啞，這兒「不適」二個入聲字用在五仄的句尾，使全句的音響逼蹙迫促，充分形容出心中怏怏不樂的壓迫感。

再從時空情景方面說，詩題「登樂遊原」是著眼於空間性的，但詩中用了「晚」「夕陽」「黃昏」等三個重複的詞彙，使全詩又著重於時間性了。再看一二兩句正寫情事，三四兩句却用一幅以時間畫成的風景，攔截了將吐未吐的情事，使這不適的情感滲透入景物裏去，景物顯得十分淒美。

再就全詩情景的安排來看，原是因爲向晚的時分，加濃了「不適」的情緒，所以才驅車去登古原，意欲宣洩這不適的情緒，待欣賞到古原上絕美的夕陽，原本「不適」的心情正要暢快些，却無奈又有了「近黃昏」的悲哀！斜陽的美好與黃昏的短暫起了情節上的衝突，這矛盾衝突使「遣愁更愁」的心境進入了愁情的高潮。從首句不適起，到結句更愁止，適巧使意義廻環成一個圓。

上述這些分析，還都著重於詩的內在研究，如果從詩的外緣去研究，譬如想知道本詩所說的夕陽霞光，是不是「義山自傷年老之詩」？那就得考查義山作本詩是幾歲？想詳考年月，又須將本詩作繫年，並得考查樂遊原的地理位置，樂遊原既在長安附近，那就得考查義山幾歲在長安？最後一次到長安是不是在晚年？義山登樂遊原吟詩不止一次，集中所收至少有三首，春夢云云一首，馮浩以爲是少年時代的作品；萬樹云云一首作於深秋，也不像晚年到長安時所作。義山在四十七歲去世，最後一次到長安是四十五歲春天（大中十年，西元八五六年），夏秋間他便到洛陽去，唐人年過四十，往往自比「衰翁」，本詩如果能考定作於這一年，則距義山下世，不過二載，自然可說詩中寓有傷老的意思。

又譬如想知道本詩是否有「憂唐之衰」的意思，則首須知道義山是晚唐人，義山下世距唐祚覆亡，雖然尚有五十年，但是當時宣宗大中年間，鎭將跋扈，節帥被逐，唐室必亡，當時已有具體的徵驗。前人根據這些外緣的研究，認爲本詩中「遲暮之感，沈淪之痛，觸緒紛來」（楊守智評語），或認爲本詩「百感茫茫，一時交集，謂之怨身世，可；謂之憂時事，亦可」（紀昀評語），都將詩中「好景難長久」的意義，推深到歎老傷時的二重層次裏去，使鑑賞的視界寬闊了許多。果眞如此，這一首小詩裏，有着作者整個心境的縮影、整個時代的縮影，像太陽透過葉叢，在地上投射的每一個光影，都是太陽的縮影一樣。

從上述二詩的分析，可以知道詩的鑑賞方法是很多的，訓詁字義的認識，僅是粗淺的層面，如感不足，還可從作品內在的結構音響等方面去品鑑，如仍感不足，還可以從作品的外緣背景去認知。

訓詁字義的認識，是讀者開展其悟境的基礎；作品中結構音響等的認識，是深入作品詩境的梯階，至於作品歷史背景的考查、作者生活情操的認識，則是探索作者心境的神秘蹊徑。本書就是以讀者的悟境、作品的詩境、作者的心境三方面並重，來創建一套比較公允的鑑賞標準。

要想使讀者的悟境、作品的詩境、作者的心境三方面並重，則各種鑒賞的角度，均須兼顧並重。自從西方的文學批評成爲國內熱烈討論的課題以後，西方人所分：歷史論的、形式論的、社會文化論的、心理學的、及神話論等五個批評學派，已成爲國內談文學鑑賞者附響景從的芻像，其實這些流派，有些在中國久已存在，祇是旁見散出於各書，未曾刻意地標榜什麼門派，而西方所分的派別，其門戶及內涵或寬或狹，未必能各成大宗。再則所分的各派，如果不能互補短長，融通兼施，也只如盲人摸象，各執一偏而已。所以我想將中國自來對詩歌鑑賞的各種角度，重新分析歸納，釐成十類，如能將這十種角度，融通活用，相輔相成，自不必完全追隨西方，亦步亦趨，人云亦云。這些鑑賞詩歌的角度是：

以詮釋字義爲鑑賞

字義的詮釋、出典的查勘，是鑒賞詩歌最基礎的層面，然而自來許多有學養的詩評家。深信「詩可註而不可解」、「評點箋釋，皆後人方隅之見」，以爲箇中消息，只許自悟，不可道破，如吳雷發野鴻詩的、沈德潛唐詩別裁，都有類似的說法，所以許多詩評家都學李善注文選的詩那樣，只考經史典故及地理職官，使「原委燦然」，便算達到了鑒賞的目的。如果像劉辰翁摘取詩中一字一句來作評，被他們譏爲「醉翁囈語」；像金聖歎評唐才子詩，分前解後解，講承接照應，更是投以鄙夷的眼光。千百年來，他們是缺乏情趣地禁止了分析批評。這一派學者，自身對於詩的美感經驗，或許有不少會心之處，但只是混融一體，不求甚解。然而他們幾乎是傳統鑑賞的中堅，所著的書，以考查詩句的出處、標明典故的由來，來顯示其博學，對於詩旨的疏通，守着宋人所謂「於本文只添一二字而語意豁然」的原則。這種鑒賞，對於詩歌的本身僅是觸及，而未曾深入。當然，對於連字義也解不來的讀者或許有助益。但是今天由於工具辭書的發達，箋註出處或典故，事實上只是翻檢辭書而已，早沒有炫耀博學的價值了。

以考據故實爲鑑賞

考據故實本來是提供正確鑒賞的一項資料，僅屬鑒賞的前提，不該是鑒賞的終點。當然，從考據出發，也可以修正鑑賞時臆測的誤差，譬如利用宋代牟益的擣衣圖卷，可以幫助認識李白子夜歌「萬戶擣衣聲」是擣生絲爲熟絲，而不是洗衣服。利用出土的銅器，知道周代金奏之樂，天子與諸侯才並用鐘鼓，大夫與士只用鼓而不用鐘的，可以幫助認識詩經周南關雎的「窈窕淑女，鐘鼓樂之」，不是在描寫一般巷里平民娶新娘的情景，小序以爲是在讚美后妃，其身分是很適切的。又如詩經周南卷耳有「我姑酌彼金罍」的句子，從出土的銅器看來，金罍也的確是人君或宗廟的器皿，小序也以爲該詩是讚美后妃，仍有它堅強的理由。又如民國五十七年八月共匪發掘河北滿城的西漢中山靖王劉勝及其妻子竇綰的古墓，出土兩套「金縷玉衣」，證明金縷衣是陪葬的殉物，詩評家才知道杜秋娘唱金縷衣詩：「勸君莫惜金縷衣，勸君惜取少年時」，可能是勸人與其在死後穿鑲金綴玉的壽衣，不如惜取年少可愛的時光。有了這些名物故實的考據，對鑑賞自然極有助益，但考據畢竟不能等於鑑賞，像吳景旭的歷代詩話十集，只就一字一詞考據，至多引詩一句二句，很少討論到全首詩旨，他的著作，可作爲這一派詩評家中傑出的代表。

以選抄去取爲鑑賞

用選抄的態度去品評詩篇，無論是一代之中選數人、一人之中選數首、一首之中選幾句，或抄成一本詩選，或在全集中稍作圈記，那入選作品的多寡、圈圈點點的疏密，都寓有鑑賞的價值判斷在其間。孔子刪詩之說是不是可信，是另一個問題，但根據周南召南看來，詩篇的編次前後，恰與大學修齊治平的綱目相應合，可見現存的詩經，必然是經過儒家鑑賞後編選而成的讀本，編選時也必然有他鑑賞的尺度。其後徐陵編玉臺新詠十卷，蕭統編文選，錄詩十三卷，一愛新豔，一尙雅正，從選抄之中，便能顯示出主觀印象的差異。又譬如唐人選唐詩，多不收李杜詩，宋人元人選唐詩，選錄李杜詩的稍多，至明人清人，則所選大都以李杜爲宗，這說明從選抄中可以覘見各代人的鑑賞偏好。選抄時也有以自己的主張爲中心的，如王漁洋編唐賢三昧集，以神韻爲主，特別推崇王孟；陳沆作詩比興箋，以比興爲主，特別偏重韓詩，所選篇章的數量竟超過了李杜，同時也很重視李賀，在這存刪去取之間，都表現出編著的趣向。編選的人鑒賞力高，這些選本對讀者也有許多好處，不僅節省讀者的時間精力，也稍具指點門徑的作用，像王安石的唐百家詩選、曾國藩的十八家詩鈔、蘅塘退士孫洙的唐詩三百首，都以選錄與否作爲鑒賞的尺度，同樣成爲不朽的名著。然而後人編詩選，或尊重作者的名位功業，或偏袒於自己的私交朋黨，甚至於讓當代作者自選自捧，不能就詩論詩，一本大公。編選者寸衷既亂，識鑒有限，自然沒有裁斷作品高下的價值了。

以主觀品第爲鑑賞

以主觀品第爲鑒賞，與上節以選抄去取爲鑒賞一樣，鑒賞的尺度完全以詩歌給予自身的感動程度而定，感動的深淺，便是評定作品價值的依據。它與科學性的客觀批評完全相反，純然取決於主觀的印象。由於各人的情趣不同，所得的品第自然有別。像鍾嶸作詩品，因爲討厭當時人「隨其嗜欲，商榷不同」，以致「淄澠並泛，朱紫相奪，喧議競起，準的無依」，所以分漢魏以來的詩爲上中下三品，並自詡說：「詩之爲技，較爾可知，以類推之，殆均博奕」，自以爲能將詩篇高下的品評，像圍棋數目一般地數出勝負來，這種鑒賞是否能讓別人全部接受，極可懷疑。當然，鍾嶸的鑒識力甚高，所定的三品升降，可議的地方不多，卽使他認爲陶淵明的詩源流出自應璩，模擬的痕跡很明顯，所以列入中品，後人持相反意見的不少，但依據今日輯佚所得的資料，證明鍾氏所說乃是公正的評論。然而鍾氏討厭「縉紳之士」全憑一己的嗜欲印象來作「商榷」，沒有「準的」可以依循，但是他自己所主張的「有滋味」「口吻調利」以及「反說理」等等，又何嘗不是依憑自己的「嗜欲」？詩品之後，凡如軒輊李杜、王孟、高岑、韓柳、元白、溫韋等等，用比較兩者優劣的方法作爲鑑賞的，都算是品第的鑑賞。這種鑒賞的角度，爲一般詩話作者所常用，也是傳統鑑賞的主流，他們對於詩篇何以「有滋味」、讀來何以會「口吻調利」等，是很少進一步探索的。

以講明結構爲鑑賞

講明詩的結構，總不外乎章法、句法、字法的研析。章法的析論可以兼括謀篇及命意，句法字法的析論，則必然牽聯到修辭與文法。總之這派的學者是集中注意力於詩篇的本身，以爲認淸詩法格律，是進窺堂奧的途徑，對於所謂「整齊於規矩之中，神明於格律之外」的結構與神韻，毫不放過，精密地剖解這些內在的元素與弦外之音。這一派學者在西方稱之爲形構批評或新批評，在我國古代也有這些專門闡明脈絡章句的書，早先或以眉批的方式、或以夾注的方式寫成，體裁上不登大雅之堂，所以自來被識爲村塾閭師用的「陋書」，這些傳統的印象鑑賞家一直主張好詩像「無縫天衣」，如果「

求之針縷襞績間」，則「愚矣」！不過，這種「以不解爲解」的鑒賞風氣，在清代乾隆年間，已有一位傑出的詩評家吳瞻泰，提出反駁，他主張「以法爲宗」，並作了杜詩提要十四卷，選取杜詩四百七十七首，致力於擘析披剝，做到了「提綱挈領、攝魄追魂、意象昭融、法律森列」（羅挺評語），吳氏的著作，已從結構脈絡，直探索到意象格法，我們把他列爲結構批評派的先知者與前導者，也能名實相符。其他如金聖歎批唐才子詩，仇兆鰲作杜詩詳註，於分段結構、脈理照應處，也不憚繁瑣，分析入細。這些鑑賞的成績，到今天已逐漸獲得應有的重視。自然，在研討詩篇的本身結構時，仍必須與作品以外許多歷史的知識相結合，才能使詩篇本身的分析更接近眞實。

以道德倫理爲鑑賞

孔子以「邇之事父，遠之事君」作爲詩的功用之一，詩經大序更舉出「經夫婦、成孝敬、厚人倫、美敎化、移風俗」的道德倫理標準，說明「先王」對詩篇的看法。數千年來，中國文學常以這種敎化的功用作爲詩篇的評價標準，「發乎情、止乎禮義」、「思無邪」就成了詩的創作尺度。自從宋代的朱熹，指出了詩經中有一部分是淫詩，王柏更建議將淫詩從詩經中刪去，這種建議，表面上像是動搖了前人對詩經的崇拜，實則仍是基於以道德倫理爲鑒賞的標準，宋代的理學家們評詩文，無不如此，如程伊川說：「語麗辭贍，此應世之文也；識高志遠、議論卓絕，此名世之文也；編之乎詩書而不愧，措之乎天地而不疑，此傳世之文也。」外形辭華的美，只是「應世」的文字；內涵識見的美，只是「名世」的文字；唯有詩書敎化的美，才是「傳世」的文字！當然，由於這一派鑒賞家一再強調詩文對社會可能的影響，使後代許多詩人抱着嚴肅誠愼的態度去創作，在社會的安寧秩序上、在風俗的溫厚淳美上，都有莫大的貢獻，作者以「有補於世道人心」爲寫作的目標，讀者以文學的道德功能爲鑒賞的標竿。相當令人驚奇的是：每當這種「載道」的文學主張高漲的時代，天下盛平；每當「載道」主張式微而「唯美」主義高漲的時代，天下混亂。可能的解釋是：天下盛平，道德倫理易爲人們所認同，成爲社會公衆重視的規範；天下混濁，唯美思想爲人們所追求，成爲詩人自己逃避現實的淵藪。這麼說來，以道德倫理爲鑒賞的標準，雖然忽視了詩歌在藝術性方面的成就，但或許眞有撥亂反正的時代功能。

以思想類型爲鑑賞

早在戰國時代的孟子，對於「說詩」一道，就主張「以意逆志」，詩大序說：「在心爲志，發言爲詩」，可知「志」是指詩歌完成以前的思想，也就是指作者的心境。「以意逆志」就是要去探索這種思想抱負、這種深邃的心境。後人在詩歌的鑒賞方面，也有專門在思想的類型方面著眼的，如由毓淼研究杜甫，就從「非戰思想」、「諷世不平」、「汎愛衆觀」去解析杜詩；陳慧劍研究寒山，舉列

「儒生期」、「慕道期」、「學佛期」為寒山思想脈絡上的分界。再則如有人討論韓愈為儒家思想的代表，王維白居易為佛家思想的代表，皮日休陸龜蒙是道敎思想的代表，李白是神仙家思想的代表等等（均見唐代詩學），都著眼於思想的類型。思想從橫面看有類型的不同，從縱面看又各有層次的不同。從類型上研究，先經過通盤的歸納，比泛泛地排比三行五句，就分什麼「非戰思想」「忠君思想」要有意義一些；比無論討論誰，都分「政治思想」「經濟思想」或「宇宙觀」「人生觀」等時髦的門類，而實質空無所有，當然更有意義。但從層次上分析，可以注意到思想的縱深面，那該是最深入的探討了，如寒山詩中的佛家思想，有着縱深的層次性，這層次正道出了他學佛的進程，從勸善的小乘，進入破我相的大乘，然後破得念、照見諸相非相，詩中歷述其見性的過程，完全是見證的自白。到了「可貴天然物，獨立無伴侶，覓他不可見，出入無門戶，促之在方寸，延之一切處……」是見性了。繼續努力作保任的工夫，又破見障、破知障，各有詩記述修證的進階，到了「吾心似秋月，碧潭清皎潔，無物堪比倫，敎我如何說」，則到達了「言語道斷、心行處滅」的最高層次。

以分析心理為鑑賞

詩是作者心的投影，詩的內容往往是詩人自身表演的感人紀錄。從詩的風格、詩的主題選擇、以及辭彙的表現、象徵的手法等等，去了解詩人的經驗、個性、與情操，乃是一條明確的道路。譬如從慈祥愷悌的性情去認識陸放翁，知道他治家主寬、闔家和樂，然後讀他的喜小兒輩到行在詩：「阿綱學書蚓滿幅，阿繪學語鶯囀木，畫窗涴壁誰忍嗔，啼呼也復可憐人！」才能有所體認，才能清晰地想見其精神面貌。又譬如從李益多疑的性格，去體認他的罷鏡詩：「欲令孤月掩，從遣半心疑」、照鏡詩：「衰鬢朝臨鏡，將看欲自疑」，都是他多疑性格的自供，從而可望見他驚悚疑惑的眼神。但是若過份依仗心理的特徵，也易落入輕率批判的陷阱，其流弊約有二端，一是鑒賞的領域過於窄隘，對某一作者，只有某一種講法，宋代的朱熹已批評過這種毛病：「楚辭不皆是怨君，被後人都說成怨君。」原因是太強調屈原這一輩人精神上的創傷，誤以爲那是作品中唯一的因素。沈德潛也說過：「少陵固多忠愛之詞，義山間作風刺之語，然必動輒牽入，卽小小賦物，對境詠懷，亦必云某詩指某事，某詩刺某人，亦何取耶？」也指出了同樣的流弊。另一個弊病是鑒賞的態度過於輕佻，因爲近代心理分析派的學者過分誇張潛意識中被壓抑的性慾，幾乎他們一致認爲：「詩的機心是在玩弄一個刻意僞裝的性的象徵」，於是讀孟浩然的春曉：「夜來風雨聲，花落知多少」，被附會成壓抑的慾望轉變爲痛苦性經驗的象徵；杜牧的贈別詩：「蠟燭有心還惜別，替人垂淚到天明」，被附會作男性器官的暗示。這樣的心理分析，當然是着魔的邪道，亂把鑑賞引入死巷。

以生平歷史爲鑑賞

研究作者的生平事蹟，以推斷作品中的意向，將詩人的仕宦出處、愛情生活、師友淵源、乃至異聞軼事，都列爲作品意義與價値的可靠指引，這種鑒賞，也是傳統方法中常用的，像唐詩紀事、宋詩紀事及許多詩話，無不如此。後來寫文學史詩史的作者，也都是採用這種歷史的鑒賞法，著重於詩歌本身以外的材料。談到詩歌的本身，便只用些抽象的辭彙來形容，像討論到高適的詩，不是渲染他「年五十始學，爲詩卽工」的神話，就是詳述在旗亭看「妙妓」唱詩的趣事。對作品本身的鑒賞，最多說它「風格雄放」，能將它與岑參的詩作一比較，說什麼相異處是：「高適詩尙質主理，岑參詩尙巧主景」，相同處是皆以「悲壯爲宗」，稍稍涉及作品的本身，已經算是說得很透徹了。傳統的詩歌鑒賞滯留在這個圈續中打轉，歷時甚久，這些說詩的資料，重複引用，愈積愈多，至清末的夏敬觀作唐詩說，總結前人所說而集其大成，可以舉爲這一派鑒賞法的代表。就缺點而言，這樣的鑑賞往往將作品內在的結構忽略，吾人不否認研究作者的歷史，是對作品的鑒賞有着密切的相關性，但作品的本身如被忽略，則鑑賞家退居爲史評家，詩的鑑賞也就全部落空了。

以社會風尙爲鑑賞

詩的花朶，必然受社會氣候的影響。所以要鑑賞詩，對於所以產生當代詩歌的社會生活條件、社會思想與道德標準，應當深刻了解，才能充分接近詩人的想法與做法。譬如陳寅恪研究元稹的豔詩，認爲對於當時社會風習與道德觀念影響及於元稹的行爲者，必先明其梗概，然後才可了解元稹的豔詩。元稹在夢遊春七十韻的長詩中，將與少日情人崔鶯鶯的交往，比作夢中的「靈境」，「覺來八九年，不向花迴顧」，寫他雖然拋棄了寒門的女孩鶯鶯，還以一種贖罪的心情孤單地生活了八九年。然而「一夢何足云，良時事婚娶」「韋門正全盛，出入多歡裕」，寫自己追求眼前門第顯貴人家的小姐，將負心往事比作無足輕重的春夢，詩中如此直率地自供始亂終棄的事跡，竟毫無慙意，白樂天與他唱和，也不稍指斥，可見元稹另娶高門的小姐，是當時社會風尚所能容忍的正當行爲。夢遊春詩中還自供說：「美玉琢文佳，良金塡武庫，徒謂自堅貞，安知受礱鑄」，坦白承認自己縱使堅貞得像美玉良金，受了社會風習的礱鑄，也會改變他如何生活的態度。這四句詩，也等於是說明個人觀念與社會文化的密切關聯。然而這一派學者的鑒賞也有它的偏失，由於太重視詩歌中的社會意識形態，重視作品與社會生活的關連，往往難以兼顧詩歌本身在藝術性方面的成就。

以上所分的十種鑒賞角度，是從我國傳統的詩歌鑒賞書籍中歸納得來的，而西方所分的五大文學批評學派，其方法大部分也該括於其間。然而學術的領域，正隨着時間之衍久而擴大，許多新興的學問，不斷地相互利用，相互激發，成爲新闢的學術門徑，因此就鑒賞詩歌的角度而言，也自然門徑日繁、方法日多、視界日益寬闊。像西方新興的神話論批評，從史前的神話中去了解民俗觀念，進而欣賞人類普遍共有的象徵，把詩中的神話涵意作爲作者志趣象徵的投影。在我國，用神話研究去分析詩的還很少，聞一多寫「神話與詩」，研究高唐賦的神女傳說或九歌中東皇太一神的意義，還沒有什麼特殊的成績，其他研究神話的年青學者，還不曾能將神話論派的學說運用到中國古典詩的研究上去，所以還不宜將這一派學說與以上的十種鑒賞角度並列。一個有理想的詩評家，應該對舊有的各種鑒賞角度，兼容並蓄，多方運用；對新增的鑒賞角度，致力創建，開拓新境。學術隨時代日進，沒有一種學問能滯留不動的，詩歌的鑒賞自然也不例外。

在今天，精神的世界日益萎縮，人們雖然靈性未泯，却缺少深度，而詩，永遠是如此超妙地提昇人類的精神，我們不僅可以把詩的鑒賞看作淨化心靈的工作，也可以把它看作挽救淪亡的大事業！

黃永武識於臺灣高雄六十五年七月

引　言

就一首詩而言，有其「詩境」；就創作一首詩而言，便有作者的「心境」與所表現的「詩境」二個境域；但若就鑑賞一首詩而言，則在作者的心境與所表現的詩境以外，還得具備讀者的「悟境」。由於悟性有高下，歷練有深淺，際遇有順逆，學識有廣狹，所以「悟境」未必能企及「詩境」；再則由於才情有大小，鍛鍊有勤惰，而興會並無定法，表達則有限度，所以「詩境」也未必能相等於「心境」。

詩境既未必能表達整個心境；悟境又未必能捕獲明確的詩境，因此，欣賞一首詩，並不比創作一首詩容易。創作是將心境映入詩境，由詩境射入讀者的悟境；欣賞則是以悟境闖入詩境，由詩境進窺作者的心境。欣賞乃是創作的還原，成爲創作者的回響。所以創作時所經過的程序，欣賞者必須逆着它去還原，創作者需要靈感、需要匠心、需要神韻，那末欣賞便應對靈感、匠心、神韻都要有所認識；此外還儘可能地去考證作者的身世、性格、交遊、際遇，以及創作的年月、地點，俾有助於認識作者的「心境」；還要儘可能地去剖析字句的正譌、格律的精粗、構思的巧拙、手法的變化，俾有助於認識所作的「詩境」；由是可見欣賞是有條件的，條件愈具備，欣賞也就愈眞切；考證愈確實，條件也就愈具備。若說欣賞不要條件、不需考據，那種欣賞就無異於盲人摸象了。

對於欣賞，舉凡讀者悟境的開拓，以及作品詩境的研析，作者心境的揣摩，皆爲基本的條件，下面再依序詳細地剖析它們與欣賞的關聯：

讀者的悟境

嚴羽氏曾拈出「妙悟」一詞，作爲詩道入門的蹊徑，其實作者需要依仗參悟，讀者也需要拓展悟境。作者先有了悟境，再努力深造，才完成詩；讀者則必須先努力深造，才能拓展其悟境。自然，談讀者的悟境，主要是靠天賦的穎悟能力。至於後天的培養，能有助於悟境的開拓者，約有下列四項：

一、廣學識以明詩義

增加學識，可以提高鑑賞的能力。前人雖說「詩有別才，非關書也」，但讀書畢竟能長進識力，畢竟是最可憑信的方法之一。李沂秋星閣詩話說：「讀書非爲詩也，而學詩不可不讀書，詩須識高，而非讀書則識不高；詩須力厚，而非讀書則力不厚；詩須學富，而非讀書則學不富。」（頁三）創作詩需要「積學以儲寶」，鑑賞詩也要仰仗豐富的學識，因爲就詩義的內涵而言，有許多詩，是有專門的學問在裏面，例如讀杜甫詩要知儒家的思想形態，讀陶淵明的詩要知道家的思想形態，而寒山是佛家，要欣賞他的詩，就需要佛學的素養。如寒山的詩：

吾心似秋月，碧潭清皎潔。無物堪比倫，教我如何說。

這種佛家「不可說，不可說」的境界，與道家「道可道，非常道」的境界一樣，把心比似秋月而不是秋月，把心比作碧水而非碧水，這種寂寂不動的「眞如」，無物可以比擬，是名相之外的世界。這種「眞如」的領域，無路可通，無人可問，除非「君心若似我，還得到其中」，讀者了解佛家當離「文字相」，已進入「言語道斷」的境界，已進入「心行處滅」的境界，才能領受本詩高深的意境。再則王應麟曾說：「寒山子詩，如施家兩兒事，出列子；羊公鶴事，出世說。如子張、卜商，如侏儒、方朔，涉獵廣博，非但釋子語也。」（困學記聞）可見讀寒山的詩，除了佛學的素養外，還旁涉許多門學識。

至於如李商隱的詩，每喜用典，常博采經史子集諸書，溶化在詩句裏，我們若想欣賞他的詩，就需要有豐富的學識，由認識典故開始，繼而對典故所象徵的意義有所了解，這意義往往是情思的濃縮，簡單的二三個字，濃縮着一個豐富的故事。且看他的有感詩：

中路因循我所長，古來才命兩相妨。勸君莫強安蛇足，一醆芳醪不得嘗。

這兒用戰國策舍人飲巵酒事爲典故，這典故很通俗，所以易解，至於「蛇足」「芳醪」在這兒是指什麼，那還得詳考史籍，證驗時事，才能推斷。「畫蛇添足」與「才命相妨」聯在一起，是作者將典故的涵意又推向一個新的境域，往往只是依附典故的軀殼，而作爲作者一己情感的表達，這「畫蛇添足」很可能已變成作者咎責自己個性中「因循」不決的猶疑性格。以致造成有才無命的結局！然而至少了解戰國策的典故，已幫助我們知悉字面上的意思，儻使連出典都不了解，那麼就是連第一層的意思也求不着，更枉論欣賞了。又譬如他病中訪招國李十將軍遇挈家遊曲江詩：

家近紅蕖曲水濱，全家羅襪起秋塵，莫將越客千絲網，網得西施別贈人。

唐音癸籤曾考及東坡異物志，以「西施」爲美人魚名，出廣中大海，食之令人善媚，但馮浩以爲那是「謬極之說」，朱彝尊也以爲這典故出於小說家的佚文，由於出典不詳，所以無法深入欣賞。我們若是學識不足，對於許多詩作都會像「出典不詳」一樣，無從充分地達到欣賞的目的。當然，即使某些典故的本身已有着某種程度的明晰度，像本詩「網得西施別贈人」，雖說考不出典故的出處，單就字面意義看來，也能達到某種層次的體味，但總究限於淺嚐而已，不是完全的鑑賞。

又如元微之的詩，喜用俚語，常把唐代的俚語寫進詩裏，我們要欣賞他的詩，就得考查唐代的俚語，俚語有時代性、有地理性，新興而流行的俚語，往往代表一個時代的風尚與民心的反映，考證俚語，當然有仗於豐富的學識。如他的有所教詩：

莫畫長眉畫短眉，斜紅傷豎莫傷垂。人人總解爭時勢，都大須看各自宜。

「時勢」二字是唐代的俚語，他的另一首夢遊春詩：「叢梳百葉髻」句下原注：「時勢頭」，可見時勢二字的意義，與現在不同。陳寅恪說：「時勢者卽今日時髦之義，乃當日習用之語，但時勢頭則專指貞元末流行之一種時式頭樣也。」（見元白詩箋證稿）如果不明瞭唐代的婦人崇尚妝束摩登，服飾怪艷，爭時勢就是爭時世、爭時髦的意思，就不能了解詩義。對於物質生活優裕的時代，婦人們自然講究美容、髮型的風氣，若茫然不解，如何能明白作者這「有所教」的題目，是指教些什麼？

又如李賀的金銅仙人辭漢歌：

茂陵劉郎秋風客，夜聞馬嘶曉無跡。

茂陵是漢武帝的陵墓，這劉郎是指漢武帝。王琦以爲將皇帝指稱爲劉郎，很不得體，他說：「以古之帝主，而渺稱之曰劉郎，又曰秋風客，亦是長吉欠理處。」（李長吉歌詩彙解卷二）王琦是拿清代人的心態去批判唐人的習俗，所以程式金以為王氏屬於誤解，他說：「不知唐人稱父為郎，皇帝亦曰郎，謂明皇曰三郎，此自其風俗不以為非。」（見程鴻詔有恆心齋集前集引）要了解歷代的風俗，必須仰仗於廣博的學識，不明當時的風俗，像王琦那樣信口批評，反而暴露自己知識的貧乏，又如何談得上欣賞批評？

至於名物制度的考求，更需仰仗高深的學識。考查名物方面，如李白的子夜歌第三首：

長安一片月，萬戶擣衣聲，秋風吹不盡，總是玉關情！何日平胡虜？良人罷遠征！

這是一首描寫秋夜的詩，「萬戶擣衣聲」中「擣衣」二字，有人認為是「婦人江邊洗衣，捶敲衣服所發出來的聲音」（參見幼獅文藝二四一期），連帶地以為白居易的江樓聞砧一詩中的「江人授衣晚，十月始聞砧」的砧聲，也認為是溪邊洗衣服的砧聲。洗衣服用砧固然不錯，洗衣服會在月明的夜晚也不錯，但是這裏的「十月始聞砧」與「萬戶擣衣聲」決不是洗衣服，若是洗衣服為什麼要到十月始聞砧？且說授衣太晚？若是洗衣服，與「玉關情」有何關聯？現行高中課本註譯白詩「聞砧」說：「古時候做衣服，剪裁縫製之前，先將布帛擱在石頭上打平，與現在剪裁之前，先要用熨斗燙平作用是一樣」，以為擣衣的作用與燙平一樣，只是「想當然」罷了。我們要想了解「擣衣」「聞砧」這些古時的事物，就必須仰仗豐富的學識，假若讀過樂府詩集有一首擣衣曲（宋刻本在題下未列作者名氏，唐詩集解以爲王建所作），詩中將擣衣的情形描繪得很詳盡：「月明中庭擣衣石，掩帷下堂來擣帛，婦姑相對初力生，雙揎白腕調杵聲，高樓敲玉節會成，家家不睡皆起聽，秋天丁丁復凍凍，玉釵低昂衣帶動，夜深月落冷如刀，濕著一雙纖手痛，回編易裂看生熟，鴛鴦紋成水波曲，重燒熨斗帖兩頭，與郎裁作迎寒裘。」可見擣衣是在「中庭」，不盡在「屋裏」，擣衣常是「婦姑相對」二人同擣，擣衣會「濕著一雙纖手」，擣衣的目的是把生絲打成熟絲，生絲易綻裂，熟絲則多花紋，擣衣完成後再用熨斗燙平，並不是擣衣就是「燙平」。把生絲擣成熟絲後，才能趕製秋多的衣服，所以到了十月聞砧，就嫌太晚了。萬戶趕製秋衣，送往前方，所以擣衣與「玉關情」有着密切的關係。杜甫也有詩道：「寒衣處處催刀尺，白帝城高急暮砧！」都是寫秋天加緊擣衣工作的聲響，再則六朝人有搗衣圖、宋徽宗有摹張萱搗練圖，均可參考，吾人有了這種圖畫及樂府詩的知識，自然容易了解李白的詩。

制度的考求，例如賈至的早朝大明宮呈兩省僚友詩：

共沐恩波鳳池裏，朝朝染翰侍君王。

這首詩有許多人唱和，岑參唱和詩有「獨有鳳凰池上客」句，王維有「佩聲歸到鳳池頭」句，杜甫有「池上於今有鳳毛」句，都提到了鳳池，這鳳池當然是特定的名稱，據吳景旭的考證，從晉朝開始，早將中書省比作天上鳳凰池，到唐代中書省有鳳池，當時稱中書舍人爲小鳳，翰林學士爲大鳳，丞相爲老鳳。而賈至是中書舍人，所以可稱鳳池，岑參爲右補闕、杜甫爲左拾遺、王維則降授中允，都是「兩省僚友」，所以在詩的結尾都提到鳳池（參見歷代詩話庚集二）。明白這些歷史上的制度，自然有助於詩義的欣賞。

再則如前人詩中，有從模擬、點化、直用、翻用得來的句子，必待學識豐富，而後知其所本。中國詩有一個共同的特色，就是儘管意義上要求翻新，在字面上則總是要求有出處、有來歷，由於中國詩有這種特性，格外顯得讀者學養的重要性。且看戴叔倫除夜宿石頭驛詩：

一年將盡夜，萬里未歸人。

卽是模擬梁武帝子夜多歌：「一年漏將盡，萬里人未歸。」不僅師其意，而且師其辭。又如張說有深度驛詩：

洞房懸月影，高枕聽江流。

能改齋漫錄卷八以爲杜甫的客夜詩：「入簾殘月影，高枕遠江聲。」卽是用其意而點化成句的，杜甫用「高」字對「入」字，入字是動詞，於是使高字也兼含有動詞的意味，前人譯作「高起枕來」或「高高地在枕上越過」，使「高」字的詞性繁複起來，句子也生色不少。

自從唐代釋皎然的詩式倡行「偷勢、偷義、偷語」的說法，而宋代的黃山谷又主張「奪胎換骨」，模擬與點化的風氣，在古典詩裏極爲普遍，讀者必須廣見博覽，才能深味它的精妙。

至於直用的例子，如宋人所見沈佺期遙同杜員外審言過嶺詩：

雲白山青千萬里，幾時重謁聖明君。（今全唐詩上句作兩地江山萬餘里）

杜甫用前一句，而又以己意貼之云：「雲白山青萬餘里，愁看直北是長安。」不僅構成了空間的深度，同時也使口氣壯闊了十倍，所以上七字直用前人的陳句，而不須廻避。

又宋人所見沈佺期釣竿詩：

船如天上坐，人似鏡中行。（今全唐詩作人疑天上坐，魚似鏡中懸。）

杜甫小寒食舟中作詩，取上一句作「春水船如天上坐，老年花似霧中看。」李白入青溪山詩取下一句作「人行明鏡中，鳥度屛風裏。」但沈佺期的詩乃取自王逸少鏡湖詩的意思：「山陰路上行，如在鏡中遊。」（參見苕溪漁隱叢話）將這種淵源考明，便可以參互比照，有助於欣賞。譬如王逸少的詩用了十個字，才將鏡湖的風景寫出，沈詩則濃縮二句成下一句，字數減少，意思不少，比王詩的密度加大了一些。李白又將「人似鏡中行」改作「人行明鏡裏」，「明鏡」比「鏡中」多了一個「明」字的意思，使溪水有了光亮澄明的感覺，但原有「中」字的意思並不曾減少，意義增多而字數不增，所以李詩的五個字，比沈詩的五個字，涵意更多，密度更大。

又如杜甫銅官渚守風詩的結尾：

飛來雙白鶴，過去杳難攀。

註家以爲正用古樂府：「飛來雙白鶴，乃從西南來」的上句，寫阻風不得自由，正守風悶坐，無可娛目，偶有白鶴雙雙來去，但難以追攀，纔來又去，與阻滯在渚上的我，形成自由不自由的對比，並含有人不如白鶴的意思。這意思是原來的古樂府詩句中所沒有的，這是取前人的字面，却別有用意的例子。

又如蘇東坡雪後題北臺壁詩：

漁蓑句好眞堪畫，柳絮才高不道鹽。

雙硯齋筆記卷六以爲上句全用鄭谷詩：「江上晚來堪畫處，漁人披得一蓑歸。」鄭谷這兩句詩，蘇氏並不看得起，所以「句好」二字並不是認眞地非指鄭詩不可。但「眞堪畫」三字又用陸魯望語。下句則全用謝道韞事，而「不道鹽」三字又本自南齊書顧凱之語。「無一字無來歷」，幾乎是中國詩人們牢不可破的信條，也是中國詩的特色之一，這種陳陳相因，所謂「用其詞不用其意」的手法，使你在欣賞中國的詩歌時，必須先明白它的出處，中國的讀者似乎習慣於欣賞它的出處，往往以有出處的詩爲佳，無出處的詩爲「杜撰蠻做」，既是這樣，讀詩的人明白字面的出處，已成爲深入體味的第一步。

翻用的例子則如李梅亭的雪詩：

不知萬徑人蹤滅，釣得魚來賣與誰？

由於柳宗元的江雪詩婦孺皆曉，所以不待環溪詩話的說明，大家都知道是翻用柳詩的，柳詩說在「萬徑人蹤滅」的地方獨釣，李詩問他釣得魚來賣給誰？李詩完全是針對柳詩作機智的翻案。設若你對江雪一詩不曾讀過，欣賞李詩，當然隔了一層。

又如楊基過琵琶亭詩：

楓葉蘆花兩鬢霜，櫻桃楊柳久相忘，當時莫怪青衫濕，不是琵琶也斷腸。

要想了解這首詩，對於白居易的琵琶行，非先有認識不可。白居易作琵琶行，後人為築琵琶亭，楊基過琵琶亭，想像白氏兩鬢霜華，對着秋景，那「櫻桃樊素口，楊柳小蠻腰」久已淡忘，然後說琵琶行中的白居易難怪要青衫濕掉，卽使沒有那一曲琵琶，也是要斷腸的！當然，本詩是雜糅白傅的行事，在時間上的前後也是任意錯亂的（如放歸歌妓樊素是白氏六十八歲那年，作琵琶行是在四十五歲），作者也許是借白傅的遭遇，寫自己的感傷，時間的前後是可以不計較的！我們舉這兩首原作已通行天下的詩來做例子，知道考證出處對於詩的欣賞有着重要的關聯，假若原作不如此通俗，或者原作不十分高明，那末作者那種化俗為雅、化故為新、化鐵為金、化腐朽為神奇的匠心，如何去認識？可見詩中無論是直用或翻用前人的句子，都需要以讀者的學識來裁斷其中的高下。

再則如瓊臺詩話所載瓊臺先生丘濬的詩：

白髮年來也不公，春風亦與世情同，於今燕子如蝴蝶，不入尋常矮屋中。（因事有感）

這首憤世嫉俗的詩，每句都是用翻筆組成，倘若我們讀過杜牧的送隱者詩：「公道世間惟白髮」、羅鄴的賞春詩「惟有東風不世情」、「花開蝶滿枝，花謝蝶還稀，惟有堂前燕，主人貧亦歸」、劉禹錫烏衣巷詩「舊時王謝堂前燕，飛入尋常百姓家」等名作，再欣賞這些用翻筆寫成的句子，自然趣味倍增，感到作者巧思濬發了。

二、富歷練以察興會

讀書可以長才識，歷練也可以長見聞，讀萬卷書，行萬里路，對於欣賞詩文都有幫助。學識好，能看得更深一層，經歷多，則可以設身處地去體會。容易體察詩人的寄興，喚起記憶中的共鳴。

如岑參的走馬川行奉送封大夫出師西征詩：

輪臺九月風夜吼，一川碎石大如斗，隨風滿地石亂走。……

寫邊塞之景，奇氣溢出，然而自來欣賞它的人，如黃香石說：「大如斗者，尚謂之碎石，是極寫風勢，此見用字之訣。」（見唐賢三昧集箋注）黃氏只是從用字的「夸張」上去欣賞。又如沈德潛說：「勢險節短，句句用韵，三句一轉，此嶧山碑文法也。」（見唐詩別裁）沈氏只是從用韵的方法上去欣賞。又如方東樹說：「走馬川行奉送封大夫出師西征，奇才奇氣，風發泉湧。」（見昭昧詹言）方氏只是從才氣方面去欣賞，均覺無關痛癢，因爲他們都不曾有過「走馬川行雪海邊」的經歷，不曾耳聞目見，無從眞切地進窺作者的詩境。而洪亮吉在北江詩話裏則說：

「余嘗以己未冬杪，謫戍出關祁連雪山，日在馬首，又晝夜行戈壁中，沙石嚇人，沒及髁膝，而後知岑詩一川碎石大如斗，隨風滿地石亂走之奇而實確也。大抵讀古人之詩，又必身經其地，身歷其險，而後知心驚魄動者，實由於耳聞目見得之，非妄語也。」（卷五）

洪氏由於親身經歷戈壁沙漠，切身體味沙石嚇人，讀岑參此詩，乃能有心驚魄動的效果。

又如司空圖的佚詩：

棋聲花外靜，幡影石壇高。

「棋聲」與「靜」字看似矛盾，實則相成，「幡影」在地，與「高」字也像矛盾，實則相襯，從靜處聽棋聲，從投影測高度，描寫得十分傳神。（全唐詩所輯佚句，上句作「棋聲花院閉」，似不及「花外靜」爲妙，集中有偶書一首，作「磬聲花外遠，人影塔前孤。」亦似不及前作。）蘇東坡在書司空圖詩中說：「吾嘗遊五老峯，入白鶴院，松陰滿庭，不見一人，惟聞棋聲，然後知此句之工也。」即是說：不親身到那境地，不能欣賞那妙處。

又如柳宗元夏晝偶作詩：

南州溽暑醉如酒，隱几熟眠開北牖，日午獨覺無餘聲，山童隔竹敲茶臼。

這詩寫夏日閒散的景象很傳神，夏日炎炎倚在几上熟眠，把北牖開啓，因爲門戶朝南，開牖正可以通引南風，在中午獨自醒來，聽不到別的聲音，只有竹林的那邊，傳來山童敲搗茶臼的單調聲響，把一幅閒散的景象，用仄韻來表示，寫得大有畫意。但是黃徹說：「子厚日午山童二句，須待閒棄山間累年，方得領略此詩氣味。」（見䂬溪詩話）是說沒有那種閒散的經歷，不能領略這詩深厚的意味。

又如周紫芝在竹坡詩話中有一段記載，說明他自身的經歷與詩的欣賞有密切的關聯：「余頃年遊蔣山，夜上寶公塔，時天已昏黑，而月猶未出，前臨大江，下視佛屋崢嶸，時聞風鈴鏗然有聲，忽記杜少陵詩『夜深殿突兀，風動金琅璫』，恍然如己語也。又嘗獨行山谷間，古木夾道交陰，惟聞子規相應木間，乃知『兩邊山木合，終日子規啼』之爲佳句也。又暑中瀕溪與客納涼，時夕陽在山，蟬聲滿樹，觀二人洗馬于溪中，曰：此少陵所謂『晚涼看洗馬，森木亂鳴蟬』者也。此詩平日誦之不見其工，惟當所見處乃始知其爲妙。」（頁八）不曾身歷其境時，還以爲是尋常的句子，一旦身歷其境，才發現湧上心頭而無法描摹的景物，前人已用過最適切的字句，讀起來深得我心，好像遏塞在自己胸頭的話，被人抒發，借他人的詩句，吐自己的壘塊，十分暢快！

又如千古名句「楓落吳江冷」「空梁落燕泥」之類，若說「吳江冷亦是常事，有何喫緊處？」「梁必有燕，燕泥落下，亦何足取？」（見說詩菅蒯引）便使千秋佳句，興趣索然。我們如能親歷其境，見一葉落而知吳江秋，見燕泥落而知庭室空，才領悟楓落句寫「冷」意，空梁句寫「空寂」意，俱有「妙手偶得」的神味。再如謝靈運的登池上樓詩：「池塘生春草」，頗受後人推崇，他自己也以爲「此語有神助」，這詩好在那裏？實在難測。但是讀者若有過「退隱空林，臥疴病榻」的經歷，一朝久病初癒，登上池樓，大地上是新春改了故歲，驀然望見那池塘邊一片綠意，油然可掬，那小草感受春的降臨，在人們尚未覺察的時候，已經悄悄地一齊換了顏色，而這新生的綠意與初癒的心境恰相交映，生出了無限的喜悅，這時你才能了解這句詩中「率然信口，故自謂奇」「無所用心，卒然與景相遇，備以成章」（詩人玉屑卷十二）的佳妙處。

又如張繼的楓橋夜泊詩：

月落烏啼霜滿天，江楓漁火對愁眠。姑蘇城外寒山寺，夜半鐘聲到客船。

歐陽修以爲詩中有語病，他在六一居士詩話中評賞說：「句則佳矣，其如三更不是打鐘時？」歐陽永叔譏笑夜半鐘聲，他只是以常識去批判，不曾有歷練作爲欣賞的基礎，其實唐人寫夜半鐘聲的詩很多，如皇甫冉秋夜宿嚴維宅詩：「夜半隔山鐘」、司空文明詩：「杳杳疏鐘發，中宵獨聽時」、王建宮詞云：「未臥嘗聞半夜鐘」、許渾詩：「月照千山半夜鐘」、于鵠詩：「遙聽維山半夜鐘」、白居易詩：「半夜鐘聲後。」溫庭筠詩：「無復松窗半夜鐘」、陳羽詩：「隔水悠悠午夜鐘」等，嚴維宅在會稽，許渾詩作於吳中華嚴寺，是吳越一帶皆有夜半鐘，而南史上載丘仲孚讀書以中宵鐘鳴爲限，又載齊武帝景陽樓有三更五更鐘，阮景仲爲吳興守，曾禁夜半鐘，可見夜半鐘聲由來已久。宋代的陳巖肖曾親自到姑蘇做官，每至三鼓盡四鼓初時，各寺鐘聲齊鳴，證實張繼詩不誤（參見庚溪詩話卷上），由是可見不曾歷練，常無法作正確的評賞。

又如王安石的殘菊詩：

黃昏風雨打園林，殘菊飄零滿地金。折得一枝還好在，可憐公子惜花心。

西清詩話載歐陽文忠公在嘉祐年間讀到王安石這首詩，便用嘲笑的口吻說：「百花盡落，獨菊枝上枯耳。」以爲「殘菊飄零滿地金」一句和菊花的特性不符，因此戲弄作者說：「秋英不比春花落，爲報詩人仔細看。」王安石聽了便說：「一定是沒有讀過楚辭吧？離騷上明明說：夕餐秋菊之落英。這是歐陽九不學的過錯！」然而仍有人以爲離騷的「落英」是詩經中「桑之未落」的落，意如「花落色衰」的落，並不是「花委於地」的落。是枯萎，不是飄零。（見李壁箋註王荆文公詩卷四十八）蔡絛又以爲落是始的意思（見西淸詩話），又據宋人筆記小說及高齋詩話的記載，相傳是王安石與蘇東坡爭議這句詩，後來蘇東坡被貶到海南，見到那邊的菊花謝了，花瓣紛紛落下，才信荆公的見聞廣博。這些傳說或許是出於小說家的捕風捉影，但是這些傳說，也說明了有許多引經據典解決不了的爭議，必待身歷其間才能有眞切的認識。事實上，蘇東坡在海南時，有一句謝人寄酒詩：「謾遶東籬嗅落英」，也說菊花有落英，今日吾人就臺灣的菊花來觀察，菊花謝了以後，花瓣就紛紛落下，大概南方的菊花，的確與中原一帶的品性不同吧？

又如溫庭筠的商山早行詩：

鷄聲茅店月，人迹板橋霜。

鷄一鳴，就起來準備趕路，一抬頭，你瞧見那稀稀疏疏的茅棚外，還掛着一輪殘月。當你在山澗上走過木橋，那鋪在橋板上的霜層，印有清晰的脚跡，原來前面早已有人出發了。假若你親身在山野裏體會過這種景況，你對這首詩的感受，自然異於旁人，你若不從歷練上去體會，只批評它像「村店門前對子」（見一瓢詩話），豈不太煞風景？後來歐陽修曾模倣此詩，寫作：「鳥聲梅店月，野色柳橋春。」韵味遠不如原作，因爲溫庭筠是親身經歷的，而歐陽修只是模倣得來的，自然要不同。創作詩如此，欣賞詩也是如此，都有待於親身的歷練。

再如唐守之（臯）曾經描寫一個漁翁說：

一網復一網，總有一網得。笑殺無網人，臨淵空嘆息。

這是他由實用者的立場而得到的感觸。後來程魚門也寫這個意思道：「旁人束手休相怪，空網由來撒最多。」這個意境是由主觀者的立場而得到的感受，比前面那一首感慨更深，完全是由切身體味得來，所以特別動人。可見作者有了豐富的經歷，才能寫出好詩，讀者有了豐富的經歷，才能欣賞好詩。一個汲汲惶惶、半生徒勞的人，讀了程魚門的詩，自然能發生強烈的共鳴。

再則如楊德周讀杜漫語中有一段話，以爲讀杜甫的詩，必須要有與作者類似的經驗，體味才特別深刻，他舉出不少與體味人生境界有關的詩，如：「『世情只益睡』，是閱世語；『吾生亦有涯』，是達生語；『男兒行處是，客子鬬身強』，是眞閱歷語，物情尤可見。……『侏儒應共飽，漁父忌偏醒』，『心微傍魚鳥，肉瘦怯豺狼』，必身經憂患，纔曉讀斯語，『定知深意苦，莫使衆人傳』，『貝錦無停織，朱絲有斷絃』，必身罹讒謗，纔曉讀斯語。」可知同樣的一首詩，少年時候讀、中年時候讀、老年時候讀，隨着自己年齡的長幼、經歷的深淺，感受的層面將完全不同，如果我們也曾飽經憂患、閱歷廣博，讀杜詩種種，便好像杜甫正說出我們自身的感受一樣。

三、諳作法以識匠心

作法並不能限制作家，然而作家却都有他的作法。因此，學作詩並不一定要墨守成法，然而欣賞詩却必須先了解詩人們公認的方法，以及詩人們各人特殊的風格。這些公認的方法或獨有的作風，在中國詩的領域中，特別需要重視，因爲中國的詩歌，沿襲性特別顯著，在用字造意方面，用典脫化，視爲當然，在詩法方面，也遵循前人，奉爲圭臬。如宋人皆推本唐人的詩法，明淸的詩人又推本唐宋詩人的詩法，大部份的詩人，只求在前人的領域裏開墾前人未拓殖的餘地，甚至只求力摹古人，而不是完全跳出前人的藩籬去另起鑪竈，所以就中國詩而言，了解幾位大家的作法，往往可以認識整個中國詩史上衆多的詩人們鍛鍊的匠心。

譬如五言的絕句，以「調古」爲上乘，以「情眞」爲得體。至於「雄奇俊亮」，並不是五言絕的本色，所以五絕是以古樸眞切爲第一義，我們看晚唐杜牧的將赴湖州留題亭菊詩：

陶菊手自種，楚蘭心有期，遙知渡江日，正是擷芳時。

又題愛敬寺樓詩：

暮景千山雪，春寒百尺樓。獨登還獨下，誰會我悠悠。

這二首五言詩，並沒有巧句，欣賞時不能摘什麼「警句」，也不能指什麼「詩眼」，它的好處在於古淡的氣氛，而不在不實的誇張形容，或出人意表的構思。在晚唐委靡的詩風中，特別舉這位最長於巧句的杜牧爲例，他的五絕仍保持着「古拙」的意味，他的七絕，面目便全然不同，如題橫江館詩：

孫家兄弟晉龍驤，馳騁功名業帝王，至竟江山誰是主？苔磯空屬釣魚郞！

又題烏江亭詩：

勝敗兵家事不期，包羞忍恥是男兒。江東子弟多才俊，卷土重來未可知。

所舉五言七言各二首，同樣都是題在亭樓上的詩，用五言和用七言韵味迥別。胡應麟說：「五言絕尙眞切，質多勝文；七言絕尙高華，文多勝質。」又說：「五言絕調易古，七言絕調易卑。」（詩藪卷六）從上面所舉杜牧的四首詩，可以知道要欣賞五絕，主要的着眼點應放在調的高古、情的眞切、內容的茂樸蘊藉上，它是偏重於「質」的：要欣賞七絕，則主要着眼於句的精練、意的宛順、聲調的雄健高亮，它是偏重於「文」的。譬如第一首五言寫：這兒亭邊，有我親手種的陶淵明所愛的秋菊，湖州那邊，我將去約會楚國的春蘭，遙想渡江去湖州的那天，正是採擷春蘭的日子。這秋菊與春蘭，一邊是親手栽種的，一邊是私心嚮往的，何去何從，依依難捨。全詩在感情方面沒有誇張的形容，寫得很眞切。第二首五言，所寫的空間是：愛敬寺樓高百尺，望見千山的雪景。所寫的時間是：春寒正厲，暮日西沈，在這樣的時空中，獨登獨下，望盡了天涯路，勘破了百年身，有誰能領會我這時悠悠無窮的強者的寂寞！然而沒有用揚厲的語調、鋪張的描繪，只用含蓄的「誰會我悠悠」一句，表現得十分茂樸蘊藉。至於第一首七言便與五言不同，起承轉合的段落很明顯，詞彙也富麗起來，說孫策孫權兄弟，成就了帝王的功業，到今天，大好江山又是誰在做主人呢？苔磯上空有釣魚郎盤據着！第二首七言更從塵埃落定的史實中，翻空出奇地想出一個意思來，說項羽要是能包羞忍恥，不要把難以預期的勝敗看得太重，假若渡過烏江回江東去，那邊才俊的子弟正多着，說不定仍能捲土重來的！這些就史實作重新的批評，不免偏重於高放新穎的議論，與古拙地寫自身眞切的感受，自有不同的韻味。

推而言之，五律與七律的風格也自有別，五律以「淸空眞澹」爲上乘，所以王維、孟浩然是五律的正宗，卽賈島、李白等的五律，也以明淨雅淡爲主。至於七律則藻瞻精工，氣象闊麗，以「高亮」爲創作的準則，所謂「莊嚴則淸廟明堂，沈着則萬鈞九鼎，高華則朗月繁星，雄大則泰山喬嶽，圓暢則流水行雲，變幻則淒風苦雨，一篇之中，必數者兼備，迺稱全美。」（胡應麟語）對這五十六字既要求精切，又要求渾成，既要求嚴整，又要求流動，既要求詩律入微，又要求音調鏗鏘。前人以杜甫爲七律的正宗，我們試以杜的七律與王孟的五律相比較，自能了解體裁不同，氣韻便不同。這也許是受到音節抑揚的限制，正如胡應麟所說：「五言律宮商甫協，節奏未舒；至七言律，暢達悠揚，紆徐委折，而近體之妙始窮。」（詩藪卷五）句型的長短，產生了風格的差異，這也如五言古詩，步驟難展，七言古詩，頓挫飛揚，都是受了句型音節的影響，而造成不同的特色。久而久之，便變成某種體裁有某種體裁的當行本色，儘管你不信句型格律會和風神或韻味有那樣死板的關聯，以爲五律同樣可以寫得音節雄亮，比偶精嚴；七律同樣可以寫得清空古拙，意象渾融，然而那是創作家的事，天才的創作者儘可不必拘泥什麼定則。但是就欣賞家而言，對於五言的「簡質句短」，七言的「靡浮聲長」，應有相當的認識，並且對當時作者在創作七律五律時不同的處理手法，也應該洞然於胸，才能對五七律作正確的評賞。五律七律的詩例，下文有許多舉列的機會，不必另舉，試就下文所提及的高適夜別韋司士詩及賈島的寄魏少府詩爲例，前者「靡浮」而「高亮」，後者「簡質」而「眞澹」，五律七律自有它們風格上的差別。

以上是詩人們公認的五七絕、五七律的基本作法。至於各詩人個別擅用的作法，如高適的詩，喜歡將頷聯寫得活潑流動，腹聯寫得工穩板重，像他的夜別韋司士：

高館張燈酒復清，夜鐘殘月雁歸聲。只言啼鳥堪求侶，無那春風欲送行。黃河曲裏沙爲岸，白馬津邊柳向城。莫怨他鄉暫離別，知君到處有逢迎。

三四一聯既多用虛字，又作流水對，讀起來一氣直下，非常明快。五六一聯則多用實物名詞，是板滯的景物對，景物是各不相涉地並置着，句型是平行的。與三四兩句流動成一串者不同。高適的五律如別韋兵曹、使青夷軍入居庸等等，都是同樣的手法，別韋兵曹的頷聯寫「此心應不變，他事已徒然。」腹聯則寫「惆悵春光裏，蹉跎柳色前。」，使青夷軍入居庸的頷聯寫「不知邊地別，祗訝客衣單。」腹聯寫「溪冷泉聲苦，山空木葉乾。」三四輕傻而五六塡實，這是高適常用的作法，當然也有許多人模倣，後來黃培芳在所評唐賢三昧集中以爲「三四貴流動，宜寫情；五六防塌陷，宜寫景，故是要訣。」是將這種布局方法當作律詩的通則了。

至如杜甫的律詩，也有他常用的手法。據洪仲的研究，以爲杜詩慣法是：「二必開，七必闔。」是說第二句把意思轉豁開來，第七句收闔全首，如杜甫的雨詩：

楚雨石苔滋，京華消息遲。山寒青兕叫，江晚白鷗飢。神女花鈿落，鮫人織杼悲。繁憂不自整，終日灑如絲。

據王嗣奭的研究，以爲中間四句是比況「凶人得志，淸士失所，寡婦窮民，苦於兵賦」（杜臆）杜甫寫的是雨，第一句還在說雨中的苔石，而第三四句却在作憂國憂民的感懷，這中間全靠第二句的「開」。至結尾第八句，又在說雨，則自第六句至第八句的距離也很大，杜甫却以「繁憂不自整」來綰合，謂「憂不自整則心亂，故接以雨灑如絲」（黃生語）「憂多不能自理，故對雨絲而興愴。」（王嗣奭語），可見全仗第七句的「闔」，才收歸本題。假若沒有第二句的開，中間卽景寓意的「雙關」便表達不出，又若沒有第七句的闔，則詩題的雨便轉收不住，二句開，七句闔，正是杜甫作律詩時常用的手法。

至於李義山的律詩，也有他常用的「慣法」，紀曉嵐曾說「五六提筆振起，七八冷語作收，義山慣法。」（見所評義山南朝詩）試將紀氏的體會，求證於義山其他的七言律詩，也大致不差，如無題詩：

重幃深下莫愁堂，臥後清宵細細長，神女生涯原是夢，小姑居處本無郎。風波不信菱枝弱，月露誰敎桂葉香。直道相思了無益，未妨惆悵是清狂！

無題詩大都是借用男女的怨慕，來「自傷不逢」，本首也不例外，起首寫香閨的幽深難眠，這「莫愁堂」的「莫愁」，可以是人名，可以是以人名爲堂名，正是借用「莫愁」的歧義，來作「愁多不寐」的反諷。重幃深下，暗示出絕望，淸宵在枕上滑過去，那時間和思念變成具體有形貌的東西——細細長——計數着失眠的永夜。回想我的心仍如青溪小姑一樣，堅貞純一，獨處無郎，但在權閥之間往來奔波，看來像神女的生涯，遭人奚落，含羞難掩，到頭來只像夢一樣的落空罷了。這前面四句，無非在寫用情之專，以致景況寂寥。到五六兩句，聲情轉爲激越昂揚起來：說那狂吹的風波好像不相信飄浮的菱枝是孱弱不支似的，不斷地讓它承擔狂風大波的衝擊，你不相信它的負擔也會有個限度的嗎？唉，不要怪我爲什麼甘心一再地承受這種打擊，因爲誰敎月露不斷地使桂葉散着淸香？使我爲了這種愛慕、這種信仰，甘心承受相思的磨折呀！藉着相思愛慕，說出他對舊恩難忘，對令狐氏用情的專一。五六兩句表面看來是上下不接續的「寬對」，含意似乎很曖昧，這種曖昧，使無關的東西瞬間尋求連結，滋生許多可能溝通的理解頭緒，反使繁複的句義趨向飽和。五六兩句將全詩提筆振起後，然後七八兩句冷冷地歎說相思的無益：看來在權閥的爭鬪中，自己是被犧牲定了，何妨惆悵，何妨清狂，空閨無侶，這一生也只有空抱癡情的份了！結尾用「冷語作收」，寫下了沈淪的悲憤與絕望。

又如賈島詩的特色，五律是起結皆平平淡淡，前聯十字，一串帶過，後聯十字，極其用工，而忌諱用典，只是搜求眼前的景物，予以深刻的錘鍊（見楊升庵詩話評賈詩）。試看他的寄魏少府詩：

來時乖面別，終日使人慚。易記卷中句，難忘燈下談。濕苔粘樹癭，瀑布濺房菴。音信如相惠，移居古井南。

又如病起詩：

嵩邱歸未得，空自責遲迴。身事豈能遂，蘭花又已開。病令新作少，雨阻故人來。燈下南華卷，祛愁當酒杯。

任舉二首，似乎都與升庵詩話所說的相合，難怪後來李洞、姚合、方干、喻鳧、周賀等人學賈島的詩，都用這種布局的方法，所謂「起句十字，自然而佳，中四句，用工而佳，末句放寬」（方回評賈島詩），這正是賈島寫五律的準則。試看第一首的起首很自然地敍述相聚與分別的情形，說你難得來一次，不久就分別，慚愧沒有能招待你！三四句是很輕巧的對句，容易記得你詩卷中的句子，最難忘懷你燈下的長談！五六句雖寫眼前荒陋的景物，却用心雕畫，十分工緻，工緻的句子，節奏就慢了下來，不像頷聯那麼滑動。結尾說你如果給我來信，請注意我已移居到古井的南邊了！全詩絕沒有「浮豔」的氣息，也沒有深僻的典故，完全是「清瘦」的本色。第二首寫他一直嚮往着嵩丘的草廬，但是遲遲不能歸去，徒然自己責備着自己。起首二句，平順而自然。三四句是一聯情與景對的「流水對」，不像刻意求對仗，却是絕妙的對聯，說個人的事還沒一點成就，那蘭花卻又已經開了，人事艱難，歲月容易，妙手拈來，自成佳偶。五六句也只寫日常眼前的材料，氣韻略覺清寂，但必然是從「行坐寢食，吟味不輟」中敲打得來。結尾以在燈下讀莊子，當作消愁的酒杯，把歸隱不得、身事不遂、病疾不除、故人不來等種種煩惱，一齊投入莊周的洪爐中去消熔，把心情寬緩下來。懂得賈島律詩常用的手法，去欣賞他的詩，自然能看得深一層。至於他的絕句，喜歡起首兩句「以拙起」，第三句「喚出巧意」，結語則「俱堪諷詠」（見王世貞評賈島詩），如聞蟬感懷詩：

新蟬忽發最高枝，不覺立聽無限時。正遇友人來告別，一心分作兩般悲！

又如過京索先生墳：

京索先生三尺墳，秋風漠漠吐寒雲，從來有恨君多哭，今日何人更哭君？

絕句之法，本以「婉曲回環」「句絕而意不絕」爲主，所謂「多以第三句爲主，而第四句發之」，是賈詩常用的手法，後來楊仲弘以爲這正是絕句的訣巧，我們若了解唐人絕句的機杼，欣賞時的着眼點才能完全正確。

以上所述都是屬於謀篇布局方面的，至於鍛句鍊字方面，也有許多詩人們喜歡講究的地方。譬如七言的句子，有所謂「七言下三字，須出上四字意外」的說法（見嚴首昇語），如陸游的黃州詩：

江聲不盡英雄恨，天地無私草木秋。

李益鹽州過五原至飲馬泉詩：

幾處吹笳明月夜，何人倚劍白雲天。

這裏用「英雄恨」「白雲天」都教人大感意外，「江聲不盡」在寫景，忽然接「英雄恨」去抒情；「何人倚劍」在敘事，忽然接「白雲天」去寫景。這種句法，使含意既自層折，而筆調又十分新穎。范元實詩眼也曾討論到類似的句法，他說：「昔嘗問山谷：耕田欲雨刈欲晴，去得順風來者怨。山谷云：不如千崖無人萬壑靜，三步回顧五步坐。蓋七言詩，四字三字作兩截也。……至五言詩，亦有三字二字作兩截者，老杜云：不知西閣意，肯別定留人。肯別耶？定留人耶？山谷尤愛其深遠閑雅。」這種兩截的鍛句法，固然可以避免句意單線直下的缺點，同時，在兩截的間隔處，似斷似續，反而容許讀者的想像作自由的衍伸，原來意象有無繁衍的餘地，是與不完整的語法結構有着關聯的，語法結構不完整，對意象的孳乳繁衍往往有益處。

七言的詩句還有「一句三折」的方法，詩人玉屑卷三曾錄楊誠齋的話道：「詩有一句七言而三意者：杜云對食暫餐還不能。退之云欲去未到先思回。」而環溪詩話中引張右丞的話說：「杜詩妙處，人罕能知，凡人作詩，一句只說得一件事物，多說得二件，杜詩一句能說得三件、四件、五件事物。」綜合楊張二氏的說法，知道七言句中能轉折三層意思，或包括三個名詞，運用得當，句意就精美。如岑參和賈至舍人早朝大明宮之作：

雞鳴紫陌曙光寒，鶯囀皇州春色闌。金闕曉鐘開萬戶，玉階仙仗擁千官。花迎劍佩星初落，
柳拂旌旗露未乾。獨有鳳皇池上客，陽春一曲和皆難。

吳北江說它「莊雅穠麗，唐人律詩此爲正格。」這「穠麗」二字，就是從前面六句中，每句包含三物得來的評語。實物密集，意思必然繁複而轉折，轉轉折折，才不同於平直踏下的散文句法。

又如韓愈山石詩：

山石犖确行徑微，黃昏到寺蝙蝠飛。昇堂坐階新雨足，芭蕉葉大梔子肥。……

方東樹說它「一句一樣，如展畫圖，觸目通層在眼，何等筆力！」這是由於一句之中，常含三物，而各句所寫三物又好像互不關涉，互不重複，用最經濟的筆墨寫出了最多的事物。所含事物多，一句中層折就多，若能使一句中負載的意義達到最大的極限，才是「密度大」的好句子。

在鍊字方面，如詩人們喜歡說的「詩眼」，通常謂七言詩的第五個字和五言詩的第三個字是「詩眼」所在，詩眼用「實字」或「響字」就得力，往往使整句詩光彩閃爍，如杜甫曲江詩的頷聯：

且看欲盡花經眼，莫厭傷多酒入脣。

整句虛字特多，而將「花」「酒」二個名詞字置在詩眼上，所以蔣弱六以爲讀來「魂消欲絕」。

又如杜甫秋興詩中的：

香稻啄餘鸚鵡粒，碧梧棲老鳳凰枝。

寫盛衰相尋，由於當年寵祿不當，景物雖麗，飲食雖盛，但智者隱遯，至今賢士遠去，高人遁跡，慨往傷今，十分沈痛。這句子順寫該是「鸚鵡啄餘香稻粒，鳳凰棲老碧梧枝」，但詩眼處若安置「香」「碧」二字，就嫌軟弱，夢溪筆談中說這樣「相錯成文」，更顯得「語勢矯健」，一面固由於倒裝的關係，增加了句的強度，一面也是由於在詩眼處用了「實字」。使「鸚鵡」與「鳳凰」——這些作爲重要象徵性的事物——特別標舉在醒目的詞序上，意象尤爲突出。

五言詩如杜甫的江漢：

江漢思歸客，乾坤一腐儒。片雲天共遠，永夜月同孤。落日心猶壯，秋風病欲蘇。古來存老馬，不必取長途。

吳北江說它「倜儻英偉」，紀曉嵐說它「壯心斗發」，我們看這詩的中間四句，第三字都用了實字。第三字是一句中關鍵的位置，頷聯的天共遠、月同孤，取情景一致的寫法，把天字放在共字之上，把月字放在同字之上，使景物的地位特別強調出來。腹聯說心不像落日那樣遲暮，病不畏秋風而將蘇，取情景相反的態度，把「心」與「病」安置在「詩眼」的位置上，上與「落日」「秋風」緊接相連，這「情」與「景」相反地密接在一起，將衝突的氣氛強調出來。

又如王維送張五諲歸宣城詩的五六兩句：

欲歸江淼淼，未到草萋萋。

黃香石評道：「句法第三字用實字，最有力。下用疊字，更動盪。施於五六，尤得解。」黃氏的評語都從「鍊字」方面去欣賞的，試看全句只有一個實體字，若不把實字放在第三字，全句就會很軟弱。關於詩的作法，可以講究處還很多，將別有拙著設計篇來詳細探討，以上只是略舉數則，已足以說明欣賞詩必須了解詩的作法。

四、知校讎以定是非

段玉裁曾說：古書的是非有二種，一是底本的是非，一是立說的是非，必須先定底本的是非，然後才可斷定立說的是非。校讀詩篇也是一樣，要欣賞詩，也不能不注意校讎的工作。詩人在鍛鍊字句時，常有「富於萬篇，貧於一字」的苦況，欣賞者對於「一字之差」自不能視作等閒尋常，愈是「以一字見工拙」的作品，愈顯出校讎的重要性。

例如陶淵明的飲酒詩之五：

采菊東籬下，悠然見南山。

蘇東坡所見到的陶詩傳本已有作「悠然望南山」的，蘇氏以爲望字遠不如見字（參見仇池筆記）因爲「見」有偶然看見、不期相遇而遇的意思，在東籬下採菊，一抬頭忽然看到了南山，這時南山與內在的心境突然相遇，融會一氣，正是隱士無比美妙的閒逸境界，若作「望」字，便有特地抬頭去望一望的意思，采了菊又特地去望望南山，完全是兩回事，連寫在一起就毫無意義。

又如杜甫的奉贈韋左丞丈詩：

白鷗沒浩蕩

宋敏求以爲白鷗不會潛水，便把「沒」字改成「波」字，而蘇東坡則以爲寫白鷗滅沒於煙波間，才有詩意，一改作波字，便覺「一篇神氣索然」。由是可知一個字的出入，能影響整首詩的神味，我們不能同意那些主張談文學可以不講考據的論調，因爲意境和神韻都必須依憑有形的文字，文字考查得不精確，意境和神韻都會黯然無光。

又如陶淵明的讀山海經詩：

形夭無千歲，猛志固常在。

自從宋代的曾紘懷疑上下文義不甚相貫，以宋代刻本山海經中有「刑天，獸名也，口中好銜干戚而舞」句，遂以爲「形夭無千歲」是「刑天舞干戚」的錯誤（說見莫氏翻宋刋本陶淵明集卷十引）。後來周紫芝的竹坡詩話、朱子語類、曾季貍的艇齋詩話等多采信曾說，甚至有人將當時的藏本照曾說逕改作「刑天舞干戚」的。這些都是好奇好新，不曾再加細察的錯誤。其實宋代的周必大在二老堂詩話中業已反駁曾說，他說：「靖節此題十三篇，大概篇指一事，如前篇終始記夸父，則此篇恐專說精衛銜木塡海，無千歲之壽，而猛志常在，化去不悔，若併指『刑天』，似不相續。又況末句云：『徒設在昔心，良晨詎可待！』何預干戚之猛耶？」周氏從詩句本身的上下文義去探討，本詩應專詠精衛溺水夭死，形無千歲，銜石塡海，猛志固在，意義已很通貫，比曾紘割取二句去考證要可信得多，況且溫汝能又舉唐代等慈寺碑所引山海經神名正作「形夭」（見陶詩彙評卷四），丁福保氏舉唐代段成式酉陽雜俎卷十四所引「形夭與帝至此爭神，帝斷其首，葬之常羊之山。」亦作「形夭」。（見全漢三國晉南北朝詩緒言）可知陶淵明詩中以「形夭」爲神名，必然有其淵源，後來唐人多作「形夭」，所本正同，不必強改作「刑天」。

又如李白的黃鶴樓送孟浩然之廣陵詩：

故人西辭黃鶴樓，煙花三月下揚州，孤帆遠影碧山盡，唯見長江天際流。

據商務四部叢刊所印蕭山朱氏藏明郭雲鵬刋本分類補注李太白詩卷十五，則「碧山」作「碧空」，又明代何孟春餘多詩話引這首詩，也作「碧空」，是明代本已作「碧空」，而上溯元代至元刻本李太白詩二十五卷蕭注本作「碧空」，是元本亦作「碧空」。但據陸游入蜀記所引李白詩則作「碧山」，並說「帆檣映遠，山尤可觀」，是宋人所見尙作「碧山」，以爲帆山相襯托，空間的立體感才更明確。除了詩境因作「碧山」而更鮮活外，因爲陸游是宋人，所見的版本較早，同時作「碧山」與上文「煙花三月」相應，作「碧空」則與秋高氣爽的九月比較調和。

又如李賀的神仙曲詩：

春羅書字邀王母，共宴紅樓最深處。……猶疑王母不相許，垂露娃鬟更傳語。……

密韻樓覆宋本是「垂露娃鬟」，但萬曆癸丑的刋本却作「垂霧妖鬟」，娃字作妖，二者都是美的意思，意義出入不大，而露字作霧，意義便不同，垂露或許是在哭泣，垂霧則是在寫她們雲鬢的美麗，王琦和姚文燮都認爲該作「垂霧」，垂霧就是垂雲，垂雲是垂髮，作垂露則上下文義不通，王母的近侍何必垂淚？而李賀的春懷詩；「寶枕垂雲選春夢」，這垂雲就是神仙曲的垂霧，寫她們的美髮。

又如王維的送別詩：

春草明年綠，王孫歸不歸？

這「明年」二字，唐詩品彙本、顧元緯本、顧可久本、凌初成本俱作「年年」，其實作「明年」的話，想到明年春草再綠，便有定期，而此去的王孫，明年是否能歸來，却難一定，這樣以「定期」與「不定」相對比，顯得人的自由還不如草，人對未來的預料也不如草那樣可以預期，其中有許多感慨，比「年年綠」的意思會好一些。

又若王維的相思詩：

紅豆生南國，秋來發幾枝。勸君多採擷，此物最相思。

「秋」字有些版本作「春」字，便牽涉到紅豆結實的季節了，而萬首唐人絕句却作：「紅杏生南國，春來發故枝。勸君休採擷，此物最相思」。紅豆變成了紅杏，原是紅杏在春來時花發故枝，所以有些版本會作「春」字，而「休採擷」與「多採擷」一字不同，竟至於相反！

再者，凌初成本「勸」字作「贈」字，而且題目是作「江上贈李龜年」，原來在雲溪友議中記載李龜年曾經在湘中採訪使的筵席上唱過這首詩，勸字正作贈字，凌本和它相應，題目也就和李龜年相關。現在坊本採用萬首唐人絕句的題目作相思，而其中的字句却又和萬首唐人絕句不同。我們若全然不明白這些差異的地方，也許傳誦的詩與原作有很大的距離，那樣的欣賞，能不教古人呼寃嗎？當然，校勘未必都能明斷它的是非，但不校勘，便不能發現問題，變成盲目、盲從了。

又如王維送梓州李使君詩：

山中一夜雨，樹杪百重泉。

「一夜雨」三字，宋代的文苑英華作「一半雨」，錢牧齋深信當作「一半雨」，他說：「作一半雨尤佳，蓋送行之詩，言其風土，深山冥晦，晴雨相半，故曰一半雨。」然而高步瀛斟酌諸家的意見，以為仍應作「一夜雨」，他說：「一半雨着力，且不佳，蓋後人妄改，錢說斷不可從。」「一夜雨」三字又有作「一丈雨」的，王阮亭在夫于亭雜錄裏以為作「一丈雨」是後人妄改的，他說：「右丞詩：山中一夜雨，樹杪百重泉。興來神來，天然入妙，不可湊泊。而詩林振秀改為『山中一丈雨』，此何異點金成鐵，故古人詩一字不可妄改。」王氏的話很對，改竄後的詩，卽使不計較他的優劣，至少它已不能視同原作了。至於此詩的上一句「千山響杜鵑」，潼川志作「春聲響杜鵑」，方輿勝覽作「鄉音響杜鵑」，也都是出於後人的妄改，若據以欣賞，勢必誣屈古人了。

又如杜甫的句子：「雨脚泥滑滑」，而錢牧齋所定杜集九日寄岑參詩，從宋本舊刻作「兩脚泥滑滑」，不曾諟正，只在句下注云：「陳本作雨」，這是非常可笑的。而今俗本也有作「兩脚」的，冷齋夜話以爲必不可通（參見書林淸話卷六）。作兩脚，是不曾校勘；校勘後只說「陳本作雨」，是不懂校勘。校勘不僅是校其異同，主要還是要定其是非。

又如元微之連昌宮詞：

往來年少說長安，玄武樓成花蕚廢。

全唐詩本「成」字下有「一作前」之註，蓋唐詩紀事卷二十七作「玄武樓前花蕚廢。」成字或前字，句義相差甚大。陳寅恪據唐六典卷七，及宋敏求長安志、徐松唐兩京城坊考，以爲：「玄武樓在大明宮之北面，與慶宮遠在大明宮之東南，而花蕚樓又在興慶宮之西南隅，則花蕚樓準諸地望，決無在玄武樓前之理。」又說：「花蕚樓建於玄宗之世，爲帝王友愛之美談，玄武樓造於德宗之時，成神策宿衞之禁域。一成一廢，對擧並陳。而今昔盛衰之感，不明著一字，卽已在其中。若非文學之天才，焉能如是？此微之所以得稱元才子而無愧者邪？」（元白詩箋證稿第三章）照陳氏的考證，這一個字，不僅關係着宮室城坊的位置，還關係着「元才子」的天才清譽呢！

以上所說皆爲句字的校讎，至於作者的眞譌，與作品的鑑賞，也有很大的關係，如赤壁詩「折戟沈沙鐵未消」一首，馮班玉谿生詩評本以爲「赤壁詩北宋本不載，南宋本始有之。」據此則南宋時以爲這首詩是李義山所作，而北宋時却不曾在義山的詩集中出現。程午橋說：「此詩歸之杜牧爲是，杜與李各自成家，李沈著，杜豪邁。」程氏單以風格來辨別作者，不很可靠。馮浩則檢點杜牧集，見本詩載在其中，而北宋本義山詩集又不載，所以定爲杜牧作，以本集載不載，作爲校勘辨僞的第一步，本集不載，自然可疑，這是校讎方法的正確運用。

又如郎瑛七修類稿，曾考辨一首荆公的詩說：「『周公恐懼流言日，王莽謙恭下士時。假使當年身便死，一生眞僞有誰知！』諸書引者皆以爲荆公之詩，臨川集不載，不知何人者也，以格律論之，亦必宋人耳。」（卷二十九）考證作者的眞僞，先以本集爲準，臨川集不載，可能出於後人的附會，不是王安石的詩，這種校讎的方法是正確的。但據白居易詩評彙編一書所考，這首詩是白居易放言詩五首中的第三首，文字略有出入，載在汪立名編白香山詩集卷十五，當然不是王安石的詩。郎瑛所說「以格律論之，亦必宋人耳。」二句話，下得太輕率，這便是相信「經驗」不如相信「材料」來得可靠的道理，也就是據本書校讎可貴的地方。至於詩歌校讎的方法與辨僞的方法，別有專文詳論，可參閱拙作中國詩學考據篇，大致上說，愼選詩集底本、廣儲各種副本、以及貫通文理、熟諳詩法，都是校讎上很重要的基本條件，條件愈具備，論斷的正確性愈高。

作品的詩境

甲、從詩的內容上欣賞

作品形成的要素，不外乎內容和形式兩方面。換句話說，也相當於內涵與結構的二分法。事實上，內容和形式，內涵與結構，往往相互依存，並不能截然分成二事，暫且分界，是爲了便於分條論述。今就詩的內容而言，又不外乎空間、時間、情感、理性四樣東西，時空壯闊、情理雄健典實，則形成壯美的風格；時空短窄、情理綺豔細膩，則形成優柔的風格；情理受時空的誘導，有時寧靜，有時恣肆；時空受情理的投射，有時含悲，有時喜悅。物我交際，興會萬端，時空情理這四樣東西交互爲用，便表現了一切人情景物，構成了多采多姿的詩的境界。欣賞詩的內容，景象萬千，爲求簡化起見，歸納這空間、時間、情感、理性四者交互的境界，約有八類：

一、時空變化

時空變化的方式極多，運用之妙，一如作者的匠心，各各不同。或者在時間上求變化，用今日與昔日來對映，用今日與來日相對映；又或者時間由短而漸長，由長而漸蹙，變化不一。或者在空間上求變化，用大小相襯映，用遠近相襯映；又或者是由遠寫到近，景物是由大物寫到小物，又或者是由近寫到遠，景物是由小物寫到大物，時空的流動，比一幅靜止的畫更易聳動讀者的耳目。

用今日來與昔日對映的，如杜甫的解悶詩：

一辭故國十經秋，每見秋瓜憶故丘，今日南湖采薇蕨，何人爲覓鄭瓜州。

故丘有瓜州，是鄭審所居的地方，鄭審在做秘監的時候，訪者絡繹於途，但是現在謫居在南湖，還有誰去訪覓他呢？這詩寫世態炎凉，人情冷暖，深深道出了今昔榮枯的不同。黃生說詩裏用了兩個故字，兩個秋字，兩個瓜字，是「連環鈎搭」之法，然而一個「故」字是寫十年前的辭別，一個「故」字是寫十年後的追憶，今昔對映，更可感傷其間的寥落，至於二個「瓜」字，秋瓜是眞瓜，瓜州是地名，藉着歧義的映帶，表現出「文情游戲，天機爛漫」的妙處，又以「采薇蕨」而不是「采瓜」，來暗示今昔的不同，更見連環映帶的巧思。

用今日與來日相對映的，如李義山的夜雨寄北詩：

君問歸期未有期，巴山夜雨漲秋池。何當共剪西窗燭，却話巴山夜雨時。

本詩用的是問答體，問是假設作現在問，答是假設作將來答。第三句的「何當」呼應着第一句的「未有期」，爲「他日歸期」作了一番設想，第二、四兩句重出「巴山夜雨」四字，雖同寫的是一件事，却有來日與今日的不同。喻守眞說第二句巴山夜雨是身在巴山看雨，第四句巴山夜雨是想到將來同家時說巴山看雨的情懷，而身仍在巴山，這種重複句的運用，最可表示一種纏綿的情致。然而這種情致正發自今日與來日的對映。桂馥說：「眼前景反作後日懷想，此意更深」。（札樸卷六）傅庚生也剖析道：「歸期不敢預定，今日方在巴山聽夜雨，緬念將來，何日當可與君相晤，共剪燭於西窗，轉更閒敍今日夜雨時情景耶？此懸想將來之能却話今日，虛實顚倒，明縱而暗收，蓋遙企於西窗剪燭之樂，正以見巴山夜雨之苦，若微波之漪漣，往復生姿也。」（中國文學欣賞舉隅）時間的游移對映，由今日的處悲而思歡，待他日的處歡以思悲，將今昔不同的時間指向同一個空間來，會創設成一幅絕美的詩境。

時間由短而漸長的，如金昌緖的春怨：

打起黃鶯兒，莫教枝上啼，啼時驚妾夢，不得到遼西！

這首詩在組織的聯貫上，是第二句解釋第一句，第三句解釋第二句，第四句又解釋第三句，同時，第四句也把全部的謎底揭開。四句的聯結是很「圓緊」的，爲什麼要打，是不許它啼；爲什麼不許它啼，是啼了會驚醒我的夢；爲什麼不許把夢驚醒？是只有在夢裏才可以到遼西去！爲什麼要到遼西去？那就是言外的意思了。就時間來說，「打起」句的時間性要比「枝上啼」來得短，「枝上啼」的時間性又比「妾夢」來得短，「妾夢」的時間性當然比「到遼西」來得短，夢裏的時間是變了形的時間，「到遼西」的時間性，可能是無限延長的。四句的時間性逐句衍長，到了末尾，隱沒入無窮無盡的時空中去，所以王世貞說它「有餘味」。

時間由長而漸蹙的，如朱慶餘的宮詞：

寂寂花時閉院門，美人相並立瓊軒，含情欲說宮中事，鸚鵡前頭不敢言！

本詩的特色有二點，一是全詩以「衝突」見長，一是在「時間性」的設計上很成功，就「衝突」而言，「寂寂」與「花時」、「院門」與「閉」，是時空背景的衝突，亦卽是情感衝突的引線。「含情欲說」與「不敢言」，是情感衝突的爆發，到了「不敢言」，用「不說」的方法，卻把宮中的幽冷、心中的幽怨，全部「說」了出來！就「時間性」而言，「寂寂花時」的時間長度是整個春季，「美人並立」的時間長度是賞花的片刻，也是「寂寂花時」中的一小段；「含情欲說」則是互訴感懷的俄頃，也就是「美人並立」時的一小段；「鸚鵡前頭不敢言」則是抬頭望見鸚鵡的一刹那，話到嘴邊，緊急刹住的一刹那，也是把「含情欲說」戛然截斷的一刹那，其時間的長度最短、最快、最急，急促的收煞，卻留下一大片空白在紙外迴響。

在空間上求變化，用大小相襯映的，如杜甫的孤雁詩：

誰憐一片影，相失萬重雲！

一片影、萬重雲，大小輕重懸殊，在一片無垠的空白中，「孤」字的精神才特別顯示出來。長空萬里，望斷蹤影，卻將雁行既遠的形象表現得很具體，而孤雁的「飛鳴迫切之情」，自然留下了鮮明的印象。如果拿來比擬兄弟睽隔，當然更加悱惻動人。

空間上用大小相襯映，相當於時間上用長短相襯映，如杜甫詠懷古跡詩：

萬古雲霄一羽毛

兪浙說：「一羽毛，如鸞鳳高翔，獨步雲霄，無與爲匹也。」（見杜詩詳註卷十七引）雲霄一羽，是空間的大小襯映，把「淸高」的風致，表現得「迥出塵表」，再加上「萬古」二字，更使孔明的人品功業，千古以來，傑出無匹了。

在空間上用遠近相襯映的，如王維的送賀遂員外外甥：

南國有歸舟，荆門泝上流。蒼茫葭荻外，雲水共昭丘。檣帶城烏去，江連暮雨愁。猿聲不可聽，莫待楚山秋。

拙著「詩心」中曾說：這首詩有一個別致的布局，凡出句都就近物寫，且寫一個較小的事物；收句都就遠景寫，且寫一幅壯闊的景色。如一句寫身旁的「歸舟」，收句「荆門泝上流」是寫上游迢迢千里；三句寫岸旁的「葭菼」，收句「雲水共昭丘」是寫天邊茫茫一片；五句寫船旁的「檣烏」，收句「江連暮雨愁」是寫江上淼淼不絕；七句寫耳旁的「猿聲」，收句「莫待楚山秋」是寫秋山的蕭蕭無邊。這種一近一遠相布置、一小一大相對待的構思，完全是畫面的示現。

在空間上由遠寫到近，畫面逐漸收縮，而由大物寫到小物的，如柳宗元的江雪：

千山鳥飛絕，萬徑人蹤滅。孤舟蓑笠翁，獨釣寒江雪。

這詩的境界，是由空廓的千山，而轉入地面的萬徑；由縱橫的萬徑，而轉入一葉孤舟；由孤舟又縮小到蓑笠翁的身上，由蓑笠翁而縮小到一根釣竿上，空間不斷地縮小，事物不斷地放大，鏡頭不斷地拉近來，把整個冰天雪地裏的意趣，濃縮至一根釣竿的尖端，特寫這一根釣綸垂在江雪中，而詩意也集中到結尾的「江雪」二字來，緊切着題目，如何不教人喝采！

至如李賀的夢天詩，前半是由遠景寫到近景，後半又由近處遙望遠景：

老兔寒蟾泣天色，雲樓半開壁斜白。玉輪軋露濕團光，鸞珮相逢桂香陌。黃塵清水三山下，更變千年如走馬。遙望齊州九點煙，一泓海水杯中瀉。

前四句寫夢魂奔月時，漸行漸近，月裏的景物，愈來愈清晰；由月色而見雲樓，由雲樓而見瑤車，由瑤車而見鸞珮，所描寫的事物愈見精小，而景物却在不斷地放大，不斷地接近。這種描寫的手法，不僅是畫面的表出，還像一幅在移近來的圖畫，直逼到眼前來！後半四句從天上遙望人世，整個中原像九點煙影，江洋大海也只像一杯水在幌動罷了，前半首的視野由大而漸小，後半首回望時則由小而至極大，近景這般精細，遠景這般模糊，使讀者也像在星際飛行，親見星球間互望的景象了。

又如杜甫秋興八首之六，也是同樣的手法，先逐層緊縮，又逐層擴展：

瞿唐峽口曲江頭，萬里風煙接素秋。花萼夾城通御氣，芙蓉小苑入邊愁。珠簾繡柱圍黄鵠，錦纜牙檣起白鷗。回首可憐歌舞地，秦中自古帝王州。

這詩照陳延敬的分析，因為上承「蓬萊宮闕」一首，所以先寫宮殿，而後池苑。因為下繼「昆明池水」一首，所以先敘內苑，而及城外。以為本詩首句從瞿唐引端，是受前後兩首的影響。陳氏的話雖不錯，然就本詩來分析，在空間的變化上，先由遠及近，復由近推遠，轉換頗為靈活。從瞿唐峽口到曲江，地懸萬里，風煙遙接，一片蕭森的景象，極為壯闊。復由長安的曲江寫到花萼夾城，由城塢而小苑，由小苑而寫珠簾圍鵠。從「萬里風煙」到「珠簾繡柱」，遠近大小，逐層收縮，何啻億萬倍！

而後半四句，寫「邊愁未入之先，江上離宮，珠簾圍鵠，江間畫舫，錦纜驚鷗。曲江歌舞之場，廻首失之，豈不可憐，然秦中自古建都之地，王氣猶存。」（見王嗣奭杜臆）則是由珠簾而畫舫，由江旁的畫舫而寫曲江歌舞的勝境，再由曲江的勝景而寫秦中帝王之州，從「珠簾繡柱」到「帝王之州」，近遠大小，逐層擴充，又何啻億萬倍！讀來頓覺雄渾豐麗，壯思遄飛。杜甫寫詩，寫小物，或藻繡細膩，寫大物，或氣厚聲弘，在空間轉換時，音響節奏與文藻氣派，往往都配合着有洪纖不同的變化。

在空間上由近寫到遠的例子更多，畫面逐層擴張，而所寫的事物也是由小而大的，如李白的靜夜思：

牀前看月光，疑是地上霜，擧頭望山月，低頭思故鄉。

從牀前往遠處寫，由看牀前的一點月光，擴至整片地上，又擧頭往遠處望，望見了山月。是由平面的地，延展到整個立體的空間。山月還能望見，低頭却想着遠處的故鄉！則由立體的空間，延展到眼前的空間以外去了。故鄉則思而不見，在詩人的心中，故鄉比山月要遠得多了！這樣把空間節節擴展，使整夜縈思、躊躇月下的畫面，由一張茅舍中的藜牀，擴展至廣袤無限的空間。一會墮在几榻前的點點，一會邈向雲漢外的茫茫，眞正做到了「咫尺應須論萬里」的短詩要領，就在空間不斷地擴大時，心情也由恍惚而轉爲懊惱，由疑惑而轉爲淸晰，這種心情的轉變，也托出旅人輾轉反側欲睡不睡的愁思，全詩不必說秋而是一片秋景，不必說旅而是身在旅中，景物如此而情思倍增，運筆的經濟、精確，自然教人深深傾服。再則本詩說鄉思旅愁，完全是隨着目力所及，愈視愈廣，而自然湊泊，與那些強說鄉愁、強裝多情者大不相同，俞樾說它是「以無情而言情，則情出；自無意而寫意，則意眞」，從這個角度看，把本詩推爲絕句的「神品」，也是有理由的了！

又如賈島的尋隱者不遇詩：

松下問童子，言師採藥去。只在此山中，雲深不知處！

這詩是用問答的形式組成，問句先是二個人，答句已屬三個人，問句在松樹下，答句已在松樹外，雖推至眼前此山，而白雲深深，何處雲遊？又沒有了定處。「松下問童子」好像是「可遇」，「言師採藥去」則是「不可遇」，「只在此山中」好像還「可遇」，「雲深不知處」則直是「不可遇」了！全詩也是由一個明確的「定點」推至無限的。而全詩的字面與氣氛十分幽澹，加上是用清遠的去聲爲韻脚，似遇而又不可遇，與山居隱逸的題旨是很適稱的。

再則如王昌齡的盧溪別人詩：

武陵溪口駐扁舟，溪水隨君向北流，行到荊門上三峽，莫將孤月對猿愁。

從武陵溪口的扁舟寫起，地點隨溪水而向北移進，景物也逐漸擴大，先由扁舟而擴展至整個溪水，由溪水而擴大爲兩岸綿延的三峽，再由三峽而擴大至羣山的猿聲與長空的月色，空間的擴大展現，景物也繁多起來，思緒與旅愁也隨着繁複起來。

又如賈島的客思詩：

促織聲尖尖似針，更深刺着旅人心。獨言獨語月明裏，驚覺眠童與宿禽。

這詩的布局，就聲音而言，由靜而喧，就人物而言，由少而多，所描寫的景物也隨着增多，空間自然也逐句加大了！就聲響來說：從靜穆的夜晚，開始了蟋蟀的爭鳴。由蟋蟀的爭鳴，刺碎了旅人的好夢，引起旅人月下的徘徊，自言自語。由旅人的自言自語，又驚起了童子，由旅人和書僮的對話，更驚醒了四周棲宿的禽鳥！由靜而喧，像一聯串牽連的音符，敲碎了整個秋夜的靜穆！人物的增多，音響的此起彼落，造成了本詩奇妙的立體感。

王安石的詩，極富空間變化的趣味，任檢其詩集第四十三卷，便有幾首空間由近及遠、層層展開的詩，如鍾山晚步：

小雨輕風落楝花，細紅如雪點平沙。槿籬竹屋江村路，時見宜城賣酒家。

由初夏的楝花落瓣，說到平沙上片片落花，再由槿籬竹屋，望到江村路的那端，隱約有賣酒的人家。這是他在鍾山晚步時，由近處漸漸向遠眺望的景色。由近處清晰的落花，到遠處隱約的酒家，由一條彎彎的村路，顯現出空間的深度。又如同熊伯通自定林過悟眞院詩：

與客東來欲試茶，倦投松石坐欹斜。暗香一陣連風起，知有薔薇澗底花。

首句寫與客試茶，次句寫在松下石上斜坐，三句寫遠處吹來一陣暗香，末句推想香風起處，必有薔薇花開，由目力所及的周遭，推想至目力所不及的外界，也是由近處推想至遠處的。由近處推想至遠處，空間自然隨着放大。又如書湖陰先生壁詩：

茅簷長掃靜無苔，花木成畦手自栽。一水護田將綠遶，兩山排闥送青來！

從湖陰先生楊德逢的住所往外寫，先見茅簷，茅簷外是成畦的花木；畦外是綠色廣大的田野，有一泓河水縈繞着廣大的田野；水外更有兩座青山，山光像推門直入，把耀目的青光直送到眼前來！這是由近處愈寫愈遠，遠到天邊的青山，却又忽然重回到門裏來了。

二、時空交感

前節談時空變化，乃就時間與時間有今昔長短的變化、空間與空間有遠近大小的變化而言，自成一節。而此節言時空交感，乃就時間與空間的糅合交綜，或時間與空間的分設對映而言。當然，前節談時空變化的例子中，也不免兼具着時空交感的情節，尤其是寫時間的變化，也離不了要寫到空間，詩人不能只坐在時間的流矢上，而不在空間中飛行呀！

時空分設對映的詩，如王安石的蕭然：

蕭蕭三月閉柴荊，綠葉陰陰忽滿城。自是老來游興少，春風何處不堪行。

風聲蕭蕭，深閉着柴荊的門，這三月天，也不管綠葉陰陰已漲滿了城隅！只怪老來游興太少，要不然，春風裏，何處不是游樂的去處呢？大致來說，首句言時，二句言空，三句言時，末句言空，時空是分設對映的。而閉門蕭索對映綠葉的繁茂，老年少興對映春風的繁華，情景的反襯，加濃了詩的意味。

又如王安石的初晴：

幅巾慵整露蒼華，度隴深尋一徑斜，小雨初晴好天氣，晚花殘照野人家。

首句華髮蒼蒼，在時間上著眼，次句度隴尋徑，在空間上著眼。初晴天氣寫時間，野花人家寫空間。然而「小雨初晴」，正是「度隴深尋」的動機，而「晚花殘照」恰與「兩鬢蒼華」相接應，這情與景相一致，使許多要說的話，都藉着景物而悠揚不盡，所以本詩雖說時空分寫對映，其中自不免交綜糅合，況且在時間空間的描寫中，感情又自然流露其間，想要絕對區分是困難的，爲了敍述方便，只可作概略的分別。

再則如韋莊的贈邊將詩：

昔因征遠向金微，馬出榆關一鳥飛。萬里只攜孤劍去，十年空逐塞鴻歸。手招都護新降虜，身着文皇舊賜衣，只待煙塵報天子，滿頭霜雪爲兵機。

上半四句，一時一空，一空一時，分設明顯。下半四句寫手招降虜、身著舊衣、煙塵警寇、霜雪滿頭，也各各在時空上有所偏重。時空的分設，可以避免句意的重複，注意時空的兼備，可以將許多不同的時空景象，濃縮到一詩之中，使詩的畫面趨向繁複而含意倍增。

又如韋莊的春日詩：

忽覺東風景漸遲，野梅山杏暗芳菲。落星樓上吹殘角，偃月營中掛夕暉。旅夢亂隨蝴蝶散，離魂漸逐杜鵑飛。紅塵遮斷長安陌，芳草王孫暮不歸。

上半四句，先寫東風，再點出梅杏，又畫樓景，更抹上夕陽。一時一空，一空一時，布局與上首略同。五六二句抒情，但「亂隨」字偏重寫空間，寫旅懷多驚，一會夢爲蝴蝶，是蝴蝶的空間，一會醒作旅人，是旅人的空間。「漸逐」字偏重在寫時間，寫離別愈久，愈怕杜宇淒厲催歸的鳴聲。至第七句再寫空間，寫長安陌上的紅塵，第八句再寫時間，寫日暮不歸的王孫。韋莊的詩，喜用濃艷的詞彙，但總不忘時空關係的對映。

時空交綜的例子，如杜甫的洞房詩：

洞房環珮冷，玉殿起秋風。秦地應新月，龍池滿舊宮。繫舟今夜遠，清漏往時同。萬里黃山北，園陵白露中。

這首詩是寫杜甫在夔州巫江舟中，見新月、聞清漏，囘懷長安的往事，所以在地點上就有夔州與長安二處，在時間上又有今夜與往時的不同，以這四個要素構成了本詩。

「洞房環珮冷」寫空間，冷字又暗應着時節。「玉殿起秋風」寫時節，但玉殿二字點出了故國舊君。「秦地應新月」寫時間，秦地又是指夔州。「龍池滿舊宮」寫空間，舊宮又是指長安昔時。「繫舟今夜遠」寫空間，用「今夜」呼應「新月」，仍糅合了時間；「清漏往時同」寫時間，用「往時」呼應「舊宮」，仍糅合了空間。舊注以爲「月雖新而宮則舊，有物是人非之感」，那是從時間上生出來的感慨。其中更有「形在江海，心存魏闕」的思念，那是從空間上生出來的感慨。「萬里黃山北，園陵白露中」，上句寫空間，下句寫時節，使「物是人非」「心存魏闕」的感觸，更達到了高潮。仇兆鰲說：「章內秋風、秋月、秋水、秋露，皆各舉時景言耳。」我以爲全詩不僅各舉時景，而是將「時」與「景」交綜糅合得十分自然，所以能產生「意思沈鬱、詞旨淒涼，讀之令人感傷欲絕」的悲劇效果。

時空交綜的例子，又如杜牧的題宣州開元寺水閣詩：

六朝文物草連空，天澹雲開今古同。鳥去鳥來山色裏，人歌人哭水聲中。深秋簾幕千家雨，落日樓臺一笛風。惆悵無因見范蠡，參差煙樹五湖東。

拙著「詩心」一書中曾說，本詩的特點，就是在時空交叉的處理上極靈活，整首詩都在時空上着力：「六朝文物」寫時間，「草連空」寫空間；「天澹雲開」寫空間，「今古同」寫時間；「草連空」「今古同」等字，與上面四字似接非接，眞有「大出上四字意外」的感覺，主要是用空間去突接時間，又用時間去突接空間，時空的交換打破了平順挨接的習慣，其間便產生耐人揣測的情趣。鳥去句在寫自由的天地，主要表現空間；人歌句在寫滄桑的變幻，主要表現時間；「深秋」寫時間，接着「簾幕千家雨」寫空間，「落日」寫時間，接着「樓臺一笛風」寫空間。惆悵句寫古人不見，在時間上着眼；參差句寫五湖煙樹，在空間上着眼。時空互爲錯綜，又互爲呼應，就空間上說，六朝的文物只賸下荒草，風流的范蠡只賸下煙樹。就時間上說，深秋是一年的晚景，落日是一日的晚景，時間的遲暮與空間的荒凉，交叉成一個衆感所集的坐標，遂令一座小小開元寺的水閣上，所見的不止是天光山色、鳥飛人影而已，即古往今來，或興或廢，縱横千里，或歌或哭，河山的遼闊，歷史的縱深，無不盡收筆底，不須多抒感慨，而自有許多感慨。

三、情景分寫

所謂情景分寫，是說詩境中：或以情到，或以景到，或先說景，後說情；或先說情、後說景。或一情一景，兩層叠敘，情與景可以在字面上分別設計，但並不是說詩中情與景是截然可分爲不同的兩端。仇兆鰲曾就杜詩五律析其例云：

「杜詩五律，有景到之語；如『落雁浮寒水，饑烏集戍樓。』『星垂平野濶，月湧大江流』是也。有情到之語，如『勝絕驚身老，情忘發興奇。』『一時今夕會，萬里故鄉情』是也。有一句說景，一句說情者，如『悠悠照邊塞，悄悄憶京華』是也。有一句說情，一句說景者，如『白首多年病，秋天昨夜凉』是也。有一景一情兩層叠敘者，如『野寺江天豁，山扉花竹幽。詩應有神助，吾得及春遊。徑石相縈帶，川雲自去留。禪枝宿衆鳥，漂轉暮歸愁』是也。」（杜詩詳註卷二十三）

仇氏從情景的分析去欣賞詩，的確是認識詩境的一種方法，他所謂的情到景到，只舉出單描摹情或單描摹景的雋語名句，便足說明情景是可以分寫的，不過古典詩裏，由於自然與人生、感情與景物往往聯結在一起，彼此融合無間，相爲表裏，所以情中未必無景，景中也未必無情，仇氏的分析，只是以字面爲據。所舉一景一情兩層叠敘的詩是遊修覺寺詩，因爲野寺離城很遠，所以顯得江水豁朗；因爲山扉遠離塵俗，所以顯得花竹幽雅，由這二句景，生出了詩情，生出了春遊及時的歡情。五六兩句又寫景，這景物乃是與一二兩句相關涉的，由花竹的幽美，牽聯到徑石的縈帶，由江天的豁朗，牽聯到川雲的去留，由這二句景，又引出二句感觸來：因爲禪枝安穩，衆鳥有托，興起了我「飄轉千里尙無歸處」的愁情。這詩情景分寫的設計，十分明顯。

至於先說景，後說情的，又如王安石的再題南澗樓詩：

北山雲漠漠，南澗水悠悠。去此非吾願，臨分更上樓。

先寫景物，北山是雲，南澗是水。再說離開此地不是我的願望，在臨別時再上樓去眺望一番，那臨行依依、眷戀不捨的心意，藉着再度上樓凝望，充分表露。心意隨着極目遠眺，與漠漠的雲悠悠的水一樣，湧向天際，悠遠無涯。

又如王安石的杖藜詩：

杖藜隨水轉東岡，興罷還來赴一牀。堯桀是非猶入夢，因知餘習未全忘。

首句寫景，次句寫事，都是實寫的；三四兩句抒情，是用虛寫的。因爲夢裏還在爭論堯與桀孰是孰非，才知道自己雖然已退隱山野，歸臥林泉，仍舊拋不下當年固執的習性，末句轉折一句，彷彿在寬慰自己，却是在替自己可惜了！

又如杜牧的泊秦淮詩：

煙籠寒水月籠沙，夜泊秦淮近酒家。商女不知亡國恨，隔江猶唱後庭花！

前二句寫景物，後二句寫情事，看似上下分隔，但由第一句的煙月，牽出了第二句的夜字，由第二句的酒家，牽出了第三句的商女，由第三句的亡國恨，牽出了第四句的後庭花。短短四句，一線敘下，用俊爽直達的快調，寫快心露骨的感慨，把詩人懷古憂時的情致，吐露得非常痛快。沈德潛推許本詩爲「絕唱」，又認爲足以媲美盛唐「壓卷」之作，我們若從筆力強度方面來評量，本詩在溫婉的字面下，潛湧着絕大的神力，有資格「提名」爲壓卷的絕唱！

至於杜牧的五言律詩，也常喜前半寫景，後半抒情。如題白蘋洲詩：

山鳥飛紅帶，亭薇折紫花。溪光初透徹，秋色正清華。靜處知生樂，諠中見死誇。無多珪組累，終不負煙霞。

又初春有感寄歙州邢員外詩；

雪漲前谿水，啼聲已繞灘。梅衰未減態，春嫩不禁寒。迹去夢一覺，年來事百般。聞君亦多感，何處倚闌干。

任舉上述二首，布局形式大致相似，前實後虛，前景後情，前一首寫秋景，山鳥亭花，溪光秋色，將白蘋洲的景物，上下遠近，都已寫遍，於是生出一層園林的思念來，以爲恬靜的人方能體味出生活的樂趣，喧嘩只是誇耀死亡的前奏。棲息在白蘋洲上，再沒有珪組品服的牽累，（唐時組綬袍服的色澤，以金紫、紫、緋、青、綠爲等次，官場的逢迎得失，都是爲了關切色澤的陞降！）讓我終於不負煙霞的前約！後一首寫春景，雪消鳥鳴，梅衰春寒，已將初春的景物畫齊了。於是感慨過去只像一場夢，留下了什麼？未來的事情却頭緒紛紜，感觸亦多，聽說你也是和我一般的多愁善感，在這初春的光景，該在何處倚着闌干沈思才好呢？前半首的景，使後半首的情有了憑藉；後半首情，使前半首的景有了韻致，前後相輔，情思無限。

先說情後說景的，如王安石的秣陵道中口占第二首：

歲熟田家樂，秋風客自悲。茫茫曲城路，歸馬日斜時！

先以「田家樂」和「客自悲」相對比，謀稻粱與謀國事的人，憂喜何等不同，田家漢只要稻穀豐收，就眉開眼笑，而我能以個人獲得溫飽就快樂了嗎？這是荊公在秣陵道上的心情，然後再寫歸路茫茫，暮日西斜。那種日暮途遠的客愁，在秋風蕭索的異鄉，更顯得孤寂無助了。荊公身懷經世之才，歷經挫折，只能返還田園故廬去，歲月遲暮，三徑就荒，馬首日斜，眞不知那裏才是他的歸路！又如他的中年詩，也是這種格式：

中年許國邯鄲夢，晚歲還家壙埌游。南望青山知不遠，五湖春草入扁舟。

先寫中年許國，徒成黃粱一夢，再寫晚歲還家，且作曠蕩之游，這時無物累心，可以遨遊，南望青山得知隱處不遠，且駕扁舟划入五湖春草裏去！末尾兩句寫景，遊山玩水，正說明了「壙埌游」的逍遙。拿這首詩和前首去比較，一寫秋日，一寫春時；一寫異地，一寫故鄉，內容不同，格式是相似的，一從悲慨寫，一從拓落寫，都是扮演完了「受難者」的角色，而去當「隱士」的，教人一掬同情之淚！

又如杜牧的重送絕句，也是先敍情事，後寫景物：

絕藝如君天下少，閒人似我世間無。別後竹牕風雪夜，一燈明暗覆吳圖。

先以君我二句對起，你的絕藝超羣，我則閒散無比，先從情事上虛寫，再以別後在棋枰上打譜，獨自檢討得失的夜景作結。風雪奇冷，竹窗有聲，這時燈下閒散孤獨的我，用棋子敲響了寂寞，如果能和身懷絕藝的你在一起，那該多好？但這些話都餘在言外，本詩只以寫景爲結束，孤寒的夜景、凝望的癡情便可以想見。

至於一情一景，兩層疊敍的，如王安石的秣陵道中口占詩第一首：

經世才難就，田園路欲迷。慇懃將白髮，下馬照清溪。

首句寫世事艱難，長才難展，次句寫田園就荒，歸路已迷。三句寫白髮添鬢，即使你將信將疑，轉眼就平添不少。四句寫他下馬來，在清溪裏慇懃地照，不由得你不信「人老如此」了！這二十個字，把英雄失路、壯氣蒿萊的景象表現得很突出，在清溪的倒影裏，可以看見那牽着馬的人，是一個不服老的老人！壯圖未展，年華如水，荊公在秣陵道上的心境，被溪水清澈地照映在你的眼前！

又如荆公的離昇州作：

相看不忍發，滲澹暮潮平。語罷更携手，月明州渚生。

一句情剛說到嘴邊，便用一句景把它吞咽。不說離愁別緒，偏說「滲澹暮潮平」；不說攜手無語、相對黯然，偏說「月明州渚生」。讓讀者感到一股強行壓抑的情感，透過淒清的夜景，瀰漫紙上。如果把它翻譯成：縱使暮潮很平穩，很適合行舟，但互相望着，不忍心就此出發；再不用多說什麼，且無語地攜着手，直到明月從州渚昇上來。這樣一譯成順當的散文，失去用景物來截斷情感的間隔形式，那股強行壓抑的氣氛就被破壞。

又如杜牧的沈下賢詩，也是一情一景雙層叠敘的：

斯人清唱何人和？草徑苔荒不可尋！一夕小敷山下夢，水如環佩月如襟。

寫沈下賢東歸故里以後，像一個清亮的男高音，唱完了他的陽春白雪，還有什麼人能來和應呢？只賸下一片荒苔草徑，難尋高人的蹤跡了。當他在小敷山下做夢，水像環佩，月像襟抱，月光照水，水光映月，境界是何等清絕！吟譜上說杜牧的詩「氣俊思活」（見唐音癸籤引），從這首一情一景交替組合的詩來看，可以印證吟譜上所稱讚的話是不錯的。

就律詩而言，八句之中，也可以情景雙疊。如岑參的使君席夜送嚴河南赴長水：

嬌歌急管雜青絲，銀燭金杯映翠眉。使君地主能相送，河尹天明坐莫辭。春城月出人皆醉，野戍花深馬去遲。寄聲報爾山翁道，今日河南勝昔時。

陳繼儒批評它「起得富麗，接得淡宕」，郭濬批評它「春城一聯，迷離荏苒，結亦有情。」（並見唐詩會通評林）綜合二說，正將八句詩，起、接、轉、結，都稱讚到了，其中每二句一個段落，用情景疊寫的方法，如首二兩句，景物富麗，三四兩句寫人情，淡宕而流動。五六兩句，夜景迷離，不勝流連。七八兩句再寫人情，饒有情味。雖是情景夾寫，但管絃相送、歡飲達旦、月出酒酣、看花惜別，所描寫的情事仍是聯貫有序的。

有時情景疊寫，未必兩句兩句分配勻整，如高適的東平別前衞縣李寀少府：

黃鳥翩翩楊柳垂，春風送客使人悲。怨別自驚千里外，論交却憶十年時。雨開汶水孤帆遠，路遶梁山匹馬遲。此地從來可乘興，留君不住益淒其。

這首詩第二句就寫情，其餘與上首相同。中間四句，二句寫情，二句寫景，使虛實相間，情景兼備。前文引黃培芳的話：「三四貴流動，宜寫情；五六防塌陷，宜寫景，故是要訣。」這要訣正是說明了詩中情景分寫、又須兼備的好處。試看本詩寫黃鳥于飛，楊柳深垂，由黃鳥引出了春風，由楊柳引出了送客，情景相生，融接自然，再由送客與起怨別，由怨別回想起論交已久，論交已久正證明了怨別之深。這二句又是從第二句的「悲」字開展出來的意思。五六二句又從怨別的情感，接引出怨別的景色，水路走去，是「雨開汶水孤帆遠」；陸路走去，是「路遶梁山匹馬遲」，水陸跋涉，獨行千里，於君於我，都充滿着離愁，結尾呼應起句，說這兒黃鳥綠柳的景物，正屬乘興遊賞的好風光，但這些景物由於留不住你，都染上了一股淒其憂傷的色彩了！

明代的黃生，曾舉杜甫的歸雁詩，以爲「事起景接，事轉景收」，是詩中的「虛實相間格」，其格式正是情景分寫、數層疊敍的形式，老杜詩中固然不乏其例，小杜詩中亦然，下面且舉杜牧的憶齊安郡詩爲例：

半生睡足處，雲夢澤南州。一夜風欺竹，連江雨送秋。格卑常汩汩，力學強悠悠。終掉塵中手，瀟湘釣漫流。

這首詩，正是「事起景接，事轉景收」的形式，一、五、六、七寫情，二、三、四、八寫景，雖是分寫，却是轉接靈活，錯綜自然。說半生中能飽睡到太陽高起的地方，要數雲夢澤南邊的齊安郡了，有時整夜長風欺壓着竹林，雨勢連接着長江，風風雨雨地送走了秋天！想起我自己必然是格調太低俗，所以常常煩悶不安，長年力學而無成，枉費了悠悠的歲月。（汩汩悠悠的解釋，應該與杜甫自閬州領妻子却赴蜀山行詩：『汩汩避羣盜，悠悠經十年』中的用法一樣，小杜可能正是本着老杜的句子作的。馮集梧把汩汩當急流解，不是它的出典。）唉，我終究會掉轉塵俗中的手，去握一根釣竿，在瀟湘的漫流中垂釣的！

再則如杜甫的九日藍田崔氏莊詩，也是情景分設的，在八句中，只有五六兩句寫景，其餘六句都寫情，這二句景是：「藍水遠從千澗落，玉山高並兩峯寒。」浦起龍稱之爲「截斷衆流句」，就是在流動的抒情意態中，突然「以景截情」，這莊嚴板重的景物，給人一種「雄傑挺拔」「撐天而起」的感覺。總之就律詩而言，八句皆景或八句皆情，很不容易有成功的表現，情與景卽使要分寫，也要兩者兼備，才沒有偏枯的弊病。

四、情景交融

情感與景色分開來描寫，已如上述。但許多詩是情感與時空景色交融不分的，詩人將時空景物作爲發抒自己心中壘塊的機緣罷了，所以景中可以含情，情中可以寓景，至於託物起興，摹景寫心，更覺詞旨深渾，妙境無窮。李重華曾說：「詩有情有景，且以律詩淺言之，四句兩聯，必須情景互換，方不複沓，更要識景中情、情中景，二者循環相生，卽變化不窮。」（貞一齋詩說頁八）這一段話旣說明情景分寫的好處，更說明情景交融的難能。都穆亦曾引陳嗣初的話說：「作詩必情與景會，景與情合，始可與言詩矣，如『芳草伴人還易老，落花隨水亦東流』，比情與景合也。『雨中黃葉樹，燈下白頭人』，此景與情合也。」（南濠詩話頁十三）都氏書中所舉情景交融的例子，都有沈鬱的情與穠麗的景，表現出不凡的意境。

前人將情景交融分爲三項，如施補華說：「景中有情，如柳塘春水漫，花塢夕陽遲。情中有景，如勳業頻看鏡，行藏獨倚樓。情景兼到，如水流心不競，雲在意俱遲。」（硯傭說詩）他將兼寫情與景的句子，其字面以景爲主體，偏重於寫景的，屬「景中有情」類；字面以情爲主體，偏重於寫情的，屬「情中有景」類；字面情景並重、交融莫辨的，屬於「情景俱到」類，其實這三種都可說是「情景交融」的例子。

所舉江亭詩中的「水流心不競，雲在意俱遲」一聯，特別邀人激賞，浦起龍說它「透出胸襟，便極閒適」，盧元昌說它「身在亭中，心遊亭外」，這種批評都對情景的交融有着深刻的體味，不過情景交融的妙句，有時簡直是一種悟境，一種像禪一樣不可說的悟境。

仇兆鰲亦曾舉杜詩五律中的佳句，來說明情景交融的境界，他說：「有景中含情者：如感時花濺淚，恨別鳥驚心。岸花飛送客，檣燕語留人是也。有情中寓景者：如影著啼猿樹，魂飄結蜃樓。正愁聞塞笛，獨立見江船是也。有情景相融不能區別者：如水流心不競，雲在意俱遲。片雲天共遠，永夜月同孤是也。」

仇氏所舉「景中有情」及「情中寓景」與前章所論「情景分寫」者有別，仍是屬於情景交融的，而仇氏所舉「情景相融」中的片雲兩句，出自杜甫的江漢詩，江漢詩全首是：

江漢思歸客，乾坤一腐儒。片雲天共遠，永夜月同孤。落日心猶壯，秋風病欲蘇。古來存老馬，不必取長途。

本詩用老馬作喻，寫出烈士暮年、壯心不已的胸懷。其中「片雲天共遠，永夜月同孤」，爲什麼「遠」，爲什麼「孤」，完全是受了「思歸」的感染，個人感覺飄泊無定，歸心才與雲共遠、與月同孤。如果再將這「孤遠」的心情比擬到行仁致遠上去，意味自然尤加深長了。趙汸特別欣賞中間兩聯，他說：「此詩中四句，以情景混合言之，雲天夜月、落日秋風，物也，景也。與天共遠、與月同孤；心視落日而猶壯，病遇秋風而欲蘇者，我也，情也。他詩多以景對景、情對情，人亦能效之，或以情對景則效之者已鮮，若此之虛實一貫，不可分別，則能效之者尤鮮。」（杜律趙注卷上）趙氏把這種「情景混合」的詩推許得甚高。以爲景對景，情對情，爲一般所常有；而情對景者，如汪古逸的「年爭飛鳥疾，雲共此生浮」、賈島的「身事豈能遂，蘭花又已開」（病起）「羨君無白髮，走馬過黃河」（逢舊識）之類，已經不可多得，而此詩能情景交融，不可分別，更是難能可貴了。

又如韓偓的惜花詩：

皺白離情高處切，膩紅愁態靜中深。眼隨片片沿流去，恨滿枝枝被雨淋。總得苔遮猶慰意，若教涙汙更傷心。臨軒一醆悲春酒，明日池塘是綠陰。

本詩大部分是寫景物、寫落花，又充滿着感情。末句寫景，景中仍然含情，說花盡落去，滿塘綠蔭，正吐出了亡國的悲痛（參見吳北江評語），末句既是在暗示亡國的悲痛，則前七句難以分別是寫景，還是抒情，沿流飄失的落紅，被雨淋壞的殘華，都是遺民孽子悲劇的寫照；「猶得苔遮」算是儌倖的一羣，「若教涙汙」更是不幸的一羣，亦都是兵荒馬亂中或幸或不幸的遭遇。唐末的詩，有些像詞一樣，都以暗射的方式來表達，本詩委婉吞抑，是情景交融的佳作。

至於景中有情的例子，有明言與暗藏二種，明言的如杜甫的江南逢李龜年：

岐王宅裏尋常見，崔九堂前幾度聞。正是江南好風景，落花時節又逢君。

上二句寫憶，下二句寫逢，回憶中仍是如此豪華，相逢時却成這般落魄，字面上儘管是在寫景，已自然將盛衰的情感表露出來。在這落花時節，和流落江南的故友相逢，江南正是好風景，加上李氏的好才藝，而竟在此時此地相逢，正是極大的「反諷」。末句將落花與落魄合在一起，並用「逢」字總括了記憶中的見與聞，加倍地教人黯然神傷，追前想後，有多少淒涼的感觸，在景物中廻盪。

又如羅隱的綿谷廻寄蔡氏昆仲詩：

一年兩度錦江游，前值東風後值秋。芳草有情皆礙馬，好雲無處不遮樓。山牽別恨和腸斷，水帶離聲入夢流。今日因君試回首，澹煙喬木隔綿州。

全詩的形式雖是「事起景接，事轉景收」，但中間四句，寫景多寓感情：寫山則牽別恨，令人腸斷；寫水則帶離聲，流入夢鄉。而芳草有情，春天則盛綠，秋天則未黃，我二度來此遊歷，它都這樣茂密地阻礙馬蹄，不放人遠去；錦江綿谷一帶，好雲無盡，遮住了樓臺，不讓人向遠方望出去，也不讓人從遠處望得到，使這一帶顯得特別幽深，這些山川雲草之中，都飽含着人情。高步瀛說：「三四寫景極佳，而意極沈鬱，是謂神行。」正讚美那景物中的意態神情。結尾說因為想你而屢屢回首，目力所及，不見綿州的樓臺，只見澹煙喬木，隨着景物的無垠，別恨也馳騁無涯了。

景中感情暗藏的，表面看來只像是在寫景。如王安石的被召作：

榮祿嗟何及，明恩愧未酬。欲尋西掖路，更上北山頭。

本詩末二句，明裏寫的是景，暗裏寓的是情。唐時禁城的左右掖是門下省中書省，欲尋西掖路，是被召欲往的意思，大概這詩是作於嘉祐七年，當時王安石被召爲起居注，力辭不許，不久又除工部郎中知制誥。王安石力辭不就的原因是因爲那時堂上有母，年老多病（王安石丁母憂在嘉祐八年八月），所以猶豫不決，所謂「更上北山頭」，正指「陟屺望母之恨」，原來全詩是「兼君親言之」的（參見劉辰翁評語），首句言君，次句言親，三句寫景仍在言君，四句寫景却在言親，三四兩句寫徘徊踟蹰、猶豫徬徨，既欲尋路報君，又更上山望母，使忠孝難以兩全的抉擇情景，宛然如畫了。

又如劉方平的春怨：

紗窗日落漸黃昏，金屋無人見淚痕。寂寞空庭春欲晚，梨花滿地不開門。

一句三句，就時間來寫景物，二句四句，就空間來寫景物，唐汝詢評解道：「一日之愁，黃昏爲切；一歲之怨，春暮居多。此時此景，宮人之最感慨者也，不忍見梨花之落，所以掩門耳。」就唐氏的剖析，可見句句都是含蘊着感情，從無人能見的紗窗背後，到深閉的院門前，這個幽怨的金屋，即是美人全部生活天地的界限，寂寞的空庭，就是寂寞的心田，深閉的院門，就是寂寞的心扉，第四句更是景中有情，滿地累積的梨花，實在都是寂寞的化身、淚痕的化身，梨花的狼藉縱橫，十足代表了百事無聊的慵態，梨花累積的數量，也正量出了寂寞的深濃。

至於情中寓景，如岑參暮春虢州東亭送李司馬歸扶風別廬詩的三四兩句：

到來函谷愁中月，歸去磻溪夢裏山。

寫我在異鄉的羈愁中望着邊月，你却歸去那夢裏的家山。吳綏眉說：「三四乃嘉州最警之句。夢裏山，言客中所夢之山，今已得歸矣。」（見刪定唐詩解）吳氏推崇此句，正是說景物從情感裏展現出來，山是夢裏的山，月是愁中的月，景物被情感所浸透、所再造，特別委婉深沈。王世貞也稱讚這兩句詩，並又舉「鴻雁不堪愁裏聽，雲山況是客中過」等詩，以爲達到了「才情所發，偶與境會，而了不自知」的妙境（見全唐詩說）。這妙境實則是由情中寓景造成的。

至於摹景寫心、託物起興的詩句，明裏寫景物，暗裏表心迹，與情中寓景，景中含情的形式雖不同，實質是相似的。如杜甫晚秋長沙蔡五侍御飲筵送殷六參軍歸澧覲省詩的五六兩句：

高鳥黃雲暮，寒蟬碧樹秋。

這五六兩句，明裏寫分別時的秋景，暗裏在比興着心意：你這次歸去覲省，像黃昏時飛入黃雲采霞裏的高鳥，我淹滯在這兒，却像抱着碧樹沈吟的秋蟬。黃生脊注云：「五羨殷，六悲己，景中却有寓意。」所以這種寫景的句子，不能視作純然的寫景。只是恰好借當時的景物，表出自己或羡或悲的情感，凡被情感觸及的景物，沒有一件不染着情感的色彩，變成情感的化身。

又如杜牧殘春獨來南亭因寄張祜詩的腹聯：

高枝百舌太欺鳥，帶葉梨花獨送春。

王堯衢以爲惡鳥鼓簧舌以毀人，比擬讒人居高位。帶葉的梨花獨送春歸，比擬君子的孤獨。金人瑞以爲百舌指「讒人重誣」，高枝象徵「大官」，帶葉梨花，言「不應摧折」，獨送春，指「竟受其禍」。王氏金氏的解析未必眞合杜牧的心意，因爲比擬得很隱微，揣摩不易，然而詩人明裏寫景物，暗裏必是寫心意，借香草惡鳥以比忠佞，早在離騷中已是常用的了。

五、情感改造空間

情感可以改造現實的空間，另創一個詩的空間。詩的空間不是給人作爲一個眞實的對象去理解的，而是作爲詩人表現其內心情意的一種假設，這個假設的新世界，它是變化任意、趣味盎然的新空間。這新創的空間，和現實有一段距離，這距離常帶給讀者一個具有美感的詩境。

如李白的秋浦歌：

白髮三千丈，緣愁似箇長。不知明鏡裏，何處得秋霜！

起首突然冒出「白髮三千丈」五字，這個放誕奇怪的突起句法，將攬鏡自照、驀然吃驚的疑惑神色，表現得頗傳神。這三千丈決不是現實空間中的長度，是「愁」的空間中，創造出來的尺度。初次發現陌生的白髮爬滿了兩鬢，驚覺早衰的降臨，於是有了「三千丈」的恐懼，在這個「愁」字的魔術催化下，在驚疑不定的錯覺中，任何誇張，無所謂合理不合理、眞實不眞實，它不是要你用「理性」去判斷去懷疑，而是要你用「感性」去體味去共鳴。

王安石也用這意思寫示俞秀老詩：

不見故人天際舟，小亭殘日更回頭。繰成白雪三千丈，細草遊雲一寸愁。

一寸愁，便能繰成三千丈。只因有了情感，這短長是不必置疑的。不過李白是用創新的手法寫，給人一種超邁絕塵的天才式的感歎，而荆公只想囊括天下的名句齊來自己的集中，不免落入陳舊的俗套，乾隆帝說它有斧鑿痕，就是因爲它只在與前人的佳句爭勝，而缺少興會的實感，倘使沒有放誕的胸懷，沒有驚疑的錯覺，而誇張地說白髮三千丈，就不免有些做作氣了。

又如岑參的春夢：

洞庭昨夜春風起，遙憶美人湘江水。枕上片時春夢中，行盡江南數千里。

江南數千里，是否能在一夢之中行盡，這也是不必考校的。因爲片時春夢中的「數千里」江南，是詩境，不是實境。美人娟娟隔着湘水，夢中奔向美人時，空間遠近的約束是不存在的。

又如王安石的戲贈段約之：

竹柏相望數十楹，藕花多處復開亭。如何更欲通南棣，割我鍾山一半青。

本詩組織的型式，像是層層架構起來的，極有秩序，先是竹柏相望數十楹，竹柏之外，又見藕花叢開；藕花之外，又開出了亭臺，亭臺之外，又要通展到南棣去，通到了南棣，又想割走我鍾山青色的一半！本詩是在調笑段約之，說你的園子漫無邊際地擴張過去，勢必連半個鍾山也給割奪去了。至於鍾山是不是「我」的？在詩中可以暫時默認的。而鍾山的一半青，又如何割法？這也是不必追究方法的。愈是跳出常理，跳出凡人的想像，愈是美妙的境界。

又如隨園詩話載陳楚南的題背面美人圖：

美人背倚玉闌干，惆悵花容一見難。幾度喚他他不轉，癡心欲掉畫圖看。

為了畫裏的美人，只見背影，背倚着玉闌干，就是見不到她的花容，怎樣喚她，她也不肯掉轉頭來，所以想把圖畫翻轉來看她的面貌，在詩人癡絕的想像裏，圖畫也是有立體空間的。

又如龔自珍的補題李秀才夢遊天姥圖卷尾：

李郎斷夢無尋處，天姥峯沈落照間，一卷臨風開不得，兩人紅淚濕青山！

末句將淚潮寫得何其澎湃，濕了青山，乍看像是故意在作不合理的誇張，仔細一想，這青山是畫上的青山，這畫裏的天姥山會使你與我都想起亡故的母親（取姥母同音義），所以在臨風的時刻，千萬不可展卷，不然那青山一定會被淚泉弄濕了！這樣一經解釋為「畫裏的青山」，雖然「合理」得多，但詩趣全失，本詩的妙趣就在血淚浸濕「青山」，浸濕那被情感誇張着的「青山」！

此外，如王安石的北望詩：

欲望淮南更白頭，杖藜蕭颯倚滄洲。可憐新月為誰好，無數晚山相對愁。

王安石的若耶溪歸興詩：

若耶溪上踏莓苔，興罷張帆載酒迴。汀草岸花渾不見，青山無數逐人來。

王安石夜直詩：

金爐香盡漏聲殘，剪剪輕風陣陣寒。春色惱人眠不得，月移花影上闌干。

王安石出郊詩：

川原一片綠交加，深樹冥冥不見花。風日有情無處着，初回光景到桑麻。

這四首詩的結尾二句，都以情感來改造空間，第一首寫蕭颯的白頭人，縱使對着新月，也提不起什麼意趣，這兒的新月與白頭人有着情景相反的襯映，而無數晚山，受着作者感情的同化，情景一致地浸潤在愁情中。第二首寫揚帆而行，速度極快，汀草岸花因舟速太快，且漸行漸遠，飛掠而過，看也看不清。無數青山，與舟行相對地移動，好像追逐過來一樣。第三首寫香盡漏殘，寒風陣陣，人還是睡不着，長時間睡不着，才驚覺月移花影的速度，頃刻之間，花影竟爬上了欄干，花影幢幢，更加惱人，更加睡不著了。第四首寫南風與太陽都是多情的，可惜夏景一片濃綠，找不到花朵來寄託他們的熱情，就用斜暉的光與影愛撫着桑麻。這四首詩裏所繪出的空間，晚山可以對愁，青山可以逐人，明月可移花影，夕陽可以留情。這些平凡的空間，經過情感的改造，煥然一新，成爲詩的境域。

再則詩人作詩的地理空間，往往與考據家不同，他們牽意牽附，斷不能當作謬誤去譏嘲。如白居易的長恨歌：

峨嵋山下少人行，旌旗無光日色薄。

沈括在夢溪筆談卷二十三譏諺他說：「峨嵋山在嘉州，與幸蜀路並無交涉。」若依考據家的意見，明皇由長安至成都，不應經過峨嵋山下，但詩人的想像是極靈敏的，只要與蜀地有關，就可以舉峨嵋山，舉峨嵋山來代表蜀山蜀水，比實舉一個知名度很低的地點，更具鮮明的效果。

白居易的這種手法，是詩人們常用的，元微之也有相同的例子。如元氏長慶集卷十七東川詩好時節絕句云：

身騎驄馬峨嵋下，面帶霜威卓氏前，虛度東川好時節，酒樓元被蜀兒眠。

據陳寅恪的考證，在元和四年時，東川包括的州名爲梓、遂、綿、劍、龍、普、陵、瀘、榮、資、簡、昌、合、渝等十四州，峨嵋山在嘉州，元微之在東川那裏能騎馬經過峨嵋山下呢？（參見元白詩箋證稿第一章）元微之親自到東川去，該不至於弄錯地名吧？可見詩人稱呼的地名，往往泛用，其中滲合感情的誇張作用在內，又何必拿地理學家的目光去評審呢？

王士禎漁洋詩話中也有一段評論，論及詩中的地理問題，他說：「香爐峯在東林寺東南，下卽白樂天草堂故址，峯不甚高，而江文通從冠軍建平王登香爐峯詩云：『日落長沙渚，層陰萬里生。』長沙去廬山二千餘里，香爐何緣見之？孟浩然下贛石詩：『暝帆何處泊，遙指落星灣。』落星在南康府，去贛亦千餘里，順流乘風，卽非一日可達，古人詩祇取興會超妙，不似後人章句，但作記里鼓也。」（卷上）形容層陰萬里，煙波浩淼，雖然沒到落星灣，當然可以「遙指」落星灣的，而「落星灣」的地名，十分雅緻，詩人取以入詩，同時也利用它那美麗的雙關歧義。至於楚地長沙，更有許多美麗的歷史可供聯想，在當時仍是個代表相當遙遠的名詞。如果只拿地理圖上的尺碼去注釋，必定情趣索然、味同嚼蠟了。

又如龔自珍作贈伯恬詩：

五百狻猊屢送君！

龔氏在詩下自注：「五百狻猊在蘆溝橋」，是寫屢次在蘆溝橋上與你分手，爲了誇張橋上石獅子的衆多，用了「五百」的整數，這數字是爲了誇張這走也走不完的長橋，有遠送難別的意思，五百狻猊又寫出橋的特色，同時利用句的歧義，好像每次有五百隻獅子跟着送你，使行色極壯，當然比直寫橋名要有生氣得多，但是魏源却批了一句話說：「蘆溝橋安有五百狻猊？」蘆溝橋的確只有二百八十餘隻石獅子，但若用一一清點實物數字的眼光來評賞本詩，豈非大煞風景？

六、情感改造時間

詩人對時間的感受，極爲主觀。絕不像日光的移動、漏聲的滴落給人那麼固定的節奏，經過詩人的情感所改造的時間，可以短長任意、今昔不分。這種主觀色彩所渲染的時間，也能造成詩所特有的瑰麗的境域。

短長任意的例子，如李益同崔邠登鸛雀樓詩：

事去千年猶恨速，愁來一日卽知長。

受情感的播弄，過去的事，千年甚速，眼前愁來，一日甚長。時間長短的感受完全是相對的，不是絕對的。以千年的「速」來反襯一日的「長」，這懸殊的比例，形容出主觀的感受，可以與現實有億萬倍的差距。

又如王安石示王鐸主簿詩：

君正忙時我正閑，如何同得到鍾山。夷門二十年前事，回首黃塵一夢間。

回憶往事，二十年如同一夢，李義山詠史詩謂「三百年間同曉夢，鍾山何處有龍盤」，則追溯史事，三百年間也如同一夢，時間像光一樣，再多的光，可以壓縮在一個空間裏，再多的時間，也可以壓縮在一個夢裏，因此，黃粱一夢、東海滄桑等神話，常是詩人們喜用的典故。

再則如王安石懷鍾山詩：

投老歸來供奉班，塵埃無復見鍾山。何須更待黃粱熟，始覺人間是夢間！

今番投老歸來，不須等待黃粱炊熟，始覺一生事業，恍惚如夢，以往清清楚楚、眞實地擺在眼前的人間萬事，早與夢間沒有二樣了。過去再長的時間，可以壓縮在彈指一般短促的夢裏！

又如李義山謁山詩：

從來繫日乏長繩，水去雲回恨不勝。欲就麻姑買滄海，一杯春露冷如冰。

缺乏一根繩子可以繫住太陽，時間飛逝得太快了，因此想去向麻姑買下東海來，大概不久東海也就要還復成桑田的吧？但是單就一杯春露來說，也冷得像冰一樣，我想讓一杯冷冰轉變成春露都沒有能力，那麼即使能買下滄海來，又有什麼能力將它改造呢？對着龐大的時間的推移，渺小的個人，徒然志大心勞，一些勁也使不上。作者在這首詩裏，一會幻想自己有無邊的能力與願望，一會又被冰冷的現實給擠斷了脊骨。原來「現在」都掌握不住，能對「未來」寄以很高的熱望嗎？它如義山的海上詩：「直遣麻姑與搔背，可能留命待桑田」，一片詩：「人間桑海朝朝變，莫遣佳期更後期」，在這些仙情豔語中，都充分地表達出詩人們對時間的幻想和絕望，對命運的熱情與憂鬱。

時間短長任意的例子，又如白居易和燕子樓詩：

燕子樓中霜月夜，秋來只爲一人長。

又王安石對客詩：

心知帝力同天地，能使人間白日長。

詩人以情感改造時間，深信時間的疾徐能受人爲的影響。燕子樓中的關盼盼，因爲丈夫逝去，這霜月的秋夜，彷彿只爲她一人失眠而漫長起來。而熱心治國的王安石，深信政治的力量與天地的力量相等，可以縮短人間的黑暗，使人間的白晝延長起來，對這種無理的設想起信不疑，那是詩人的宇宙觀、詩人的囈語，具有別樣的感人力量。

又如詩經王風采葛篇：

彼采葛兮，一日不見，如三月兮！
彼采蕭兮，一日不見，如三秋兮！
彼采艾兮，一日不見，如三歲兮！

據毛傳的意見，本詩是描寫政治不上軌道，讒言四起，誰也不敢離開君王的身邊，一朝派你出去辦些小事（采葛是做衣服用的，象徵辦小事情），讒言就乘機破壞，使你一天不見到君王，君王就與你感情疏遠，好像隔了三個月一樣。如果一朝派你出去辦些大事（采蕭是供祭祀用的，象徵國家的大事情），別人怕你因大事而立功，讒言就更加厲害，使你一天不見到君王，君王就和你疏遠，好像隔了九個月一樣。如果一朝派你出去辦急事（采艾是療疾用的，象徵國家的急事），君上派你辦急事，是因爲君上信任你，所以讒言羣起，圍攻得更加厲害，使你一天不見到君王，讓君王和你疏遠得像三年不見一樣，孔穎達說：「日久情疏，爲懼益甚，故以多時況少時。」在懼怕的心理下，很少的時間，變成了「最長的一日」，藉着葛、蕭、艾的用途，代表着出使事件的性質，同時也藉着葛的成長期是初春三個月便收割；蕭的成長期是初春至深秋，九個月才收割；艾的成長期是要三年才能治病；以植物成長期的長短，來暗示時間被感情改造後的長度。

再則詩人作詩，絕不與考據家的求證相似，在詩境之中，今昔可以不分，時序可以易置，這也是情感改造後的時間境界。如王安石的烏江亭詩：

百戰疲勞壯士哀，中原一敗勢難迴。江東子弟今雖在，肯爲君王卷土來？

荊公的詩，是就杜牧詩「江東子弟多才俊，卷土重來未可知」所寫的翻案文章。但是杜牧的詩，還可以作爲史評史論看，荊公的詩則絕不合乎常理，問宋時還在的江東子弟，肯不肯爲漢初的項羽卷土重來？豈不是笑話！但荊公別有寄託，自寫懷抱，這今昔不分的無理問句，在詩裏反覺格外有味。

又如李義山代魏宮私贈詩：

來時西館阻佳期，去後漳河隔夢思。知有宓妃無限意，春松秋菊可同時。

義山曾自注云：「黃初三年，已隔存沒，追代其意，何必同時！」詩人追昔思今，借人喻己，本沒有時間上的隔閡。末句「春松秋菊可同時」，春松秋菊，本來只是容貌的形容詞，不具季節的意義，經詩人一拈合，加上「可同時」三字，利用春松秋菊的雙關歧義，使時序混淆，帶有一些融合矛盾的妙處，別有意趣。

義山又有東阿王詩：

國事分明屬灌均，西陵魂斷夜來人。君王不得爲天子，半爲當時賦洛神！

說東阿王曹植所以只封王而不能作天子，多半是因爲當時作了一篇洛神賦。事實上洛神賦作於黃初三年，那時曹丕即位已很久了，曹植做不做天子，和洛神賦又有什麼關係？義山博學強記，那裏會不知道這道理，只是故意要把它這樣說，用以寄託自己的心境，所以紀昀說它是「自寓之作」，鄧廷楨說：「此蓋詩人緣情綺靡，有託而言，正不必實事求是」（見雙硯齋筆記卷六）紀鄧二氏所說甚是，吳喬說是義山自悔其婚事，恐怕很難教人信服，想來是在自嘲才命相妨，文才多遭讒妒吧？爲了要表露這種怨恨，故意把東阿王的失意，推到洛神賦上，那作賦的時間早晚一些，根本用不着考究了！

又如杜牧的赤壁詩：

折戟沉沙鐵未消，自將磨洗認前朝。東風不與周郎便，銅雀春深鎖二喬。

銅雀臺築於建安十五年多天，是赤壁戰敗以後才建造的。銅雀臺落成，周瑜已死，二喬都成了寡婦。銅雀臺決不是爲了要鎖藏大喬小喬而造的。又據三國志賈詡傳注，知道火燒赤壁，當時是「凱風自南，用成焚如之勢」，吹的是南風，不是東風。（參見潘眉三國志考證）但憑着作者的想像，把銅雀臺與二喬牽連在一起，產生趣味，造臺的早與晚，風向的東或南，是不必進一步求證的。以上都是用情感來改造時間的方式與實例。

七、情感改造理性

詩境有時與理性闇合，但詩人有時却故意用情感來改造理性。詩的內容，雖含「理性」，却不是道學家的理性，有人拿道學家的標準去衡量詩，連杜甫也稱不上詩人了。如蔣冕所錄瓊臺詩話云：「詩人能言義理者，自三百篇而後，恒不多見，惟韓昌黎、程明道、邵康節、朱晦庵數君子能言之，雖杜少陵，晦庵猶譏其未聞道，况其他乎！」（卷上）

照這樣的標準來論時，毋寧說是一個笑話！詩三百篇的作者，何以見得都聞了「道」？杜甫也不曾聞「道」，杜甫也不能算詩人嗎？所以詩裏的理性，斷不是道學家的載道。嚴格地說，純然用理智去闡道說教，是不成爲詩的，如寒山的詩，有些坦直說理，只是勸善的箴銘：

男兒大丈夫，作事莫莽鹵。勁挺鐵石心，直趨菩提路。邪路不用行，行之枉辛苦。不要求佛果，識取心王主。

雖是在開示修心見性的法門，但只求警世的實用性，有詩的形式與韻脚，却了無詩境。有詩的聲調與含意，却了無詩趣。再舉寒山的另一首詩：

讀書豈免死？讀書豈免貧？何以好識字，識字勝他人。

石樹和他唱和，作：

讀書可不死，讀書可忘貧，至若不讀書，便是貧死人！

同樣是說教，但石樹的詩，在意義上較爲曲折，尤其「讀書可不死」，粗看彷彿與常理不合，但細想立言可以不朽，反感有味。「讀書可忘貧」是純說理的，但至末尾二句說：不讀書的人，已經是既貧又死的活死人了，這話就翻出一個新意來，甚有新趣。所以一樣是闡理說教，必須造意曲折，或者比擬生動，才能稍具詩境。又如寒山的另一首詩：

我見謾人漢，如籃盛水走。一氣將歸家，籃裏何曾有？我見被人謾，一似園中韭。日日被刀傷，天生還自有！

勸說罵人的漢子，像用籃子盛水而走，結果一無所獲；安慰被罵的人，像園裏的韭菜，割傷了又青青向榮！善用比擬，令人警省，這種詩境是仰仗活生生的人情世態所鍛鍊出來的智慧，所以生動。

又如蘇東坡送岑著作詩：

懶者常似靜，靜豈懶者徒？拙則近於直，而直豈拙歟？……

像這樣的句子，只像在玩一正一反的回文遊戲，問嬾的人常像很靜，但靜那裏就是嬾呢？笨拙有時近於正直，但正直怎麼就是笨拙呢？就這樣語意回環，縱使說理透澈，轉換不窮，只能作爲一組機智的雋語來看，畢竟不是詩的正道。

又譬如陳沆有丁丑十一月對深留長沙相騤旬餘詩：

終歲與君處，尋常無殊異，坐我明鏡中，自然呈浮僞，能使妄者心，照之發深愧！

描寫與「高人」相處，德業大進，好像坐在明鏡前，一切浮僞的妄念，形迹畢露，句子是寫的「佳絕」，但實在有傷「詩格」！龔自珍批評得好，他認爲詩雖不必故意避開道學，但道學語錄畢竟不宜寫入詩裏，再好的語錄也不會是詩。

另有些詩，目的不在說教或載道，却與理智闇合的。如岑參的草堂村尋羅生不遇詩：

數株溪柳色依依，深巷斜陽暮鳥飛。門前雪滿無人跡，應是先生出未歸。

溪柳是寫近景，斜陽暮鳥是寫遠景，然後把泛泛地散視的目光，集中到門前的雪地上，雪上沒有人跡，推斷先生外出未歸，這種推想十分合理，這詩的結尾可說是利用「知性」的推理的造成趣味，同樣也構成了立體的詩境。

又如盧綸晚次鄂州的頷聯：

估客晝眠知浪靜，舟人夜語覺潮生。

從波浪的動盪中襯出恬靜的晝眠；又從沈靜的夜眠中襯出絮聒的對語，所謂動中寫靜，靜中寫動，人的動靜與浪潮的動靜有着很自然的配合，所以沈德潛說這二句，讀來如身在江舟間。曾季貍也說這一聯「曲盡江行之景，眞善寫物」。因爲它把江行的情景，寫得十分眞切，十分合理。使知性感性融合爲一體，潘德輿所謂「理語不必入詩中，詩境不可出理外」，正說明了詩與理的密切關係。

詩固然不喜「理語」，但不合理的詩，有時變成一種語病，譬如白居易有一首與盧侍御宴黃鶴樓詩：「白花浪濺頭陀寺，紅葉林籠鸚鵡洲。」吳景旭引鑒史的話說：「頭陀寺在郡城之東絕頂處，西去大江最遠，風濤雖惡，何由及之！」批評白詩不合理。又如孫魴有金山寺詩：「驚濤濺佛身」，胡仔在漁隱叢話中說：「金山寺何其低而小哉？蓋詩人形似太過，率多此疵。」批評孫詩不合理。又張仲遠詠鷺鷥詩：「滄海最深處，鱸魚銜得歸。」張文寶批評說：「佳則佳矣，爭奈鷺鷥嘴脚太長也」。批評張詩不合理。（參見歷代詩話卷五十）不是把浪打得太高，就是把寺寫得太低，浪花打不到頭陀寺，也濺不着金山寺，還有鷺鷥的嘴脚再長，也不能到滄海最深處去銜鱸魚，誇張形容得離了譜，會變成詩評家譏彈的笑柄。

然而詩中每喜用情感來改造理性，詩的天地中，別有一種是非，別有一種價値觀。不必寫入「理語」，却富「別趣」，理語是死的，別趣却是活的。

如王安石的北陂杏花：

一陂春水遶花身，身影妖嬈各占春。縱被春風吹作雪，絕勝南陌碾成塵。

杏花凋零的時候，吹落在南陌上，和飃盪在春風裏，又有什麼兩樣？但在詩人的眼裏，後者竟「絕勝」前者。滄浪詩話說：「詩有別趣，非關理也。」指這一類主觀極重的詩，往往有它的別趣。又如王安石的讀蜀志：

千載紛爭共一毛，可憐身世兩徒勞。無人語與劉玄德，問舍求田意最高！

理智告訴我們，人在沒有大志的時候，才去問舍求田，當初劉備最看不起這種人。而荆公自己也曾寫過：「如何憂國忘家日，還有求田問舍心！」但這首詩却給自己的詩作了翻案的文章，那是由於荆公受够了一世的紛爭，半生的徒勞，情感裏充滿了悲憤，故意說：問問房子的價錢，多求幾畝田地，比關心國事要高明得多！這種受感情改造後的理性，在詩裏別成一種情趣。劉辰翁說：「愈讀愈恨」。卽是受到詩裏那種新的是非標準的挑動，敎人惆悵難釋。

在詩中，更有一種故意跳出理智的範疇，去發展它想像的境域的。如容齋三筆載僧惟茂住天台山詩：

四面峯巒翠入雲，一溪流水漱山根。老僧只恐山移去，日午先教掩寺門。

日午先掩寺門，決不是擔心山會移去，詩人偏要這般說，不必與理智協合。因為詩喜歡「翻空」取巧，不喜歡「坐實」求真，愈跳出常道的陳臼俗套，愈有出奇的新趣。不能憑「學士心目」用「世法常理」去解析的。

又如周在的閨怨詩：

江南二月試羅衣，春盡燕山雪尚飛。應是子規啼不到，故鄉雖好不思歸！

沈德潛批評說：「不咎征人不返，而歸怨於子規，寄情一何微婉。」征人不返，也斷不該歸怨於子規的，詩人故意別為推理，一口咬定，說一定是子規鳥「不如歸去」的啼聲，啼不到燕山那邊，所以故鄉雖好，征人也想不起來要「歸去」！這種癡語，雖跳出常理，卻深入人情，這是感情改造理智的妙境。

又如洪亮吉北江詩話載陳增牡丹詩：

一尺梳鬟爭玉面，千金論價買春風！

本詩的靈動處，不在梳鬟，不在玉面，而在春風並不能買，偏說可以用千金論價去買，如果說千金論價買牡丹，就嫌「落實」，即使將牡丹形容得價值連城，也是庸俗不堪，說買春風，或讓春風去買，都與日常的思理不合，跳出了日常的思理，視虛有爲實體，才造成了本詩的趣味。

至如李賀的詩，前人評爲「牛鬼蛇神太甚」，考其原委，都是由於太放縱想像，全不管事理。如他的天上謠：

銀浦流雲學水聲

又秦王飲酒詩：

羲和敲日玻瓈聲

馬位秋窗隨筆稱讚它「自鑄偉辭」，錢氏談藝錄則云：「雲可比水，皆流動故，此外無似處。而一入長吉筆下，則雲如水流，亦如水之流而有聲矣。日比瑠璃，皆光明故，而來長吉筆端，則日似玻璃光，亦必具玻璃聲矣。」在詩人的筆下，雲不僅像水流，又兼備了水聲；日不僅像玻璃，敲起來會發玻璃的聲響，把原本訴諸視覺的印象，恍惚錯綜地訴諸聽覺，這倒不是什麼「好奇無理，不可解會」，事實上詩人是別有一個超現實、超自然的天地呀。

八、情感改造事物

經過情感改造後的事物，無知的轉爲有知，無情的轉爲有情。這些事物，被詩人賦予靈性，栩栩欲動。如有不少的詩將春風寫成富有人情意態的，如王安石竹裏詩便是：

竹裏編茅倚石根，竹莖疎處見前村。閒眠盡日無人到，自有春風爲掃門。（按洪駒父詩話以爲此首乃僧顯忠作）

又王安石山櫻詩：

山櫻抱石映松枝，比並餘花發最遲。賴有春風嫌寂寞，吹香渡水報人知。

又韓愈風折花枝詩：

浮艷侵天難就看，清香撲地只遙聞。春風也是多情思，故揀繁枝折贈君。

又金聖歎清明詩：

清明正是落花時，百舌聲中折一枝。惱煞東風太無賴，公然來我手中吹！

一樣是春風，它可以是打掃門庭的清道夫，又可以是不甘寂寞的報訊者，可以是折花贈人的多情客，又可以是偷香摧花的無賴子。春風爲他掃門，使高臥的雅士，在車馬的喧闐之外有了何等閒適愜意的生活！春風熱心地爲人送香，那山櫻自覺開得太遲，不打算宣揚，但春風卻不甘寂寞，吹香渡水地爲她宣布。這遲開的山櫻，在闌珊寂寞的春光裏，有一種欲「孤芳自賞」而不能的意味。春風爲君折枝，不從摧花斷榦的無情方面寫，偏從無情中想出有情，原來折斷花枝，是爲了花枝太高，不容易移近去欣賞，所以春風才折下一枝來給你！至於春風公然來我手中吹走落花，則又將春風寫得十分蠻橫無理，這首詩必然是有感而發，寓興深微，在滿清高壓的政策下，連我個人僅有的一些維護落花的自由念頭，也公然被掇奪走了！這東風在這兒串演一個反派的角色，扮演得愈令人咬牙切齒，就愈成功。

又如施肩吾的下第春遊詩：

羈情含蘖復含辛，淚眼看花只似塵。天遣春風領春色，不教分付與愁人！

用淚眼去看花，花也只像塵土一樣，詩意已明白地指出移情作用可以改造事物，而這時吹來的春風，竟變成一個只會錦上添花的勢利鬼，上天派遣它管領春色，它就不肯分一些春的快樂給愁人！這些被感情重新塑造後的事物，可以補救現實世界的不足，它們能任意化身成各種姿態，構成幽眇穠麗的奇景。

又如同樣詠雲，王安石句云：

誰依浮雲知進退，纔成霖雨便歸山。

汪東山句云：

閒雲莫戀山頭住，四海蒼生正望恩！

來鵠的雲詩云：

無限旱苗枯欲盡，悠悠閒處作奇峯。

陳狷亭句云：

却怪紛紛頻出岫，不曾行雨竟空還！

同是寫雲，它可以是功成身退的名士，可以是四海望恩的人君，可以是漠視民艱的酷吏，可以是名實不符的僞君子。詩人可以讚美它、勉勵它、咒罵它、諷刺它，它都是雲。這些雲，有的是作者借題在惋惜自己；有的是作者借題在咀咒他人，有的是作者聚精會神地觀賞雲時，渾忘自己的存在，而與雲合成一體。有的是作者將情感外射給雲，使雲變成有意志有性格的生命體。

又如同是寫雪，韓愈春雪詩云：

新年都未有芳華，二月初驚見草芽。白雪却嫌春色晚，故穿庭樹作飛花！

王安石遇雪詩：

定知花發是歸期，不奈歸心日日歸，風雪豈知行客恨，向人更作落花飛！

白雪嫌春色來得太晚，左等右等，等不到春花，所以自己穿過庭樹來作飛花了。難道風雪也知道行客在等待花開時歸去，所以春花還沒有開，雪花却先向人作落花一樣的飛舞了？把整個世界寫得那麼情味酣足。賀黃公在皺水軒詞筌中把這種境界稱爲「無理而妙」，鄒程村也說「愈無理而愈妙」，當然，受感情改造後的事物，同時也是遠於理性的。傅庚生所謂「情深則往往因無端之事，作有關之想。情之愈癡，愈遠於理。」正是指這類的詩。

又如寫燭，或作「蠟炬成灰淚始乾」，或作「蠟燭有心還惜別，替人垂淚到天明」；又如寫菊，或作「要使世人瞻晚節，出山故在九秋時！」或作「寧可枝頭抱香死，何曾吹墮北風中！」都是將事物注入了作者的癡情，以尖新奇麗的姿態，出現在讀者的眼前，敎人顛倒癡絕！

又如張籍陪崔大尙書及諸閣老宴杏園詩，寫花道：

更將何面上春臺，百事無成老又催，唯有落花無俗態，不嫌憔悴滿頭來！

花往往是詩人上帝的象徵，也常是詩心的化身，詩人在花裏可以照見自己，也可以照見上帝。在本詩中，花是詩人的知心與慰藉。百事無成的老人，有什麼臉走到春臺上去？只有落花沒有一絲庸俗的世態，不嫌我面目憔悴，迎着我滿頭撒來！春臺上都是尚書及閣老等風風光光的人物，而飃落的杏花，毫沒有勢利的眼光，對我這憔悴的人，反而特別地眷愛，教人受寵若驚。在詩人的觀照下，這杏花就是純眞可愛的象徵。但從詩中「惟有」二字來看，春臺上的官場俗套、人情勢利，和純潔的落花比起來，又是何其鄙俗可厭！

又如王安石的春晴詩：

新春十日雨，雨晴門始開。靜看蒼苔紋，莫上人衣來！

王安石道傍大松人取爲明詩：

虬甲龍髯不可攀，亭亭千丈蔭南山。應嗟無地逃斤斧，豈願爭明爝火間！

前面的一首，寫陰雨十日，蒼苔滋長，一股霉濕的氣味，像蒼苔已滋長到衣服上來一般。後面的一首，寫巍巍的大松，亭亭千丈，但當斧斤交加，無地可遁，縱使不願在爝火中焚燒，也只有徒呼嗟嗟罷了！其間當然是暗喩着英雄的悲劇。單就字面看，把青苔寫得撲撲欲動，把大松寫得欲逃無路。情感改造後的事物，植物具有了動物的性格，自然具備了人物的靈性，另外構成了一個精神飛動生趣盎然的世界。

乙、從詩的形式上欣賞

就詩的形式而言，表現在文字上的有結構、辭采、聲律；表現在文字外的有神韻。神韻雖在文字之外，却必須依附文字。許多美的主題，都須憑藉美的組織形式，來激發美感的經驗。辭采的美訴諸視覺，聲律的美訴諸聽覺。結構的美可供理性去剖析，神韻的美可供想像去況味。要想欣賞詩在形構方面的美，可以從這四項去探討：

一、結構美的欣賞

詩的結構，形相較爲具體，比較容易分析，前人在結構方面，分析章法，分析脈理，已有許多成就，所謂起結開闔、鈎挑呼應、回互周旋、草蛇灰線等等，名目實繁，至於村塾學究，更有許多「格法」之類的東西，「格法」雖然迂腐可笑，但亦無非想將詩的有機結構，用一種象徵來表示而已。本文不願蹈前人的舊轍，所以在結構方面，只作簡明的剖析。詩在結構上的美，概略地分，有承接、交綜、翻疊、對比四種：

1. 承接的美

承接又可分直聯、間斷、突接三種。前人將全詩一意到底的叫「一意格」，將全詩句意聯絡不斷的叫「聯珠格」，這二種都是直聯的形式；前人又將詩的前半與後半意相貫而實不連屬的叫「折腰格」，後半與上半不接而實相流通的叫「續腰格」，這二種都是間斷的形式；此外，在敘事的時候，一端未了，以另一端直起突接，轉敘他事，雖感突兀，却能脫略冗雜和庸俗，這種承接法，叫做突接。

直聯的結構，如金昌緒的春怨詩：

打起黃鶯兒，莫敎枝上啼。啼時驚妾夢，不得到遼西。

這首詩以第二句解釋第一句，第三四兩句又去解釋第二句，使一意蟬聯直下。王世貞說本詩「篇法圓緊，中間增一字不得，著一意不得。」（全唐詩說），謝榛也說：「此一篇一意，摘一句便不成詩矣。」（四溟詩話）是說本詩極緊湊，全詩如七寶樓臺，自成整體，不能割裂，不能摘句，使全詩成爲首尾應合的有機體，四句恰好，不許再增，不許再減，它不以警句取勝，而以純眞的風韻動人。所以楊愼說：「樂府有打起黃鶯兒一首，意連句圓，未嘗間斷，當參此意，便有神聖工巧。」（升庵詩話）楊氏將此種直聯式的詩推崇得很高。細究全詩句意所以能緊聯不斷，與二個「啼」字相頂眞，及全詩在時間上的密接連續也有關係。

又如王建的新嫁娘詞：

三日入厨下，洗手作羹湯。未諳姑食性，先遣小姑嘗。

這詩和春怨同一機杼，也是四句一意貫聯的。李東陽說：「昔人以打起黃鶯兒、三日入厨下，爲作詩之法。」（麓堂詩話）曾季貍在艇齋詩話中說：「偏觀古人作詩，規模全在此矣。」這話當然推許過份，對於詩的形式，儘可變化不同，何必執一廢百？曾氏所說「規模全在此」，表示宋人對這種直聯的美特別欣賞罷了。當然，本詩化土俗成雅緻，表現題目中的「新」字，極爲傳神，都是妙處。

又如許棠寄江上弟妹詩：

無成歸未得，不是不謀歸。垂老登雲路，猶勝守釣磯。大荒身去數，窮海信來稀。孤立皆難進，非關命獨違。

這首詩大都用的是「流水對」，讀來平舖直下，像一封家書，敍述着垂老無成的感觸。這種直聯的詩，大都用直陳其事的賦體，很少用比與的體裁。原來寄給弟妹的信，只應坦白眞切，不須矯情雕飾，說卽使到垂老時才登一登「雲路」，也比一輩子在家鄉守着釣磯好。爲此滯留在外，無顏返家，身雖數入大荒，却很少寫信回家，總在等一個風光的日子呀！又說我沒有引朋結黨，一個人孤立地奮鬪，必然很難有進展，沒能樹立功業，决不是命運不好！這樣直率地抒情立議，詩意明朗易曉，句子也比較接近散文，詩質往往較爲稀薄，當作一封家書來讀，也許這樣寫是較爲合適的。

間斷的結構，則如韋蟾的贈商山僧詩；

商嶺東西路欲分，兩間茅屋一溪雲。師言耳重知師意，人是人非不欲聞。

上兩句寫景，下兩句寫事，意可相貫，而實際的文句並不連貫，幾乎是每句各寫一個意思，這裏省脫了承接折繞的語句，使全詩變成十分經濟與精當，旣寫出了與商山僧分別的時空，又表示了商山僧簡樸的生活環境，更記下了商山僧耳提面命的深深囑咐。

又如張祜的宮詞：

故國三千里，深宮二十年。一聲何滿子，雙淚落君前。

上兩句寫得又大又重，下兩句寫得又小又輕。從文句上看，下二句的意思好像和上二句不連接，而意義却又上下貫注的，故國三千里，有多少懸隔於空間的懷念，深宮二十年，有多少積累於時間的怨恨，這些懷念和怨恨，濃凝成落在君前的一長串清淚，淚光中摺疊着無數時空的縮影。這種若斷而實接的筆法，給人一種猛然收截的感覺。這種間斷的結構，以斷爲美，與直聯的結構以聯爲美不同。

突接的結構，如杜甫的北征詩：

……生還對童稚，似欲忘饑渴，問事競挽鬚，誰能卽嗔喝。翻思在賊愁，甘受雜亂聒。新歸且慰意，生理焉能說。至尊尚蒙塵，幾日休練卒。仰觀天色改，坐覺祆氛豁。……

用「至尊尚蒙塵」一句突接上文，如果要使上下文意連屬，中間必須要經過一段牽引和鋪排，而杜工部却把冗雜一齊刋落，用突接的手法，雖不與上文啣接，却十分緊湊。沈德潛說：「敍到家後悲喜交集，詞尚未了，忽又至尊蒙塵，直起突接，他人無此筆力。」（唐詩別裁）沈氏的話，正是在欣賞突接的美。

又如杜甫的醉歌行：

……汝身已見唾成珠，汝伯何由髮如漆。春光淡沲秦東亭，渚蒲芽白水荇青。……

春光二句突接上文，邵長蘅說：「春光下妙境。」吳農祥說：「一轉忽有身世之感，便能出脫蹊徑。」都在欣賞突接的妙處，正在抒情敍事，忽然橫出寫景的句子，雖感突兀，却別有韻味。

又如杜甫的蘇端薛復筵簡薛華醉歌：

……諸生頗盡新知樂，萬事終傷不自保。氣酣日落西風來，願吹野水添金盃。……

王士禎評點說：「忽然生色」，范況也評賞道：「突接氣酣日落西風來，上寫情欲盡未盡，忽入寫景，激壯蒼涼，神色俱王。」可見突接不僅能使景色一新，目怡神爽，同時也可表現句意緊湊，使句子壯健不少。

又如李白的宣州謝朓樓餞別校書叔雲詩：

棄我去者昨日之日不可留，亂我心者今日之日多煩憂，長風萬里送秋雁，對此可以酣高樓。

蓬萊文章建安骨，中間小謝又清發，俱懷逸興壯思飛，欲上青天覽明月。抽刀斷水水更流，舉杯消愁愁更愁，人生在世不稱意，明朝散髮弄扁舟。

王夫之評本詩說：「興比超忽」（唐詩評選），方東樹評本詩說：「起二句發興無端，長風二句落入，如此落法，非尋常所知。」（昭昧詹言）所說超忽無端，正指本詩忽起忽落，恣肆奇橫。吳北江更指首句說：「破空而來，不可端倪。」指第三句說：「再用破空之句作接，非太白雄才，那得有此奇橫？」又指抽刀句說：「抽刀句再斷。」而翁覃溪說：「蓬萊句從中突起，橫亘而出。」依諸家所說，本詩的長風句、蓬萊句、抽刀句都是取突接的方式，既飃忽，又緊峭，像風雨驟至，有「恣肆奇橫」的美。

2. 交綜的美

交綜是指詩的句意交綜呼應而言，詩像一個有機體，前後首尾，平行斜對，都有呼應開闔的交互關係，這種關係並沒有定式，但分析起來，不外分有秩序的交綜呼應及參差歷亂的交綜呼應二種。前人將絕句的一三句、二四句相應，及律詩頷聯應首句、頸聯應次句的形式叫「分應格」，將絕句一二句、三四句相應，及律詩上下半首各自呼應成章的形式叫「各應格」，這二種都是有秩序的交綜呼應。前人又將詩句顛倒參差以相應的形式叫做「錯應格」，錯應格未必有秩序（各種格式參見范況中國詩學通論），下面分有秩序的交綜及無秩序的交綜二類，各舉例欣賞：

有秩序的交綜，如邵謁的覽鏡詩：

一照一迴悲，再照顏色衰。日月自流水，不知身老時。昨日照紅顏，今朝照白絲。白絲與紅顏，相去咫尺間。

這詩五六兩句，與一二兩句呼應：昨日照、今日照，所以一照一回悲。昨日照紅顏，今日照白絲，所以再照顏色衰。而七八兩句，又與三四兩句呼應：由紅顏變成白絲，相去只有咫尺，因爲日月像流水一樣，逝者如斯，不覺老之將至，由青春到老邁，只像轉眼之間一樣，時間的轉瞬之間，與空間的咫尺之間，給人相類的感受，從紅顏到白絲的漫長歲月，用咫尺的空間來示意，這種時空的轉位技巧，使抽象的長度，有了實質上的度量，給人十分新鮮而具體的印象。全詩寫時不我與、青春易逝，用兩兩相應的交綜手法，讀來有一種整齊的節奏美。

又如寒山的詩：

老翁娶少婦，髮白婦不耐；老婆嫁少夫，面黃夫不愛。老翁娶老婆，一一無棄背。少婦嫁少夫，兩兩相憐態。

將第一句的「老翁」、第三句的「老婆」，牽合成第五句；將第一句的「少婦」、第三句的「少夫」，牽合成第七句，這「老翁」「老婆」「少婦」「少夫」交綜地配搭，用不同的組合，產生悲歡愛憎不同的趣味。

只如杜甫的樓上詩：

天地空搔首，頻抽白玉簪。皇輿三極北，身事五湖南。戀闕勞肝肺，掄材愧杞柟。亂離難自救，終是老湘潭。

這詩是寫登樓的感觸，由於君王在北，已身在南，登樓眺望，油然興思。仇兆鰲說：「公律詩，多在首聯領起，亦有在三四領下者，皇輿三極北，領下戀闕掄材；身事五湖南，領下亂離湘潭是也。」（杜詩詳註卷二十二）說戀闕心勞、自愧無材，是應第三句君王在北而言；自救猶難、終老湘潭，是應第四句已身在南而言，交綜相應，仍井然有序。

桂馥曾將這種有秩序的承接法歸納爲許多類，他說：「吾讀杜律詩，而知起承之法未可廢也。宋元以來不復講矣。今就其詩爲之說曰：有三句承首句、四句承二句者。有三句承二句、四句承首句者。有三四承首句、五六承二句者。有三四承二句、五六承首句者。有三四單承二句者。有三四承首句，後四承二句者。有三四承二句，後四承首句者。有五句承三句、六句承四句者。有五句承四句、六句承三句者。有後四承前四者。齊梁原有此法。」（札樸）桂氏就杜詩中已有的承接方式，作此釋例，可見承接的方式極多，例繁不能一一列舉。

至於無秩序的交綜，如劉長卿的送靈澈詩：

蒼蒼竹林寺，杳杳鐘聲晚。荷笠帶斜陽，青山獨歸遠。

蒼蒼寫色彩，杳杳寫聲音，斜陽寫光，三句分寫各物，至末句才點出人物，用一個獨字，才洩漏上面三句都是寂寞的意思，把送僧友遠去的景象，勾畫得很具體。章燮說：「遠字應杳杳，斜陽應晚字，只二十字，先後映照。」（唐詩三百首註疏）喻守貞說：「蒼蒼晚色，鐘聲亦寫晚，斜陽又承上文晚字，青山映襯竹林，末二句竟是一幅絕妙的圖畫！」（唐詩三百首詳析）其實不僅「晚」字貫穿了全詩的意思，末尾的「遠」字也貫穿了全首。由於遠，所以望見竹林寺蒼蒼然，聽到鐘聲杳杳然，帶着斜陽的笠子，愈去愈遠，沒入蒼蒼，沒入杳杳，與全詩渾然一氣，而送友人遠去的情感，自然瀰漫無際，除了晚字遠字外，「獨」字的意思也貫穿了全首，友人遠去，人我皆獨，獨個兒在斜陽裏，看那蒼蒼的竹林，聽那杳杳的鐘聲，意味自然益發不同了！這樣說來，短短四句中，參差歷亂，相互交綜，句句都有交互的關係。

3. 翻疊的美

翻疊是運用翻筆產生新意，使原意翻上一層，在形式上是兩個相反的意思，結合在一起，反覆成趣。翻疊大致可分為當句翻疊、下句翻疊上句、下半首翻疊上半首、全首交綜翻疊四種。

當句翻疊的例子，如梅成棟吟齋筆存載古人咏梅花詩：

滿眼是花花不見，一層明月一層霜。

滿眼是花，梅花不見，用「不見」來翻「滿眼」。在矛盾中見趣味，原來梅花開得太盛，整片雪白，只以為高的是一層明月，低的是一層嚴霜，找不到梅花在那裏了！

又如賈島贈圓上人詩：

且說近來心裏事，仇讎相對似親朋。

仇讎相對，也如親朋，用矛盾逆折的語法，句意尤加深折，是避世的人聞跫音即喜吧？見了仇讎也像見了親人，這上人孤寂落寞的情況便可以想見了！如果把它解釋為無物不容、憎癡的妄念全消，則又是另一種境界。翻疊逆折的句法，很容易造成詩句的曖昧性與多義性。

又如姚合寄李干詩：

見說與君同一格，數篇到火卻休焚。

平常我責備自己的詩缺少意味，因爲聽說有人批評我的詩與你同一格調，所以原想焚燬的詩篇，拿到火邊，又捨不得焚燬，用「休焚」來翻「到火」，說所以不焚燬，原來是在崇拜你！這種說法，等於是將李干稱讚一番。

又如元時西域人高房山詩：

不是閒人閒不得，閒人不是等閒人！

眞正閒人，並不等閒，不是閒人，想閒不得，他從俗務的束縛裏想鑽出身來，又鑽進另一個俗務裏，只有能够「提得起、放得下」的才有資格做一個眞正的閒人，所以眞正的閒人就不是一個等閒之輩！句意似相反而實相成，在同一句中並列相反的意思，使句子分外的警策。

下句翻上句的例子，如雍陶的峽中行：

兩崖開盡水回環，一葉纔通石罅間。楚客莫言山勢險，世人心更險於山。

起首將石罅險狹、波濤回環的景象，純作風景似的描繪，然後用山勢的險峻來襯托人心的險峻，末句翻疊第三句，說人心比峽中的水石還要險惡，滿懷憤世之情，藉着峽石而相形益彰。

又如他的過舊宅看花詩：

山桃野杏兩三栽，樹樹繁花去復開。今日主人相引看，誰知曾是客移來。

舊宅主人，而今爲客，由今日的新主人相引看花，沒想到這些花原來是這位客人種的！主客地位的轉換，道出了人世的滄桑轉變，中間有多少感慨，末二句主爲客，客爲主，翻疊成趣。如果讀者再將種花的故事，當作一個比喻看，把它作爲「前人流汗，後人矜能」的反諷，或者把它作爲「去位離職，舊情難忘」的比擬，其間更有許多容人推想的餘地。

又如王安石的招楊德逢詩：

山林投老倦紛紛，獨臥看雲却憶君。雲尚無心能出岫，不應君更懶於雲！

你、我、雲，三者都向山林「投老」，每次看着雲，就讓我想起了你，雲有時還出山來走走，你總不該比雲更懶吧？你和雲二個本來是無關的東西，被作者硬牽合在一起，作成翻疊，極富意趣。

又如他的戲城中故人詩：

城郭山林路半分，君家塵土我家雲，莫吹塵土來汚我，我自有雲持寄君。

你在城市，我在山林，你家有的是塵土，我家有的是白雲，請你不要吹城市的塵土來汚我，我自有山林的白雲寄給你！一往一復，一正一反，反覆成趣。「我有白雲持寄君」又是從前人「問我何所有，山中唯白雲，只堪自怡悅，不堪持贈君」作了翻筆，前人說不堪寄，這裏偏說可以寄，說白雲可以持寄，是用「反常合道」的手法產生詩趣。

又如施肩吾的折柳枝：

傷見路邊楊柳春，一重折盡一重新。今年還折去年處，不送去年離別人。

在一株楊柳的固定空間上，利用柳枝的舊痕與新枝，疊映着去年與今年不同的送人場面，今年折的柳枝仍在去年的地方，今年所送的却不是去年的人兒。第三句寫今年還似去年，第四句寫去年不似今年。詩意回環相疊，使物是人非的意味表現得曲折而生動。

又如王鐐的感事詩：

擊石易得火，扣人難動心。今日朱門者，曾恨朱門深。

從石頭裏敲出火來，還算是容易的事，從人心中扣出同情來，却要困難得多。用比擬作襯托，比直說「鐵石心腸」要婉轉得多。今日住在朱門裏的人，當年都是怨恨過朱門深如海的人，今天住進了朱門，也就和當年朱門裏的人一樣了！當年怨人家比鐵石的心腸還冷還硬，今天他比人家還要難於動心。短短二十字中，感慨甚深，末尾二句的翻疊，使全詩的含意多了好幾重層次。

下半首翻疊上半首的例子，如薛能的杏花詩：

活色生香第一流，手中移得近青樓。誰知艷性終相負，亂向春風笑不休！

上半首寫名花出衆，教人顧愛慇勤，下半首一反前意，說她雖有那嬌豔的天賦，畢竟辜負了栽培者的心意，竟輕薄地在春風裏亂笑不休。下半首把前面親手移種的心意辜負，也把「第一流」的天賦給糟蹋了！艷色淪落，名花化爲蕭艾，給呵護名花的園丁，以何等的難堪與失望！

又如王建的宮詞：

樹頭樹底覓殘紅，一片西飛一片東。自是桃花貪結子，錯教人恨五更風！

上半首寫風掃落花，殘紅處處，正興起傷春零落的感觸，而下半首突然跳出常俗的窠臼，說桃花落了滿地，是桃花自己貪着結子，而不是東風無情，却教人錯怪五更的東風了！下半首把前面風吹落花的傷感一幷推翻，翻疊出一層神韵新美的意思。

又如姚合的遊天台上方詩：

曉上上方高處立，路人羨我此時身。白雲向我頭上過，我更羨他雲路人。

很早我就在上方「高處」立者，多少足底下的行人在向上爬，在羡慕我現在的「地位」，我也以此洋洋自得，但等到白雲從我頭上飛過，我就更羡慕那些「青雲得步」凌霄直上的人們！這首詩的「高處」「雲路」等字，是用雙關的手法，上半首是別人羡慕我，下半首却是我羡慕人，人生的苦樂、地位，原來是由比較得來，比下有餘，比上不足，這裏用兩層翻疊的句法，把這概念表現得十分清晰。許多趣味也就從翻疊中湧生出來。

再則如施肩吾的長安早春詩：

報花消息是春風，未見先教何處紅，想得芳園十餘日，萬家身在畫屏中。

上半首寫躡手躡足的春風，悄悄來報花信的消息，一時還看不出世界有什麼改變。下半首寫時過十日，驀然間發現萬家都在畫屏裏了！轉瞬之間，換了一幅圖畫，花光色澤，由沈寂而突然轉爲燦爛，由灰白而突然轉成錦繡，教人眼明心快，爲之激賞！

至於全首交綜翻疊的例子，如邵謁的覽孟東野集詩：

蚌死留夜光，劍折留鋒鋩。哲人歸大夜，千古傳珪璋。珪璋徧四海，人倫多變改。題花花已無，玩月月猶在。不知天地間，白日幾時昧？

全詩以「變」與「不變」二個相反的意思爲主旨，用多變的世界，去襯托出「不朽」的可貴。蚌生而死，是變；留夜光是不變。劍利而折，是變；留鋒鋩是不變。哲人歸大夜，是變；千古傳珪璋是不變。珪璋徧四海頂接上句，是不變；人倫多變改是變。題花花已無，是變，玩月月猶在，是不變。不知天地間白日幾時昧，這兩句是問：「變？還是不變？」當然不用再回答，詩人與白日一樣，光照四海，永垂不朽。這首詩的趣味是由二個相反的意思交綜翻疊而產生的。

4. 對比的美

承接、交綜、翻叠的形式，各已如前例所述。在結構美的欣賞中，還有對比一項。對比分前半首與後半首對比，上句與下句對比兩種。

前半首與後半首對比，如前所舉柳宗元的江雪，前半首寫千山萬徑，措筆極重，後半首寫蓑翁獨釣，著筆輕巧，這是以鉅細爲對比的例子。又如前所舉薛能的杏花詩，上半首寫杏花的高貴，下半首寫杏花的輕薄，這是以正反爲對比的例子。

又如姚合的送薛二十三郎中赴婺州詩：

我住浙江西，君去浙江東。日日心來往，不畏浙江風！

仗思心往來，綰結了一東一西！上半首據實事寫，下半首用虛擬寫，這是以虛實爲對比的例子。

上句與下句對比：如許渾送從兄歸隱藍溪：「身隨一劍老，家入萬山空。」上句很小，下句很大，是以鉅細爲對比。如羅隱甘露寺火後：「只道鬼神能護物，不知龍象自成灰。」上句「只道」從正面寫，下句「不知」從反面寫。又蓮塘驛：「一夢不須追往事，數杯猶可慰勞生。」上句「不須」從反面寫，下句「猶可」從正面寫，是以正反爲對比。又如鄭啓嚴塘經亂書事：「未見山前歸牧馬，猶聞江上帶征鞞。」上句全屬虛擬，下句乃是實寫，是以虛實爲對比的。

推而廣之，如有與無對、人與我對、時與空對、情與景對、事與景對，雖然是屬於內容的範疇，但在外貌上仍取對比的形式。有與無相對比的如李義山春日寄懷：「縱使有花兼有月，可堪無酒又無人。」雍陶秋居病中：「新句有時愁裏得，古方無效病來拋。」許棠多杪歸陵陽別業：「學劍雖無術，吟詩似有魔！」更如龔自珍的才盡詩：「青山有隱處，白日無還期。」有無之中，既兼備虛實，又分設時空，特別警策。

人與我對比的如蘇軾答人求書與詩：「詩句對君難出手，雲泉勸我早歸家。」李遠過舊遊見雙鶴愴然有懷：「蓬瀛路斷君何在，雲水情深我尙留。」

時與空對比的如崔塗春夕旅懷：「蝴蝶夢中家萬里，杜鵑枝上月三更。」韋莊寄從兄遵：「滄海十年龍影斷，碧雲千里雁行疏。」李昌符秋夜作：「芙蓉葉上三更雨，蟋蟀聲中一點燈。」

情與景對比的如羅隱春日獨遊禪智寺：「花開花謝還如此，人去人來自不同。」又送臧濆下第謫竇鄜州：「萬里故鄉雲縹緲，一春生計淚瀾洮。」

事與景對比的如許渾示弟：「文字何人賞？煙波幾日歸！」錢惟善寄友：「書中歲月仍爲客，枕上江山屬夢歸。」李昌符蹭同遊詩：「若待皆無事，應難更有花。」貫休再到鍾陵作：「春風還有花千樹，往事都如夢一場。」以上都藉對比的形式來表現，自然也屬於結構的美。

這種對仗式的結構，是中國詩歌中特別偏重的環節，初學作詩，必先日夕吟哦於字句的對仗，注意名詞對名詞、動詞對動詞，以求切對工整，繼而覺得過分工整有嫌刻板，意義過分相類，必有合掌重複的弊病，於是在工整之外，又有所謂「寬對」、「散對」、「不對之對」等的名稱出現，這種似對非對的偶句，以「情景對比」「事景對比」最易收效。像上面所舉李詩「若待皆無事，應難更有花」一聯好像兩不關涉，但等到讀者從迷惘混亂中，越過間斷而使意向貫聯時，發現賞花必須及時，花季有限而俗事無窮，要等俗事盡畢，再去賞花，那時花也早已落盡了。原來這二句毫不關涉的句子間，關係却是很緊密的。賞花還只是一個譬喻，許多幸福的追尋，又何嘗不要及時？等待擺脫俗事再談，什麼都已經晚了！這麼說來，這一聯情景迴異的意外的寬對，對得愈遼遠，想像廻旋的天地愈寬敞，內容的涵藏愈豐盈，張力也反而愈大。而景物與情事相對，總是一虛一實，虛實相倚的對比，是對比中最容易靈動的手法。

二、辭采美的欣賞

大凡脩辭設色，鍛句鍊字，都屬於辭采美的範疇。辭采的美，品類繁多，如巧與拙、平與奇、濃與淡、雅與俗、剛與柔、藏與露，皆有不同的美感。張戒說：「王介甫只知巧語之爲詩，而不知拙語亦詩也。山谷只知奇語之爲詩，而不知常語亦詩也。歐陽公詩專以快意爲主，蘇端明詩專以刻意爲主，李義山詩只知有金玉龍鳳，杜牧之詩只知有綺羅脂粉，李長吉詩只知有花草蜂蝶，而不知世間一切皆詩也。惟杜子美則不然，在山林則山林，在廊廟則廊廟，遇巧則巧，遇拙則拙，遇奇則奇，遇俗則俗，或放或收，或刻或奮，一切物、一切事、一切意，無非詩者。」（歲寒堂詩話卷上）固無論張氏的評騭當否，從這段話裏，至少可證明巧有巧的美，拙也有拙的美；奇語固然爲美，常語也是一種美。快意吐露可以造成一種美感，收斂蘊藉也可以表現美。專事華藻可以表現美，不避俚俗也可能造成一種美感。司空圖將詩品分爲二十四則，以「碧桃滿樹，風日水濱」的纖穠爲美，亦以「猶之惠風，荏苒在衣」的沖淡爲美；以「觀花匪禁，吞吐大荒」的豪放吐露爲美，亦以「不著一字，盡得風流」的含蓄蘊藉爲美；以「落花無言，人淡如菊」的典雅高古爲美，亦以「倒酒旣盡，杖藜行歌」的疏野曠達爲美。以「巫峽千尋，走雲連風」的勁健陽剛爲美，亦以「月明華屋，畫橋碧陰」的綺麗陰柔爲美。以「如鑛出金，如鉛出銀」的洗煉奇巧爲美，亦以「取語甚直，計思匪深」的平拙實境爲美。

1. 巧與拙各有其美

吳騫在拜經樓詩話中說：「昔人論詩，有用巧不如用拙之語，然詩有用巧而見工，亦有用拙而逾勝者，同一詠楊妃事，玉溪云：『夜半燕歸宮漏永，薛王沈醉壽王醒。』此用巧而見工也。馬君輝云：『養子早知能背國，宮中不賜洗兒錢。』此用拙而逾勝也。然皆得言外不傳之妙。」（卷四）所說巧拙的例子，近乎雅俗的不同，但吳氏已舉出詩歌有「用巧而見工」的，有「用拙而逾勝」的，巧與拙各有一種勝境，倒是很公允的看法。

巧有巧的美，巧可以從幾方面來說，如杜甫詩：「仰蜂黏落絮，行蟻上枯梨。」又「芹泥隨燕嘴，花粉上蜂鬚。」寫物細膩，像工筆畫一樣，細入毫芒，極爲工巧。杜荀鶴途中有作：「枕上事仍多馬上，山中心更甚關中。」又雋陽道中：「爭知百歲不百歲，未合白頭今白頭。」造句新穎，每句重出二字，極爲工巧。賈島寄錢庶子：「樹陰終日掃，藥債隔年還。」又答王建秘書：「白髮無心鑷，青山去意多。」對偶寬遠，一情一景，一鉅一細，極爲工巧。再則如薛能新柳一詩，寫物、造句、對偶都甚工巧：

輕輕須重不須輕，衆木難成獨早成。柔性定勝剛性立，一枝還引萬枝生。天鍾和氣元無力，時遇風光別有情。誰道少逢知己用，將軍因此建雄名。

首句用三個輕字，二句用二個成字，三句重出兩個性字，四句重出兩個枝字，故意重出，句法至爲靈巧。頷聯一虛一實，又以巧變爲對，腹聯一有一無，乃以正反爲對，對偶至爲靈活。首二兩句寫新柳似乎很輕賤，結尾兩句又把柳樹寫得很雄偉，加上中間四句，體物入微，是一首工於寫物的詩，讀來自有一種工巧的美感。

拙也有拙的美，謝榛曾說：「鶴林玉露曰：詩惟拙句最難，至於拙，則渾然天成，工巧不足言矣。若劉禹錫望夫石詩：望來已是幾千載，只是當時初望時。陳后山謂辭拙意工是也。」（四溟詩話）前人以爲拙的美更勝於巧的美。下面且舉一首施肩吾的古別離，這種以古意爲題旨的詩，大都是以拙樸的句子，來達到擬古的目的：

老母別愛子，少妻送征郎。血流既四面，乃一斷二腸。不愁寒無衣，不怕飢無糧。惟恐征戰不還鄉，母化爲鬼妻爲孀。

這詩的前半首已經不够細巧，後半首尤覺粗拙，但直率道來，完全是市井老粗的口氣，化鬼化孀，原是別人不肯講的話，它既不加折繞，又無所顧忌，噴薄而出，頗似古謠諺，別有一種古拙的美。

又如陸龜蒙的古態：

古態日漸薄，新妝心更勞，城中皆一尺，非妾髻鬟高！

結尾二句，用婦女凡近膚淺的口吻，將追逐時髦的心事，毫不掩飾地直說出來：「城裏的女人髻鬟已梳到一尺高了，我這樣的髮式算不得高呀！」全詩不須有人發問，只要將這句答話據實錄下，恰如一幅憨嬌的小像，所謂「辭拙意工」「因拙以得工」，就是指這一類的詩。

2. 奇與常各有其美

奇自有奇的美，如謝榛評杜甫的旅夜書懷詩：「星垂平野闊，月湧大江流。句法森嚴，湧字尤奇。」若按理性的思考，應該先說江流，再說月湧，但本詩却把當時直覺地先看到月光，再想到大江湧動的印象，以直覺的秩序寫了出來。月湧是「湧着月光」的倒裝省略寫法，字法甚精，這是用字出奇的例子。又如劉辰翁評李賀的馬詩：「向前敲瘦骨，猶自帶銅聲，奇」馬骨瘦到一敲竟帶着銅聲，形容得何其新奇！又如范成大的睡覺詩：「心兵休爲一蚊動，句法却從孤雁來！」句法怎麼會從天上的孤雁學來？可能是孤雁觸發了靈感，可能是在孤獨寂靜的黑夜裏吟詩，詩人咿咿呀呀地像一隻孤雁，妙就妙在不須解釋，直接說「句法却從孤雁來」！這些都是構思出奇的例子。又如施肩吾古別離的：「三更風作切夢刀，萬轉愁成繫腸線。」將無形的風形容爲具體的刀，把無形的愁形容爲具體的線，但刀又是切夢的刀，線又是繫腸的線，又使具體化爲抽象了。意象由無形而具體，再在具體的意象上複疊一個抽象的意象，使意象繁複而活潑，涵意也豐盈不少，這是造句出奇的例子。

再則如李賀的蘇小小墓一首，其造句用字及構思，都很奇妙：

幽蘭露，如啼眼。無物結同心，煙花不堪剪。草如茵，松如蓋，風爲裳，水爲珮。油壁車，
久相待，冷翠燭，勞光彩，西陵下，風雨吹！

寫一位夭折的名妓，她墓前冷落的景況，在淒涼楚惋之中，仍寓妖艷幽奇的色彩。劉辰翁批評本

詩說：「奇澀不厭」，黎二樵批評本詩說：「通首幽奇光怪，只納入結句三字，冷極鬼極，詩到此境，亦奇極無奇者矣！」都從「奇」的角度欣賞本詩的美。我們看本詩將蘭露比作啼眼，風比作裳，水比作珮，使無情者化爲有情，虛冥者化爲有象，靜肅者化爲有聲，極盡比擬的奇技，煙花不堪剪的「剪」字，勞光彩的「勞」字，也教人百思不到。冷翠燭的「冷」字，描寫一朵寒冷的火焰，這種矛盾語的意象，具體地表出了陰森森的鬼氣與黑幢幢的鬼影。

又如韓愈的利劍詩：

利劍光耿耿，佩之使我無邪心，故人念我寡徒侶，持用贈我比知音，我心如冰劍如雪，不能刺讒夫，使我心腐劍鋒折，決雲中斷開青天，噫，劍與我俱變化歸黃泉！

朱彝尊批評說：「語調俱奇險。」何焯說：「奇氣鬱律。」也都從「奇」的角度來鑑賞本詩。全詩以「劍」與「心」雙股糾繚作爲骨幹，劍使我沒有邪心，我成爲劍的知音，劍與我心都如冰如雪，劍與我都想刺殺讒夫，讒夫刺不殺，我的心也腐了，劍的鋒刃也折了，姑且割開長雲來看看青天吧！噫，劍與我都變化了一齊歸向黃泉！全詩從玉潔冰清的理想、鋒芒畢露的意氣，終於轉爲利劍沈埋、壯氣蒿萊的悲劇下場，多少悲壯的心意，用詼諧寫出，多少憤鬱的念頭，用奇幻表出，利劍與我心，都是勇士的化身，眞正的勇士只論曲直，不論成敗！在奇幻的詩句裏，有着極嚴肅的主題。

與奇妙相對的就是平常，平常直語也有它特殊的美，王安石題張司業詩曾云：「看似尋常最奇崛，成如容易却艱辛。」將看來尋常容易的詩句推崇得很高。而王應奎曾舉白香山爲例，說：「白香山之詩，老嫗能解，可謂平易矣，而張文潛以五百金得其稿本，竄改塗乙，幾不存一字，蓋其苦心錘鍊如此。」（柳南隨筆卷六）可見王安石、白居易所主張的「平易」，仍是由苦心錘鍊而成，要到達平白常語的境地，並不容易。下面舉一首元微之初謫江陵時，白居易給他的詩，題目是：「初與元九別後，忽夢見之，及寤而書適至，兼寄桐花詩，悵然感懷，因以此寄」，是一首較長的古詩：

永壽寺中語，新昌坊北分。歸來數行淚，悲事不悲君。悠悠藍田路，自去無消息。計君食宿程，已過商山北。昨夜雲四散，千里同月色。曉來夢見君，應是君相憶。夢中握君手，問君意何如。君言苦相憶，無人可寄書。覺來未及說，叩門聲冬冬。言是商州使，送君書一封。枕上忽驚起，顚倒著衣裳。開緘見手札，一紙十三行。上論遷謫心，下說離別腸。心腸都未盡，不暇敍炎涼。云作此書夜，夜宿商州東。獨對孤燈坐，陽城山館中。夜深作書畢，山月向西斜。月下何所有，一樹紫桐花。桐花半落時，復道正相思。殷勤書背後，兼寄桐花詩。桐花詩八韻，思緒一何深。以我今朝意，憶君此夜心。一章三徧讀，一句十回吟。珍重八十字，字字化爲金。

這首詩平舖直下，讀來不厭其長，沒有淺易之弊，却富順愜之美。其中回憶過去、遙念遠方，噓寒問暖，絮絮如話家常，但情意深濃，纏綿顚倒，也絕不像散文那般句法鬆散。潘德輿也曾評賞本詩說：「永壽寺中語一首，如作家書，如對客面語，變漢魏之面貌，而得其神理，實不可以淺易目之者，乃白詩之絕調也。」（養一齋詩話卷三）所謂漢魏的神理，譬如「潛氣內轉」卽爲其一端，儘量減少連接的助詞，增加句的強度，本詩平易如面談，而神理近漢魏，這是何等的手筆！劉熙載也說：「常語易，奇語難，此詩之初關也；奇語易，常語難，此詩之重關也。香山用常得奇，此境良非易到！」（藝概）劉氏對白居易的稱讚，同時也把常語的美，推許得不同尋常。

用平時家常話寫的詩，在唐人五絕中，有很多傳神之作，譬如王維的雜詩：

君自故鄉來，應知故鄉事。來日綺窗前，寒梅著花未？

章燮說：「通首都是所問口吻。」指出全詩的剪裁很別緻，只有問，迫不及待地等待回答，但在未獲回答時，詩已經結束了。趙松谷說：「欲於此下復贅一語不得。」如果在下面再贅加一些答話，全詩急遽狂喜的神情就不見了，譬如王介甫模倣本詩作道人北山來詩：「道人北山來，問松我東岡，舉手指屋脊，云今如許長。」在問松樹的長度後，道人又舉手回答，其意趣反不如王維詩那麼深長，王維這首雜詩，可說是「以常取勝」而極爲出色的例子。

3. 濃與淡各有其美

至於辭采的濃粧與淡抹，也各有不同的美。前人雖有「繁濃不如簡淡」之說，但陳衍則謂：「詩貴淡蕩，然能濃至，則又濃勝矣。」（石遺室詩話）陳氏並舉杜子美「雷聲忽送千峯雨，花氣渾如百合香」一聯，以爲「濃至」，其實辭華的濃淡，最好能與詩境的氣氛相配合，寫宏麗的詩境需要用濃筆，但不能肥俗；寫幽靜的詩境需要用淡筆，但不能枯瘦。像王維的和賈至舍人早朝大明宮之作，造句堂皇，藻飾濃艷，音節宏亮，與廟堂之上的氣氛很調和；而賈島的尋隱者不遇詩，淸幽恬澹，不加藻采，音響飄遠，與山居隱者的氣氛極爲適稱。

就整首詩來說，有的句句皆濃，有的句句皆淡，而一般詩人的作品大都用濃淡相間的手法。謝榛曾說：「律詩雖宜顏色，兩聯貴乎一濃一淡，若兩聯濃、前後四句淡，則可。若前後四句濃，中間兩聯淡，則不可。亦有八句皆濃者，唐四傑有之，八句皆淡者，孟浩然韋應物有之，非筆力純粹，必有偏枯之病。」（四溟詩話卷二）濃淡相間的例子，無庸贅舉，茲依謝氏所說，舉八句皆濃及八句皆淡之詩例於後，以便明顯地表現出濃筆與淡筆不同的美。

全首皆用濃筆的詩，如駱賓王的昭君怨：

斂容辭豹尾，緘恨度龍鱗。金鈿明漢月，玉筯染胡塵。古鏡菱花暗，愁眉柳葉顰。唯有清笳曲，時聞芳樹春。

本詩辭華絕美。八句詩裏共用了豹尾、龍鱗、金鈿、漢月、玉筋、胡塵、古鏡、菱花、愁眉、柳葉、清笳、芳樹等十二個美麗的名詞。豹尾是指飾有豹尾作儀仗的皇后座車，龍鱗是指皇帝，玉筋是指鉛淚，菱花是鏡名，這兒暗示容貌，柳葉是眉，芳樹是漢代鐃歌十八曲之一，用在這裏，一詞雙關，對照着出塞後的荒凉，所以全詩比擬用的辭彙就用了六個。而八句都在寫「怨」；歛容而辭、緘恨而度、漢月照臉、胡塵染淚、花容旣暗、柳眉長顰，再加以清笳一聲、鐃歌一曲，怎能沒有身在塞外、衆芳歇絕的悲傷！

豹尾龍鱗，把宮闕的壯麗點出，胡塵淸笳，又將塞外的風物點出，所寫月光下的美女、淸笳邊的離人、胡塵裏的淚光、古鏡中的愁容，聲光色澤，無不寫到。用了這樣的濃筆，讀來却不感覺繁縟排疊，格調仍很高逸，是不容易的。紀曉嵐說過：「麗語難於超妙」，麗語能超妙，就像挾着滿身彩羽還能高翔的，恐怕只有鳳凰！

全首皆用淡筆的詩，如孟浩然的西山尋辛諤：

漾舟乘水便，因訪故人居。落日清川裏，誰言獨羨魚。石潭窺洞徹，沙岸歷紆餘。竹嶼見垂釣，茅齋閒讀書。款言忘景夕，清興屬涼初。回也一瓢飲，賢者常晏如。

這是一首五言排律，初唐王楊盧駱寫排律，多以風容色澤，競相誇勝，盛唐時亦以瑰奇鴻麗、屬對工切爲其所尙。但孟浩然的這首排律，洗盡了鉛華，淡掃着娥眉，全詩幾乎找不到一個雕飾用的形容詞。從漾舟訪友說起，將一路的景物寫得澹遠而寧靜，與他平和的心境是完全一致的。吳亮之欣賞落日兩句說「何等輕便」，又評全詩說：「若於雪中觀梅，使人心神瑩徹！」（見彙編唐詩十集引）劉辰翁欣賞竹嶼兩句說：「其爲詩必實說」，又評全詩說：「自言其趣，亦頗簡淡。」（見顧道洪校刋本孟浩然詩評點）孟詩的特色，正在「輕」「淡」之中。

自來評詩的學者，對於這種平淡的境界，都以爲是先經過雕文鏤采的階段後，再還到樸質來，使斧鑿之痕，化而無迹，所以認爲平淡的境界是要比絢爛的境界更高。宋代的葛立方曾說：「大抵欲造平淡，當自組麗中來，落其華芬，然後可造平淡之境。今之人多作拙易語，而自以爲平淡，識者未嘗不絕倒也。梅聖俞和晏相詩云：『因今適性情，稍欲到平淡，苦詞未圓熟，刺口劇菱芡。』言到平淡處甚難也。所以贈杜挺之詩，有『作詩無古今，欲造平淡難』之句，李白云：『淸水出芙蓉，天然去雕飾。』平淡而到天然處，則善矣。」（韻語陽秋卷一）黃子雲也說：「理明句順，氣斂神藏，是謂平淡，如十九首豈非平淡乎？苟非絢爛之極，未易到此，竊見詩家誤以淺近爲平淡。」（野鴻詩的）袁枚更設喩來說明：「詩宜樸不宜巧，然必須大巧之樸；詩宜澹不宜濃，然必須濃後之澹。譬如大貴人，功成宦就，散髮解簪，便是名士風流；若少年紈袴，遽爲此態，便當笞責。富家雕金琢玉，別有規模，然後竹几藤牀，非村夫貧相。」（隨園詩話）這三家的說法，將返樸歸眞的平淡境界，標舉得極高，這種說法也許是和我們民族的習性有關，許多讓我們崇拜的詩人，都是澹泊明志的，而對詩的評價，也偏愛平淡天然的作品，其實風格濃淡的不同，應該是作者個性自然的流露，矯情造作是沒有意義的，況且辭采的濃淡，還得與詩情去配合，廟堂臺閣用濃采，山林野蔬用淡筆，各有特色，各有勝境，一味以平淡爲尙，也不是公允的批評。

4. 雅與俗各有其美

詞句雅馴，不類庸俗，當然是一種美。詩人玉屑論詩以典重淵雅爲貴，滄浪詩話以爲學詩先須除五俗，卽俗體俗意俗句俗字俗韵。都以趨雅避俗爲正則。懷麓堂詩話甚且有「野可犯，俗不可犯」之說，洪北江詩話也有「怪可醫，俗不可醫」之論，以爲鄙倍俗陋，最不足觀。

不過前人所說的俗，並不是指俚情野語而言。姜夔說：「人所易言，我寡言之；人所難言，我易言之，自不俗。」（白石道人詩說）可見所謂俗是指「人所易言」，老生常談；陳衍說：「詩最忌淺俗。何謂淺？人人能道語是也；何謂俗？人人所喜語是也。」（石遺室詩話）也指俗是「人所喜語」者。俚情野語，點化得妙，可以變成一種美。而陳熟爛調、陋俗可厭，才是應該戒忌的。

一字一詞，原本無所謂雅俗，至墨客遣詞造句，才分雅俗。如「血」字，謝榛說過：「詩中罕用血字，用則流於粗惡。」但李賀的詩中常喜用血字，如恨血千年土中碧、袞龍衣點荆卿血、青貍哭血寒狐死等，一點不覺得粗俗。又如詩中少用「貓」字，用則不易雅馴，但謝榛曾說：「詩忌粗俗字，然用之在人，飾以顏色，不失爲佳句，譬諸富家厨中，或得野蔬，以五味調和，而味自別，大異貧家矣。紹易君曰：凡詩有鼠字而無貓字，用則俗矣，子可成一句否？予應聲曰：『貓蹲花砌午。』紹易君曰：此便脫俗。」（四溟詩話卷三）可見血字貓字用得好，依然很雅。所以陸時雍曾以爲世上只有俗腸俗口，並沒有俗事俗語。他說：「詩有靈襟，斯無俗趣矣。有慧口，斯無俗韻矣。乃知天下無俗事、無俗情，但有俗腸與俗口耳。古歌子夜等詩，俚情褻語，村童之所赧言，而詩人道之極韻極趣；漢鐃歌樂府，多窶人乞子兒女里巷之事，而其詩有都雅之風。如『亂流趨正絕』，景極無色，而康樂言之乃佳；『帶月荷鋤歸』事亦尋常，而淵明道之極美，以是知雅俗所由來矣。」（詩鏡總論頁七）謂尋常事、俚俗語，一樣能變得都雅。

所謂「尋常事」變得雅緻，就是指庸俗的題材寫成雅事，試舉鄭畋的禁直寄崔員外詩爲例：

銀臺樓北蕊珠宮，夐與人間路不同。在省五更春睡侶，早來分夢玉堂中。

玉堂本是殿名，在未央宮，而待詔者有「直廬」在其側，鄭畋寫幾個男人在省中值夜，本來只是些睡覺做夢、流涎打鼾的俗事，但將大家睡覺寫成了「春睡侶」，大家做夢寫成了「分夢」，加以銀臺珠宮玉堂的描繪，眞像沒有一絲煙火氣的地方，原本是值夜上班的庸俗題材，被寫得詩情超越、筆無纖塵，像仙境一般，十分雅緻。

所謂「俚俗語」變得雅緻，就是指庸俗的字面化爲雅句，像桃紅、柳綠、梨白等字面可說最通俗常見，李白把它寫作「柳色黃金嫩，梨花白雪香」，已經不算太俗，而杜甫把它寫作「紅入桃花嫩，青歸柳葉新」，字面稍加變換，更加去俗生新。

還有不避土俗的字面，直接用進詩裏而不嫌土俗的，如白居易的問劉十九：

綠螘新醅酒，紅泥小火爐，晚來天欲雪，能飲一杯無？

本詩一開始就用了一紅一綠兩種「鄉氣」的顏色，又將浮在未經漉製的濁酒上面的汎齊，照土話叫它作「綠螞蟻」。「小火爐」已經够土够俗了，更直呼作「紅泥小火爐」，簡直是村漢的口吻。在今天「紅泥小火爐」好像是頗雅的詩料，須知在唐代讀來，和今天讀「煤氣爐」「電鍋」一樣。也許千百年後的人，讀「煤氣爐」「電鍋」等詞彙，也會發思古之幽情，但在唐時讀「紅泥小火爐」，是極不風雅的。然而詩人意興所至，閒淡可以化爲濃郁，凡俗可以化爲雅緻，章燮說：「用土語不見俗，乃是點鐵成金手法。」將本詩的風格評價得極高。

又如吳可藏海詩話所載陳克的詩：

江頭柳樹一百尺，二月三月花滿天，裊雨拖風莫無賴，爲我繫著使君船！

本詩就音節而言，已很古拙，「江頭」這詞彙已很土，「柳樹一百尺」更加土，五個仄聲字中連着三個入聲字做句尾，尤加土裏土氣。「二月三月」四個字連着用，像凡俗說話，怎麼不土？到了「裊雨拖風莫無賴」七字，乃是土上加土，寫得庸俗不堪，可是有了末尾一句的奇想：「爲我繫著使君船」，希望柳樹爲我繫住你的船，不要只做裊雨拖風的無聊事，這個奇想，將日常的陳言，化成癡情的語調，立即使全詩轉俗爲雅，變成一首可愛的好詩了。

再則如查爲仁蓮坡詩話載張璨的手書單幅：

書畫琴棋詩酒花，當年件件不離他。而今七事都更變，柴米油鹽醬醋茶。

琴棋書畫算是雅事，柴米油鹽算是俗事，往昔談詩抱琴的雅趣，而今變成了買米沽油的鄙事。多少理想，被眼前的現實吞沒了。全詩的字面雖十分惡俗，但由於眞切坦率，不扭捏作態，所以在名詞堆垛之外，有使人警拔與起的妙意。這一連串市井的俚語，經妙筆綴合，「俗極」之後，反感瑣細的俗務，也別有韻趣。如果不是別具韻趣，怎樣會使開門七事，成爲一句廣泛流行的口頭禪呢？

再看張祜的蘇小小歌及裴諴的新添聲楊柳枝詞：

新人千里去，故人千里來。剪刀橫眼底，方覺淚難裁！
思量大是惡姻緣，只得相看不得憐。願作琵琶槽那畔，得他長抱在胸前！

所寫「剪刀」「琵琶槽」「惡姻緣」，都是很粗俗的詞彙，但是說剪刀橫在眼底，才發現眼淚是最難裁斷的！用了超出尋常習慣的想法，詞意就新警不俗了。「琵琶槽」雖然庸俗，當時必定已變成流行的「暗話」，所以方干有一首贈美人詩：「才會雨雲須別去，語慚不及琵琶槽。」正將裴詩反過來用，不去長抱，反而易別，所以慚愧得不敢提起「琵琶槽」了。以上都是故意用鄙俗的字眼，寫成新豔的竹枝詞式的調子，讀來有一種土俗的美。

蔡絛在西淸詩話裏，也舉不少化俗爲雅的例子，他說：「王君玉謂人曰：詩家不妨間用俗語，尤見工夫。雪止未消者，俗謂之待伴。嘗有雪詩：待伴不禁鴛瓦冷，羞明常怯玉鉤斜。待伴羞明，皆俗語而採拾入句，了無痕纇，此點瓦礫爲黃金手也。余謂非特此爲然，東坡亦有之：避謗詩：尋醫畏病酒入務。又云：風來震澤帆初飽，雨入松江水漸肥。尋醫、入務、風飽、水肥，皆俗語也。又南人以飲酒爲軟飽，北人以晝寢爲黑甜，故東坡云：三盃軟飽後，一枕黑甜餘。此亦用俗語也。」（據宋詩話輯佚本）宋代蘇黃都喜用俗語，至楊萬里、范成大，更以詞俚調野爲其特色。其實考諸唐代，非僅元白尙淺俗，卽使在杜甫的集子裏，也有不少類似的作品，張戒曾替杜甫辯護說：「世徒見子美詩多麤俗，不知麤俗語，在詩句中最難，非麤俗，乃高古之極也。」（歲寒堂詩話卷上）麤俗是不是「高古之極」姑且不論，至少「麤俗」也有它特殊的美，是可以從這話中得到了證明。

5. 剛與柔各有其美

姚姬傳在復魯絜非書中曾討論文章有剛柔之別，得於陽與剛之美者，其文如霆如電，如決大河、如奔騏驥，得於陰與柔之美者，其文如雲如霞，如幽林曲澗，如珠玉之輝。曾文正公取其說論文章，以爲雄偉是天地遒勁之氣，得於陽與剛之美；淵懿是天地溫厚之氣，得於陰與柔之美。文章有陽剛與陰柔的分別，詩也如此。元遺山有論詩絕句一首說：「有情芍藥含春淚，無力薔薇臥晚枝，拈出退之山石句，始知渠是女郎詩。」元氏將秦少游的詩與韓退之的山石詩相比較，已點出詩句有陽剛與陰柔的差別，然而秦少游的陰柔與韓昌黎的陽剛，兩者是各有其美的。

前人以詩與詞相比，詩強而剛，詞柔而弱。其實詩詞儘管有它的不同，但詩中的韋孟也很柔弱，詞中的蘇辛也很剛強，不能以體裁來分剛柔。卽使孟浩然的詩大都淸空澹遠，但如送告八從軍、送莫氏甥兼諧昆弟從韓司馬入西軍、臨洞庭等詩，也極雄直壯闊，可見也不能以作者來分剛柔。詩中自具有剛與柔不同的美，而一個作家也往往具有剛柔不同的作品。

朱光潛曾舉兩句六言詩爲例：「駿馬秋風冀北，杏花春雨江南」（杏花句見虞集風入松詞及臘日偶題詩），每句都祇舉出三個殊相，但說「駿馬、秋風、冀北」時，就使人想到雄渾勁健，說「杏花、春雨、江南」時，就使人想到秀麗典雅，他說：「前者是氣概，後者是神韵；前者是剛性美，後者是柔性美。」（文藝心理學第十五章）可見在同一首詩中。也有剛柔不同的句子，來造成剛性柔性不同的美。施補華說：「用剛筆則見魄力，用柔筆則出神韻。柔而含蓄之爲神韻，柔而搖曳之爲風致。」（硯傭說詩）說明了剛筆柔筆所產生的不同效果。

全首用剛筆的詩，如許棠的塞下詩：

胡虜偏狂悍，邊兵不敢閒！防秋朝伏弩，縱火夜搜山！雁逆風鼙振，沙飛獵騎還！安西雖有路，難更出陽關！

全詩辭采壯麗，筆力雄悍。推究其所以雄悍的緣故，題材的性質當然是原因之一，陽剛性的字彙乃是決定的要素，再則每句的動詞用得很出色也是原因之一。三四兩句的動詞用在第一四字，五六兩句動詞用在第二五字，結句用在第三字，位置的變化，使每句詩都有了靈活的朝氣，再則全詩的音節極響亮，不但韻脚渾勁，像第一句的「偏」字，讀來就有一股噴薄之勢，教人精神振蕩！而中間四句，名詞字不少，增加了本詩的強度，結句將「更難」倒裝爲「難更」，也有助於慷慨酣恣的氣氛。

又如岑參的輪臺歌奉送封大夫出師西征：

輪臺城頭夜吹角，輪臺城北旄頭落，羽書昨夜過渠黎，單于已在金山西。戍樓西望煙塵黑，漢兵屯在輪臺北。上將擁旄西出征，平明吹笛大軍行。四邊伐鼓雪海湧，三軍大呼陰山動。虜塞兵氣連雲屯，戰場白骨纏草根。劍河風急雲片闊，沙口石凍馬蹄脫！亞相勤王甘苦辛，誓將報主靜邊塵。古來青史誰不見，今見功名勝古人！

寫出師對壘，威聲震赫，戰場風雲既凛烈，報國之心更堅決，周珽說它「起伏結構，語語壯健」，分析全詩，起首四句，實字極多，地名人名，磊磊落落，增加了句的硬度。所以吳北江說「起首特爲警湛」，其下從輪臺告警到上將出師，動作快捷，韻脚也由迫蹙的入聲一轉而爲洶湧澎湃的音響，教人心神一快，所以顧璘說「上將擁旄四句快意」，下接「四邊伐鼓」二句將動詞置於句末，這「湧」「動」二字佔了比其他各字加倍的音響長度，讀起來自有風發泉湧的力量，所以唐陳彝說「四邊伐鼓二語，大有氣色」，下面再寫戰場的風雲，以及戰士的勇猛，或用平聲寫氣勢，或用仄聲表苦辛，也各得其宜。中間且用了不少實體的名詞字，而且都是陽剛性的語彙，所以顧璘又說「劍河風急二語峭」。結尾以掃靖邊塵、立功異域的頌揚作結，寫得何等雄壯豪放！全詩每二句一轉韻，平轉仄，仄轉平，結尾四句用一韻，使氣韻悠長，由於轉韻的第一句要入韻，所以末尾的四韻中，只有「見」字不押韻。本詩讀來眞是語語壯健、字字跳躍！

全首用柔筆的詩，如李羣玉的新荷：

田田八九葉，散點綠池初。嫩碧纔平水，圓陰已蔽魚。浮萍遮不合，弱荇繞猶疏。半在春波底，芳心卷未舒。

綠池新荷、浮萍弱荇、嫩碧圓陰下的魚、春波底未舒卷的芳心，沒一筆不寫得柔弱無力，楚楚動人。推究其所以柔弱的緣故，除題材本身的性質有關外，陰柔性的字彙乃是決定的要素。而虛字多用，也是主要的緣故，第一句只有「葉」字是實字，第二句只有「池」字是實字，第三句的「水」、第四句的「魚」、第五句的「萍」、第六句的「荇」、第七句的「春波」、第八句的「心」是實字，此外都是虛字，四十個字中，實體的名詞字只有九個，而這些實字又偏向陰柔性的，如何不輕弱優柔！

又如孟遲的閨情：

山上有山歸不得，湘江暮雨鷓鴣飛，蘼蕪亦是王孫草，莫送春香入客衣！

這詩的結尾兩句，寫望草木而思遠人，和王維送別詩的結尾：「春草明年綠，王孫歸不歸！」用意類似，而剛柔已自不同。再則如陸羽的會稽東小山詩「昔人已逐東流去，空見年年江草齊！」一樣寫望草木、思昔人，較前述二詩似更爲剛健。再如劉復的長歌行：「河水東流宮闕盡，五陵松柏自蕭蕭！」寫覩草木思古人，較前述三詩又剛健一等。原來孟詩是以婦女口吻寫情人遠去，王詩是寫友人遠去，陸詩寫一般古人遠去，劉詩寫擁有金城帝業的漢人遠去，所以或用柔筆使秀潤；或用剛筆使警動，對象不一，情調判然不同。

6. 藏與露各有其美

劉勰以「情在詞外」爲隱，以「狀溢目前」爲秀（見歲寒堂詩話引文心雕龍闕文），隱是以繁複的含意爲工，秀是以卓絕的表現爲巧，可見隱藏微婉是一種美，快直舖露也是一種美。

張戒在歲寒堂詩話中，曾就唐人吟詠楊太眞事，作一比較，以爲白樂天的長恨歌、元微之的連昌宮詞，雖以數十百言竭力摹寫。不如杜子美哀江頭一詩的微婉。張氏評長恨歌云：「梅聖俞云：狀難寫之景，如在目前。元微之云：道得人心中事，此固白樂天長處。然情意失于太詳，景物失于太露，遂成淺近，略無餘蘊，此其所短處。如長恨歌……侍兒扶起嬌無力，始是新承恩澤時。此下云云，殆可掩耳也。遂令天下父母心，不重生男重生女，此等語乃樂天自以爲得意處，然而亦淺陋甚。夕殿螢飛思悄然，孤燈挑盡未成眠，此尤可笑，南內雖淒涼，何至挑孤燈耶？」對於快直舖露、摹寫精詳的句子肆力攻訐，其實這是張氏的偏見，「情意太詳、景物太露」固然缺少「餘蘊」，但愜意快目，風趣橫生，也自有他的長處。

像長恨歌中「侍兒」兩句，寫專寵行樂，用示現的手法代替敘述，寫得形象活現。「遂令」兩句，寫俚俗心事，耐人尋味。而「夕殿螢飛思悄然，孤燈挑盡未成眠」二句，何必南內確有其事？白氏將孤燈人影、夕殿螢光，刻劃得如此詳盡、如此清晰，完全是畫面的展露，這種鏡頭，當然是以極力摹寫爲貴，所以同樣是批評長恨歌，趙翼的評價便大大不同，他說：「香山詩，古體則令人心賞意愜。……惟意所之，辯才無礙。且其筆快如并剪，銳如昆刀，無不達之隱，無稍晦之詞，工夫又鍛鍊至潔，看是平易，其實精純。」又說：「長恨歌一篇，其事本易傳，以易傳之事，爲絕妙之詞，有聲有情，可歌可泣，文人學士既歎爲不可及，婦人女子亦喜聞而樂誦之，是以不脛而走，傳遍天下。」（甌北詩話卷四）趙翼將長恨歌許爲「千古絕作」，就在於它能「有聲有情，可歌可泣」，就在於它能「無不達之隱，無稍晦之詞」。趙翼欣賞裸露的美，張戒欣賞隱藏的美，觀點不同，却同樣是美。

以隱藏含蓄取勝的詩，且舉杜甫的哀江頭爲例：

少陵野老呑聲哭，春日潛行曲江曲。江頭宮殿鏁千門，細柳新蒲爲誰綠。憶昔霓旌下南苑，
苑中萬物生顏色。昭陽殿裏第一人，同輦隨君侍君側。輦前才人帶弓箭，白馬嚼齧黃金勒。
翻身向天仰射雲，一箭正墜雙飛翼。明眸皓齒今何在，血汚遊魂歸不得。清渭東流劍閣深。
去住彼此無消息。人生有情淚霑臆，江水江花豈終極。黃昏胡騎塵滿城，欲往城南望城北。

張戒欣賞本詩云：「哀江頭云：昭陽殿裏第一人，同輦隨君侍君側。不待云嬌侍夜、醉和春，而

太眞之專寵可知；不待云玉容梨花，而太眞之絕色可想也。至于言一時行樂事，不斥言太眞，而但言輦前才人，此意尤不可及。如云翻身向天仰射雲，一箭正墜雙飛翼。不待云緩歌慢舞凝絲竹，盡日君王看不足。而一時行樂可喜事，筆端畫出，宛在目前。江水江花豈終極。不待云比翼鳥、連理枝、此恨綿綿無盡期，而無窮之恨、黍離麥秀之悲，寄于言外。題云哀江頭，乃子美在賊中時，潛行曲江，覩江水江花，哀思而作，其詞婉而雅，其意微而有禮，眞可謂得詩人之旨者。」(歲寒堂詩話卷上)經張氏一分析，本詩詞婉意微，甚爲含蓄，收結四句，更折入深處，悱惻纏綿，給人煙波無盡之感。

大致來說，以正說直賦的詩容易吐露，以比興婉言的詩容易隱微，直賦的詩如李昌符的行思：

千里豈云去，欲歸如路窮。人間無暇日，馬上又秋風。破月銜高岳，流星拂曉空。此時皆在夢，行色獨匆匆。

這詩快率直陳，全用賦體，把他一路上的匆匆行色，用一種快速的節奏表達出來，山月星空，隨着他的馬蹄飛榛地劃過去，感觸也毫不保留地吐出來，全詩乃是屬於「露」的形式。

又如范成大的元日馬上詩：

泥絮心情雪樣髯，詩囊羞澀酒杯嫌，年來萬事都消滅，惟有牀頭曆日添！

石湖的七言絕句，本來以英爽俊逸見長，首句「泥絮心情」四字，是「俗情如絮已泥沾」的濃縮，下面再寫詩囊中自慚詩句太少，酒杯中嫌斟酒太多，近年來詩酒等事樣樣消減着，只有牀頭的日曆愈添愈多！末句以「增添」的曆日來翻折「消減」的萬事，極具趣味，也使第一句「泥絮心情」與「雪樣髯」都有了很好的事實說明！這首詩也是屬於「露」的形式，但因首句用了些比擬的手法，用「泥絮」比「心情」，使黏着無力、混濁勿明、振飛不起等意象有了具體的表出，大致說來，比前詩要婉麗一些。

至若李義山的槿花詩則不同：

風露凄凄秋景繁，可憐榮落在朝昏。未央宮裏三千女，但保紅顏莫保恩！

這詩委曲微婉，全由比興寫成，乃是屬於「藏」的形式。何義門以爲是「自值時衰」，有「我生不辰」的感慨。朱彝尊以爲是由槿花聯想到宮女，是說宮女「勝槿花不遠」。馮浩以爲是「歎鄭亞在桂一年遽貶」，張爾田以爲是「可爲爭寵附黨者深警」，字面上是香草美人，骨子裏却那麼難以猜透。綜合諸家的說法，大概前兩句比擬鄭亞突貶循州，後兩句比黨局反復，恩遇不能常保，用槿花榮落比宦海浮沈，用未央宮女比黨人傾軋，幾經比擬，使許多繁複的含義，同時一并說出來，正像一個萬花筒般，許多角度同時折射，組織成一個花樣繁密的意網。詩有了多角式的足以衍伸想像的天地，就耐人尋味，本詩雖然在辭氣上好像凌厲外揚一些，但詩旨却是蘊藉深藏、尋繹不盡的。

三、聲律美的欣賞

音樂化的語言未必是詩，但詩必是音樂化的語言。誦時金聲玉振，聽時抑揚悅耳，聲調悠揚，餘音不絕，才是詩的佳境。聲律美的考究，首先須在造句的型式上講求，進一步講究「音節」，再進一步講究「拗救」，最後講究「協律」。音聲的美，至「協律」而盡其能事。所以要欣賞詩的聲律美，也可以從這四方面去體認作者的匠心。

1. 從句型上欣賞

造句的型式，在中國詩中，唐代以後以五言七言最爲常見，四言六言八言九言則較少見。劉大白氏在中詩外形律詳說中以爲五言詩誦讀時分爲三節，七言詩誦讀時分爲四節，五比三與七比四，都比較接近黃金分割（一點六一八比一，接近五比三）。四言誦讀時分成二節，六言誦讀時分成三節，八言誦讀時分成四節，四比二、六比三、八比四，均爲二比一，且句末不能像五七言那般有一個曼聲衍展的餘地。九言誦讀時分爲五節，亦近二比一，都不接近黃金段。如此說來，五七言所以膾炙人口、流行廣遠，實有其美學上的依據。

在五言七言之中，其字面配置的型式，仍有許多種，大致五言以「上二下三」爲多見，七言以「上四下三」爲多見。胡震亨曾說：「三百篇四言定體，間出二三四六七言，甚有至九言者，凡句減於三字則喑，增於九字則吃。」又說：「五字句以上二下三爲脈，七字句以上四下三爲脈，其恆也。有變五字句上三下二者，如元微之『庾公樓悵望，巴子國生涯』、孟郊『藏千尋布水，出十八高僧』之類，變七字句上三下四者，如韓退之『落以斧引以墨徽』又『雖欲悔舌不可捫』之類，皆蹇吃不足多學。只此五七字疊成句，萬變無窮，如人面只眼耳口鼻四爾，不知如何位置來無一相肖者。」（唐音癸籤卷四）

胡氏將五言「上二下三」列爲常格，「上三下二」爲變格；七言「上四下三」爲常格，「上三下四」爲變格。常格讀來容易圓潤，變格讀來每多蹇吃。前人將「上三下四」的格法，又叫「折腰句」，如韋居安說：「七言律詩，有上三下四格，謂之折腰句，樂天守吳門，日答客問杭州詩云：『大屋簷多裝雁齒，小航船亦畫龍頭。』歐陽公詩云：『靜愛竹時來野寺，獨尋春偶到溪橋。』盧贊元雨詩云：『想行客過溪橋滑，免老農憂麥隴乾。』劉後村儋生詩云：『采下菊宜爲枕睡，碾來芎可入茶嘗。』胡琴詩云：『出山雲各行其志，近水梅先得我心。』皆此格也。」（梅磵詩話）韋氏所舉的例子，雖屬「變格」，讀來仍覺琅琅上口，這是作者以匠心克服了句型上的劣勢。

七言句型的變化，除「上四下三」「上三下四」外，尚有「上二下五」、「上五下二」、「七字一貫」、「上六下一」等句型，仇兆鰲曾舉杜詩爲例，他說：「按杜詩有兩字作截者，如『雪嶺獨看西日落，劍門猶阻北人來。』有三字作截者，如『漁人網集澄潭下，估客舟隨返照來。』有五字作截者，如『五更鼓角聲悲壯，三峽星河影動搖。』有全句一滾不能截者，如『松浮欲盡不盡雲，江動將崩未崩石。』又陸務觀詩有六字作截者：『客從謝事歸時散，詩到無人愛處工。』」（杜詩詳註卷二十一）仇氏的例子，都很切實，但梁春芳則謂七言的句型還有「上三下三」的格式，如「鳳凰樂奏鈞天曲，烏鵲橋通織女河」，是用二個動詞各居句中以貫穿上下。

五言句型的變化，除「上二下三」「上三下二」外，梁春芳以爲尚有「上二下二」「上四下一」等句型，他說：「上二下二」，如『寂寞掩柴扉，蒼茫對落暉。』寂寞、柴扉，用動詞『掩』串成一句，蒼茫、落暉，用介詞『對』串成一句。上四下一，如『鶴巢松樹徧，人訪蓽門稀。』意思是說『鶴巢於松樹者徧，人訪於蓽門者稀』，所以說是上四下一。」（舊詩略論）

五言七言詩字面配置的型式及詩例既如上述，在綴句成詩時，却必須將各種句型參互使用，如岑嘉州聞崔十二侍御灌口夜宿報恩寺：

聞君尋野寺，便宿支公房。溪月冷深殿，江雲擁回廊。燃燈松林靜，煮茗柴門香。勝事不可接，相思幽興長。

這詩雖只有「上二下三」「上二下二」兩種句式，但都參互運用，首句「聞君、尋、野寺」爲上二下二，次句「便宿、支公、房」爲上二下三，三四句「溪月、冷、深殿，江雲、擁、回廊」爲上二下二，五六句「燃燈、松林、靜，煮茗、柴門、香」爲上二下三，七句「勝事、不可、接」八句「相思、幽興、長」爲上二下三。七八兩句與五六兩句雖同爲「上二下三」，但用字的虛實不同。細分每句的下三字，「支公房」都是名詞，「松林靜」用二個名詞字，「不可接」則決沒有名詞字，詞性的虛實很少有重複使用的。

再看每句起頭的二個字，「聞君」是一虛字一實字，「便宿」二個都是虛字，「溪月、江雲」各俱二個實字，「燃燈、煮茗」各爲一虛一實，「勝事」都不是實字，「相思」是一個詞彙，可見全詩每句五字除對句必須兩兩相類外，都沒有相同的型式，這樣參伍變化，誦讀起來自能磊落如珠。

又如白居易的秋晚：

籬菊花稀砌桐落，樹陰離離日色薄。單幕疏簾貧寂寞，涼風冷露秋蕭索。光陰流轉忽已晚，顏色凋殘不如昨。萊妻臥病月明時，不擣寒衣空擣藥。

分析這詩字面的配置，上四字第一句爲「籬、菊花、稀」，第二句爲「樹陰、離離」，不是以對句作起的，兩句型式不同。頷聯意爲「單的幕、疏的簾」「涼的風、冷的露」自相爲對，與上兩句型式自不一，與腹聯「光陰、流轉」「顏色、凋殘」的型式也不同，第七句「萊妻、臥病」和腹聯各爲二個詞彙又復不同，第八句七字相聯一貫，與各句又不同。就各句下三字而言，首句「砌、桐、落」、次句「日色、薄」、頷聯「貧、寂寞；秋、蕭索」、腹聯「忽已晚、不如昨」等，字詞的組成，或雙或單又各不同。各句的配置儘量避免相同，就可以避免呆滯的節奏。

這種字面配置的型式，若犯重了，聲調便不悅耳。如姚合的武功縣中的中間四句：

……掃舍驚巢燕，尋方落壁魚。從僧乞淨水，憑客報閒書……

這四句詩的第一字與第三字，皆爲動詞，句法十分刻板，紀曉嵐在瀛奎律髓刊誤中說「中四句調複」，正舉出它連用四句型式相似句子的缺點。又如陳文惠（合）的杭州喜江南梅度支至詩：

門前碧浪家家海，樓上青山寺寺雲，松下玉琴邀鶴聽，溪邊臺石供僧分。……

四句詩的起首完全相同，如非這種形式是出於特別的設計，否則就變成一種幼稚的語病。所以紀曉嵐氏亦評道：「門前、樓上、松下、溪邊、字法太複。」字法太複，節奏呆板，讀即生厭，談不上聲律的美了。

2. 從音節上欣賞

詩的音節。不外乎同音相成的「重疊」、異音相續的「錯綜」、以及同韵相協的「呼應」三種。同音重疊包括雙聲疊韵及平平仄仄聯用等，異音錯綜包括平仄參伍及仄聲中上去入三聲輪用等，同韵呼應包括選韵、轉韵、逗韵等。詩家於此，每改罷長吟，多費苦心。所以早在劉勰之時，已有「聲畫妍蚩，寄在吟詠，滋味流於下句，風力窮於和韵」的說法，錘句鍛律，下字調韻，於抑揚抗墜之間最爲講究。沈德潛曾說：「詩以聲爲用者也，其微妙在抑揚抗墜之間。讀者靜心按節、密詠恬吟，覺前人聲中難寫、響外別傳之妙，一齊俱出。」（說詩晬語）正是教人從音節上去欣賞詩。

自沈約論文，便已有「前有浮聲，後須切響。一篇之內，音韻盡殊；兩句之中，輕重悉異」的說法，至唐人論詩，韻律益加細密，平仄相間、四聲輪用，更爲詩人所注意。所以聲律中同音相成的「重疊」，係指平平仄仄聯用及雙聲疊韵的講究而言，仍然以「錯綜」爲依歸，全平全仄是不成詩的。

皮日休曾以全句平或全句仄作詩，如奉酬魯望夏日四聲詩四首，第一首平聲，全首字字平聲。如「塘平芙蓉低，庭閑梧桐高。」第二首平上聲，一句皆平聲，一句皆上聲，如「舟閑攢輕蘋，槳動起靜鳥。」第三首爲平去聲，一句皆平聲，一句皆去聲，如「村深啼愁鵑，浪霽醒睡鷺。」第四首爲平入聲，一句皆平聲，一句皆入聲，如「松聲將飄堂，岳色欲壓席。」雖然把夏景摹寫得不錯，畢竟是一種遊戲的筆墨，全平全仄，聲調不美。唐人的律詩絕句，無論五言七言，無論仄起平起，都有一個定式，這定式便是經過千百詩人反覆吟詠所得到最美的聲調。卽使古詩亦自有平仄的規律，不了解古詩的規律，如平韵到底的七古，缺少了「三平落脚」的韵脚，便沒有鏘鏗的音節。

詩中以雙聲疊韻來表現「重疊」的音節美，如宋括云：「『幾家村草裏，吹唱隔江聞。』幾家、村草、吹唱、隔江，皆雙聲。如『月影侵簪冷，江光逼屐清。』侵簪、逼屐、皆疊韻。」（夢溪筆談卷十五）又如魏慶之云：「李羣玉詩曰：『方穿詰曲崎嶇路，又聽鉤輈格磔聲。』詰曲、崎嶇、乃雙聲也。鉤輈、格磔，乃疊韻也。」（詩人玉屑）又如鄧廷楨云：「義山異俗詩：『未曾容獺祭，只是縱豬都。』豬都疊韻，獺以賴得聲，古音在祭部，獺祭亦疊韻也。下文『點對連鼇餌，搜求縛虎符。』點對爲雙聲，搜求爲疊韻，亦云密矣 。義山詩雙聲疊韻最多，人所易知，子美詩雙聲疊韻則融去迹象，尤爲精妙，如『數回細寫愁仍破，萬顆勻圓訝許同。』細寫雙聲，勻圓雙聲兼疊韻。『歸來稍暄暖，當爲劚青冥。』暄暖、青冥皆疊韻。」（雙硯齋筆記卷六）這裏所舉的雙聲疊韻字，不全是聯綿的詞彙，像「幾家」「細寫」等，都用在讀者不經意處，鄧氏認爲比用聯綿字更爲難能。周春曾作杜詩雙聲疊韻譜括略一書，專門闡明杜詩這一特點，如舉江上値水如海勢詩：「爲人性僻耽佳句，語不驚人死不休。」佳句雙聲，驚人疊韻。詠懷古迹詩：「悵望千秋一灑淚，蕭條異代不同時。」悵望同爲去聲漾韻字，爲疊韵。千秋同爲清紐字，是雙聲。蕭條同爲平聲蕭韵字，爲疊韵，條代同屬定紐字，亦爲雙聲。（按周氏以驚人疊韵，驚在庚韻，人在眞韻，有誤）。前人對於雙聲疊韵的硏究，只在將雙聲疊韻字舉列出來，事實上，雙聲疊韵在詩歌中的作用，絕不止於聲調的委婉動聽，或什麼「融去迹象」而已，雙聲疊韻的運用，應該配合事物的情態，用聲音來強化效果，使聲與情、聲與物、聲與事，都有着奇妙的摹擬作用，才是妙諦。傑出的詩人能靜聽內心或外界各種情態的節奏音響，用敏銳的感覺，藉雙聲疊韻的字將各種抽象或具體的情狀捕捉下來，而不只是聲韻學知識的膚淺玩弄。因此，全詩都以雙聲疊韻來「重疊」並無意義，也不成詩。如姚合的蒲桃架詩：

萄藤洞庭頭，引葉漾盈搖。……清秋青且翠，冬到凍都凋。

雖然「字字聯絡，迴環讀之，皆成雙聲」，但讀來勢必蹇吃，只是一種文字遊戲罷了，沒有聲律的美。上例是全句雙聲的，全句疊韻的如「屋北鹿獨宿，溪西鷄齊啼」之類，純屬戲作，也談不上節奏。

至於異音相續的「錯綜」，在詩句中包括平仄參伍成句及仄聲上去入三聲輪用。平仄參伍成句，近體詩五七言平起仄起的定式，平仄相間，已經絕美，無庸贅述，所以俞弁說：「若夫句分平仄，字關抑揚，近體之法備矣。」（逸老堂詩話）稱讚近體詩的平仄格式，抑揚參互，音響極美。

七言古詩也有平仄參伍的規則，如平韻到底的七古，出句第二字多用平，第五字多用仄。如第五字間或用平，則第六字多用仄，目的在避免參雜律句。落句則第五字必平，第四字必仄。第四五平仄既合，第二字若用平聲聲律更美。但若五六七三字用三平落脚，則第二字多用仄，其目的仍在與律句不同。仄韻到底的七古，上句第五字，宜用平聲以揚之，下句第五字宜用仄聲以抑之。七言古詩若有平仄相間換韻者，則多用對仗，雜以律句，都無妨。總之，七言古詩以第五字爲關鍵，五言古詩以第三字爲關鍵。(參見王漁洋古詩平仄論及師友詩傳錄)可見古詩也要注意平仄的參伍。

仄聲上去入三聲輪用，有二種情形，一爲單句的末一字，上去入輪用；二爲同句中有三仄聲，上去入參互，單句末一字上去入三聲輪用的，杜甫的律詩中幾佔全部，如他的送韓十四江東省親詩：

兵戈不見老萊衣，歎息人間萬事非。我已無家尋弟妹，君今何處訪庭闈。黃牛峽靜灘聲轉，白馬江寒樹影稀。此別應須各努力，故鄉猶恐未同歸。

明代的俞弁在逸老堂詩話中已發現具備四聲的妙處，他說：「凡七言八句，起承轉合，亦具四聲，歌則揚之抑之，靡不盡妙。」卽舉本詩爲例，所惜分析未當，至朱竹垞曝書亭集載李天生的話說：「一三五七句用仄字，上去入三聲，少陵必隔別用之，莫有疊出者，他人不爾也。」以本詩論之，衣爲平聲，妹爲去聲，轉爲上聲，力爲入聲。他如王維的送楊少府貶柳州詩，遠、口、子連用三字都是上聲，戴叔倫的除宿石頭驛詩，問、夜、事、鬢連用四字都是去聲，自然不及老杜的詩律細密。

至於一句中有三仄聲卽以上去入三聲輪用，如杜審言和晉陵陸丞早春遊望詩：

獨有宦遊人，偏驚物候新。雲霞出海曙，梅柳渡江春。淑氣催黃鳥，晴光轉綠蘋。忽聞歌古調，歸思欲沾巾。

巴壺天先生謂此詩每句之中，四聲皆備，並說：「每句中仄聲亦必上去入無疊出者，此皆詩律精微處，雖審言亦不易首首如此。據聲調四譜圖說云：『此法少陵亦常用之。』或皆得自乃從祖之秘傳歟？」李漁叔先生又為之分析說：「所謂每句之中，四聲皆備，如『獨有宦遊人』『雲霞出海曙』『忽聞歌古調』等三句，每句自備平上去入四聲。其餘四句，凡用仄聲處，亦必上去交互用之，無疊出者。」（並見風簾客話）

以上二法，並見於清董文煥聲調四譜圖說，董譜云：「無論五律七律，其最要之法有二，一為每句中四聲皆備，一為第一、第三、第五、第七句之末一字，不可連用兩去聲或兩上聲，必上去入相間。律詩備此二法，讀之必聲調鏗鏘。」（仝前所引）由是可見四聲參互，才能造成聲調的美感。

至於同韻相協的「呼應」，包括選韻、疊韻、轉韻、逗韻等。所謂選韻，是作者在用韻時對韻脚的選擇，下過一番揀擇的工夫，讀詩者可從而欣賞他們的匠心。袁枚說：「欲作佳詩，先選好韻。凡其音涉啞滯者、晦僻者，便宜棄捨。葩、即花也，而葩字不亮。芳、即香也，而芳不響。以此類推，不一而足。宋唐之分，亦從此起。李杜大家，不用僻，非不能用，乃不屑用也。昌黎鬥險，掇唐韻而拉雜砌之，不過一時遊戲。」(隨園詩話)袁氏提出了選韻要注意響亮，要避免啞滯晦僻，自有他的道理，但以昌黎鬥險韻為文字遊戲，恐怕批評得太過，歐陽修曾說：「退之筆力，無施不可。……而余獨愛其工於用韻也。蓋其得韻寬，則波瀾橫溢，泛入傍韻，乍還乍離，出入廻合，殆不可拘以常格，如『此日足可惜』之類是也。得韻窄，則不復旁出，而因難見巧，愈險愈奇。」（六一詩話）由是知道

「工於用韻」也是一種美，而韻寬韻窄，各有不同的美。吳可說：「和平常韻，要奇特押之，則不與衆人同，如險韻，爲要穩順押之，方妙。」（藏海詩話）黃子雲也說：「易者尚新，險者尚穩」（野鴻詩的）都以爲常韵險韵，各有它揀選的條件，常韻要押得新，險韻要押得巧，各有它適用的範圍，但不論常韻險韻，都要求韻脚工穩妥貼，才有優美的音節。

韻脚除了有常韻險韻外，還要注意有疏有密，這就是疊用韻脚的問題，何處句句疊韻，何處隔句用韻，也應有所考究，如前談辭采剛柔一節中所舉岑參的輪臺歌奉送封大夫詩，句句疊韻，但至結尾四句，則隔句用韻，以疏宕其氣，配合頌揚戰勝功成的情節，大有「緊張過去、神氣舒弛」的意味。可見情節緊湊時宜句句押韻，氣氛舒坦時宜隔句用韻。再看蘇軾的臘日遊孤山訪惠勤惠思二僧：

天欲雪，雲滿湖，樓臺明滅山有無。水清石出魚可數，林深無人鳥相呼。臘日不歸對妻孥，名尋道人實自娛。道人之居在何許？寶雲山前路盤紆。孤山孤絶誰肯廬！道人有道山不孤！紙窗竹屋深自暖，擁褐坐睡依團蒲。天寒路遠愁僕夫，整駕催歸及未晡。出山迴望雲木合，但見野鶻盤浮圖。玆遊淡薄歡有餘，到家怳如夢蘧蘧，作詩火急追亡逋，清景一失後難摹！

起首優游不迫，不用句句押韻的「促起式」，所以「雪」字不入韻，下面的「數」「許」「暖」「合」等處，也都不入虞魚韻，疊韻或隔句用韻，似乎沒有一定的規律，完全是隨心所欲，這種隨心所欲，便有足够寬裕的天地來讓作者表現其匠心。紀曉嵐欣賞本詩說：「忽疊韻、忽隔句韻，音節之妙，動合天然！」方東樹也稱讚說：「神妙！」韻脚的疏密如果能和情節相配合，做到「動合天然」，當然是最高的境界，不過本詩是如何地「動合天然？」前人還未曾能指出來，如果吾人作一次大膽的假設，本詩或許是在「兩句一意」而屬於鋪排式的句子，便隔句用韻，使文句曼長，以表現其繁多：如有雪又有雲處、有魚又有鳥處、有紙窗又有團蒲處、有雲木又有浮圖處、以及一句問話處，都不用複疊的韻脚，其餘則句句押韵，使詞氣緊接，看來作者是有意如此安排的吧？

所謂轉韻，是指長篇的七古五古轉換韻脚而言，韻脚轉換的徐疾，影響全詩抑揚頓挫的節奏。前人對轉韻的妙處，也屢有闡述，如沈德潛說：「轉韻初無定式，或二語一轉，或四語一轉。或連轉幾韻，或一韻疊下幾語。大約前則舒徐，後則一滾而出，欲急其節拍以爲亂也。」(說詩晬語)以爲連轉幾韻則產生文氣舒徐的作用，一韻疊下則產生節拍急促的作用，前者適用於長篇的前半段，後者適用於長篇的結尾。

七古的換韻，二句一轉，過於局促，終篇一韻，也少波瀾。葉燮曾說：「七古直敘，則無生動波瀾，如平蕪一望。」又說：「七言句句叶韻不轉，此樂府體則可耳。後人作七古，亦間用此體，節促而意短，通篇竟似湊句，毫無意味，可勿傚也。二句一轉韻，亦覺局促。大約七古轉韻，多寡長短，須行所不得不行，轉所不得不轉，方是匠心經營處。」(原詩)由是知詩人於轉韻處，亦深具匠心。

七古的換韻，不能太疏，不能太密，應視詩中情節氣氛而定。大抵意轉折時換韵多，意直達時換韵少。師友詩傳錄載蕭亭語：「或八句一韻，或四句一韻，必多寡勻停，平仄遞用，方爲得體。亦有平仍換平，仄仍換仄者，古人實不盡拘。」是七古轉韻的方式，在不定之中，也有定則。

下面舉一首杜甫的丹青引贈曹將軍霸爲例，來欣賞他轉韻的手法：

將軍魏武之子孫（元韻起），於今爲庶爲清門（元），英雄割據雖已矣，文采風流今尚存（元）。學書初學衞夫人，但恨無過王右軍（轉文韻），丹青不知老將至，富貴於我如浮雲（文）！開元之中常引見（轉仄聲霰韻），承恩數上南薰殿（轉仄聲霰韻），凌煙功臣少顏色，將軍下筆開生面（線、廣韻與霰同用），良相頭上進賢冠，猛將腰間大羽箭（線、廣韻與霰同用），褒公鄂公毛髮動，英姿颯爽來酣戰（線、廣韻與霰同用）。先帝天馬玉花驄（逗韻），畫工如山貌不同（轉平聲東韻），是日牽來赤墀下，迥立閶闔生長風（東）。詔謂將軍拂絹素，意匠慘淡經營中（東），斯須九重真龍出，一洗萬古凡馬空（東）。玉花卻在御榻上（逗韻），榻上庭前屹相向（轉仄聲漾韻），至尊含笑催賜金，圉人太僕皆惆悵（漾），弟子韓幹早入室，亦能畫馬窮殊相（漾），幹惟畫肉不畫骨，忍使驊騮氣凋喪（宕，廣韻與漾同用）。將軍畫善蓋有神（逗韻），偶逢佳士亦寫真（轉平聲真韻），卽今飄泊干戈際，屢貌尋常行路人（真），途窮反遭俗眼白，世上未有如公貧（真），但看古來盛名下，終日坎壈纏其身（真）！

全詩轉韻五次，平轉爲仄，仄轉爲平，間亦平轉爲平。葉燮專從「轉韻」上欣賞本詩，他說：「杜甫七言長篇，變化神妙，極慘淡經營之奇。就贈曹將軍丹青引一篇論之：起手將軍魏武之子孫四句，如天半奇峯，拔地陡起，他人於此下便欲接丹青等語用轉韻矣。忽接學書二句，又接老至浮雲二句，却不轉韻（按元轉爲文，平轉爲平），誦之殊覺緩而無謂。然一起奇峯高插，使又連一峰，將如何撒手？故卽跌下陂陀，沙礫石确，使人蹇裳委步，無可盤桓。故作畫蛇添足，拖沓迤邐，是遙望中峯地步，接開元引見二句，方轉入曹將軍正面。他人於此下，又便寫御馬玉花驄矣，接淩煙下筆二句，蓋將軍丹青是主，先以學書作賓；轉韻畫馬是主，又先以畫功臣作賓，章法經營，極奇而整。此下似宜急轉韻入畫馬，又不轉韻，接良相猛士四句，賓中之賓，益覺無謂，不知其層次養局，故紆折其途，以漸升極高極峻處，令人目前忽劃然天開也。至此方入畫馬正面，一韻八句，連峯互映，萬笏淩霄，是中峯絕頂處。轉韻接玉花御榻四句，峯勢稍平，蛇蟺遊衍出之，忽接弟子韓幹四句，他人於此必轉韻，更將韓幹作排場，仍不轉韻，以韓幹作找足語，蓋此處不當更以賓作排場，重複掩主，便失體段。然後(轉韻)永歎將軍善畫，包羅收拾，以感慨係之，篇終焉。章法如此，極森嚴、極整暇！」(原詩)

葉氏的分析大致允當，一般詩人喜用「韵意雙轉」的手法，韻意雙轉雖可使韵意配合得妥貼，但段落處過於明顯，而本詩韵意雙轉的地方很少，大都意轉而韵不轉，韵轉而意不轉，泯其雙轉之迹。意雖曲折，韻雖屢易，但仍如一氣呵成。大概在標明主旨時用平聲韻，在迂徐曼衍時用仄聲韻，平仄互換，句數每八句一換，均勻嚴密，結尾處用平韵悠揚唱出，教人一唱三歎！

施補華亦曾舉杜詩醉歌行為例，他說：「七言古詩，必有一段氣足神王之處，方足聳目。如醉歌行春光澹沲一段，寫送別光景，使前半敍述處皆靈，忽句句用韻，或夾句為韻，亦以音節動人。」（硯傭說詩）施氏雖未指明轉韻使本詩氣足神王，但春光澹沲一段，却是以平聲韻突接上面的入聲韻，音調乍響，景物乍明，横筆寫景，自覺神采百倍。

五言古詩則與七言又不同，較古的五言詩大抵以一韻到底為多，如青青河畔草一章較為特殊，一路換韻聯折而下。節拍甚急。至晉以後四聲之道昌明，韻書日出，轉韻的詩漸多，唐代的五古長篇，大都轉韻，但杜甫與韓愈的五古詩却很少轉韻，這一點葉燮曾經提出，他說：「唐時五古長篇，大都轉韻矣，惟杜甫五古，終集無轉韻者，畢竟以不轉韻為得，韓愈亦然，如杜北征等篇，若一轉韻，首尾便覺索然無味，且轉韻便似另為一首，而氣不屬矣。五言樂府，或數句一轉韻，或四句一轉韻，此又不可泥。」（原詩）這麼說來，五古是以不轉韻為佳，縱使轉韻，也不要使它韻意截斷才好。

所謂逗韻，是指換韻之前，預作韻脚呼應的一種技巧。這種技巧，事實上已經變為一項規則，即古詩轉韻的首句，當以入韻為原則，與新轉入的韻預作前導式的準備，使新轉入的韻像水到渠成一般順適地滑溜下去。蕭滌非曾說：「所謂逗韻，就是當換韻時，在上一句（出句）就押上所要押的韻，作為第二句（雙句）的一個引子，使讀者至此仍可順口而下，不致感到彆扭，這種換韻法，前人已有用的，但不如杜甫的嚴格，丹青引在這方面也是最典型的。」（杜詩的韻律和體裁）我們看前面所舉的丹青引一詩，從平聲文韻要轉入仄聲霰韻，先在出句「開元之中常引見」下用逗韻，見爲霰韻字。從仄聲線霰韻要轉入東韻，先在出句「先帝天馬玉花驄」下用逗韻，驄爲東韻字。從平聲東韻要轉入仄聲漾韻，先在出句「玉花却在御榻上」下用逗韻，上爲漾韻字。又從仄聲宕漾韻轉入平聲眞韻，先在出句「將軍畫善蓋有神」下用逗韻，神爲眞韻字。這種用逗韻作韻脚呼應的手法，確實能使長篇的詩歌節奏順適而優美。

3. 從拗救上欣賞

「拗救」在律詩中是常見的，實質上也是屬於音節美的一種，前節談音節的美，著重在談一般音律「定式」，而「拗救」却是律詩近體中的「變格」。知「常」還須知「變」，所以特別另立一節來探討。這種變格，雖是在平仄的組合上，打破固定勻整的「定式」而別創音節，但却有必須講論的拗救法則。初學作詩的人，常聽到一句口頭禪：「一三五不論，二四六分明」，這只是極粗淺的說法，懂得拗救，才知道一三五不能不論。

講究音節拗救的例句，在杜甫的集子裏俯拾卽是，後來李商隱、趙嘏、元遺山轉相效法，也各有很好的效果。黃山谷更喜作拗句，幾乎成爲他詩中的特色。宋代的范晞文曾說：「五言律詩，固要貼妥，然貼妥太過，必流於衰。苟時能出奇於第三字中下一拗字，則貼妥中隱然有勁直之風。」（對床夜語卷二）可見拗句對於文氣聲調都有幫助，往往能增加句的強度。至元代方回編瀛奎律髓，於卷二十五別出「拗字類」一門，並說：「老杜七言律一百五十九首，而此體凡十九出，不止句中拗一字，往往神出鬼沒，雖拗字甚多，而骨格愈峻峭。…五言律亦有拗者，止為語句要渾成，氣勢要頓挫，則換易一兩字平仄無害也。」也說拗句能使骨格峻峭。

拗救的方式很多，不像范晞文所說只拗五言的第三字，也不像方回所說可隨意換易一兩平仄字，至清代王漁洋著律詩定體、趙秋谷作聲調譜、翟翬作聲調譜拾遺、翁方綱作五七言詩平仄舉隅，對律詩拗救的方法，始一一考定。但清人不善分類，引例嫌少，至張夢機著近體詩發凡，綜合衆說，重加釐析，分單拗及其救法、雙拗及其救法兩類，說明各種拗救的法則，舉例頗詳。而王了一著漢語詩律學，條分更細，幾已窮盡拗救的微妙。下面用最清楚的眉目，將各種拗救的形式作簡明的介紹：

就單拗而言，五言平起的出句標準定式是「平平平仄仄」，第一字可不論。如：

落帆秋水寺，驅馬夕陽山。（許渾送南陵李少府）出句平平平仄仄為定式。如不按定式寫成

豔陽無處避，皎潔不成容。（許渾玩殘雪寄江南尹劉大夫）出句首字用仄，成仄平平仄仄，

可不論。故落豔二字若為仄聲，下句不用驅皎二平聲字也無妨。

五言平起落句的標準定式為「平平仄仄平」，第一字必須用平，若第一字用仄，則第三字必須用平以救之。如：

寵深還若驚。（王禹偁五更睡）第一字當平用仄，第三字必平以救之。王了一曾說：「五言（平起落句）的句子裏，第一字該平而用仄，則第三字必須用平以為補救，這樣，除了韻脚之外，還有兩個平聲字，就不至於犯孤平。」這種情形，第一字不可不論。

五言平起出句「平平平仄仄」第三字如拗作仄，仍是合律，下句亦可不救，但第一字必平。如：

高松出衆木，伴我向天涯。（李義山高松）出句拗作平平仄仄仄。可不救。趙秋谷說：「平平仄仄仄，下句仄仄仄平平，律詩常用，若仄平仄仄仄，則為落調矣。」依趙氏所說，究其原因，則在以下句第三字來救，下句卽成仄仄平平平，與古詩格調相混，又若第一字不作平，則出句成孤平。拗救的秘訣就在避免「古律混淆」及「孤平」。

五言平起出句「平平平仄仄」第四字如拗作平，則第三字必須用仄，不然就落調。如：

青門弄煙柳。紫閣舞雲松。（李義山樂遊原）出句拗作平平仄平仄，本句三四互換，必須以三仄救四平，為當句自救，下句不受影響。唯照趙秋谷的意見，「第三字仄，第四字平，則第一字必平」但翟翬舉杜甫「故人得佳句，獨贈白頭翁」為例，以為第一字似不必盡拘。

七言律詩第一第三兩字，平仄不論者多，但仄起落句「仄仄平平仄仄平」的第三字必須用平聲，否則即成「孤平」。若第三字必須用仄，則當句第五字改爲平聲以便救轉。如：

日落水流西復東，春光不盡柳何窮，巫娥廟裏低含雨，宋玉宅前斜帶風。（杜牧柳長句）宋玉宅前斜帶風爲仄仄仄平平仄平，用第五字的平救第三字的仄，才不會孤平。七言仄起第一句如由仄仄平平平仄仄，首句如入韻，押韻後成仄仄平平仄仄平者，第三字也必須講究平仄，如本詩第一句，「水」字是仄聲，必須在第五字用平聲「西」字，同樣是爲了防止「孤平」。這時有人或許會問，既然第三第五兩字平仄互換，那麼詩人何不直接將第三第五二字倒轉過來用，像「山雨欲來風滿樓」這句詩，第三字當平而用仄，又必須將第五字當仄而改平，何不直接寫成「山雨風來欲滿樓」，既能合「律」，又不必拗救之煩，這問題就牽涉到拗救的另一項秘密：原來拗救的句法在調整音響的同時，也將各字位序的重要性有了調整，「風」字用在最突出的「詩眼」第五字上，比用在第三字，就「風勢」而言，要強大得多了！

七言仄起出句「仄仄平平平仄仄」第五字如拗作仄，仍是合律，下句亦可不救。如：

悵望千秋一灑淚，蕭條異代不同時。（杜甫詠懷古蹟）出句拗作仄仄平平仄仄仄，仍合於律句，又不孤平，所以可以不救。

七言仄起出句「仄仄平平平仄仄」第六字如拗作平，第五字必須用仄，不然就落調。如：

直道相思了無益，未妨惆悵是清狂。（李義山無題）出句拗作仄仄平平仄平仄，第六字當仄用平，第五字當平用仄以相救。羌笛何須怨楊柳，春風不度玉門關（王之渙出塞）例亦同。

以上爲單拗，皆當句相救。

就雙拗而言，五言平起出句爲單拗，五言仄起出句始有雙拗。五言仄起出句「仄仄平平仄」拗第三字者成「仄仄仄平仄」或「平仄仄平仄」，不論第一字之平仄，須將下句第三字改用平聲救轉，其式如「平平平仄平」或「仄平平仄平」，第一字平仄不論，第二三字必須是平聲。如：

古寺滿脩竹，深林聞杜鵑。（蘇軾遊鶴林招隱）出句拗作仄仄仄平仄，下句以平平平仄平救轉。又因此出句第一字平仄可不論，故如因捋虎鬚死，還尋魚腹居。（劉後村郭璞墓）出句拗作平仄仄平仄，仍當以平平平仄平救轉。又下句第一字可不論，故如不覺入關晚，別來林木秋。（賈島酬姚校書）下句以仄平平仄平救轉亦可。又如更病可無醉，猶寒已自和。（陳後山別負山居士）出句仄仄仄平仄，下句第三字未曾救轉，故紀曉嵐評曰：「可字仄而下句第三字不以平聲救之，却是失調。」（見瀛奎律髓刊誤）失調時的音節就不美。唯據詩人玉屑引後山詩作「已寒猶自和」，猶字平聲，則原本合乎拗救。

五言仄起出句拗第四字者，成「仄仄平仄仄」，則須將下句第三字用平聲救轉。如：

野火燒不盡，春風吹又生。（白居易賦得古原草送別）出句拗作仄仄平仄仄，下句用平平平仄平救轉。但若下句首字用仄聲亦可，如木落山覺瘦，雨晴天似高。（劉敞秋晴西樓）因下句第三字既救出句第四字之拗，亦使下句避免了「孤平」，故第一字可不論。

五言仄起出句拗三四兩字者，成「仄仄仄仄仄」或「平仄仄仄仄」，則亦須在下句第三字用平聲救轉。唯五仄之句，其中須有入聲調配，音調才美。如：

士有不得志，棲棲吳楚間。（孟浩然廣陵逢薛八）出句五字皆仄，即拗三四兩字的平聲爲仄聲，故於下句第三字用平聲吳字救轉。又如全德備萬物，大方無四隅。（黃山谷次韻楊明叔）出句爲平仄仄仄仄，下句第三字用平聲無字救轉。五字全爲仄聲的句子裏，如「士有不得志」中「不得」二字爲入聲，入聲往往借作平聲用，五仄七仄如無入聲在內，聲調便不美。

七言仄起出句爲單拗，七言平起出句始有雙拗。七言平起出句的標準定式爲「平平仄仄平平仄」，如拗第五字成平平仄仄仄平仄，則下句須將第五字改爲平聲，成仄仄平平平仄平以救轉。如：

春潮帶雨晚來急，野渡無人舟自橫。（韋應物滁州西澗）出句拗爲平平仄仄仄平仄，下句第五字用平聲舟字相救轉。又下句第一字可不論，故如身前不吝作蟲臂，身後何須留豹皮。（謝幼槃（薖）飲酒示坐客）下句以第五字救上句，第一字平仄皆可。又若下句第三字也拗作仄，成仄仄仄平平仄平，則第五字的平聲既救上句，亦已當句自救，如兒童相見不相識，笑問客從何處來。（賀知章回鄉偶書）卽是一例。本詩經拗救以後，其音響集中於「何」字，使「何處」二字特別突出，明明是自己的故鄉，却用「何處來」作反諷，特別有味。

七言平起出句拗五六兩字，成「平平仄仄仄仄仄」，則下句第五字拗平以救之。如：

南朝四百八十寺，多少樓臺煙雨中。（杜牧江南春）出句拗爲平平仄仄仄仄仄，下句第五字用平聲煙字以救之，上句「四百八十」是無法改動的數字，只有用下句來救，用「煙」字救轉以後，「煙」字在「詩眼」上更加突出，強化了煙霧瀰漫的氣氛。若單就下五字而言，卽與五言出句用五仄，下句第三字改用平聲是相同的。當然，這五個仄聲字裏，有「八十」兩個入聲字，會使聲調好聽得多。又若下句第三字也拗作仄，成仄仄仄平平仄平，則第五字之平聲既救上句，亦可當句自救，如「清談落筆一萬字，白眼舉觴三百盃。」（黃山谷過方城尋七叔祖舊題）即是一例。本詩經拗救以後，音響集中於「三」字，使「三百」這個數字特別強調，像李白詩「會須一飲三百杯」一樣，達到了誇張的目的。拗救的極致，是在於能和情節作密切的配合，用以達到強調重點或調節語氣強弱的目的。

七言平起出句拗第六字，成平平仄仄平仄仄者，仍用下句第五字拗平以救之。如：

昔人已乘黃鶴去，此地空留黃鶴樓。（崔顥黃鶴樓）出句首字可不論，拗第六字作仄，則下句第五字用平聲黃字以救之。又若下句第三字也拗作仄，成仄仄仄平平仄平，則第五字的平聲既救上句，亦可當句自救。如五更歸夢常苦短，一寸客愁無奈多。（黃山谷次韻王稚川客舍）、青州從事難再得，牆底數樽猶未眠。（黃山谷醇道得蛤蜊）、頗知歌舞無竅鑿，我心塊然如帝江。（黃山谷戲答王定國題門兩絕句）皆屬此例。

綜上所述，拗救的方式雖多，其原則只有一個，就是使聲調動聽。避免「孤平」的結果自然聲調協暢，避免與古詩句法相似，自然有一種嶄新的音節。拗救可說是在板滯的律詩絕句形式中求變化，它可以使句法靈活、筆力轉強、運意自如、音調新美。

4. 從諧律上欣賞

聲律的美，包括聲與聲的諧合、聲與情的諧合。聲與聲的諧合，如和聲、協韻、拗救、句式變換等，已如前述。本節所談的諧律，著重於聲與情的諧合。

聲與情的諧合，比聲與聲的諧合，更抽象、更微妙，但聲情諧合，與句型、音節、拗救三節所談的法則關係仍極密切。句型方面，如王忠林說：「四言音節短促，宜於表現質實之情，而五七言則音節較舒緩，宜於表現跌宕之情，各因其所表現情緒之需要，而產生音節不同之形式。」(中國文學之聲律研究)可見句型長短可以產生不同的情調，而不同的情調自宜選擇不同的句型。非僅四言與五七言不同，即五言與七言亦不同；而雜言體的古詩，長短參差，如果用來與感情配合，感情嚴肅時用嚴整等長的句型，感情激動時用特長句或特短句，譬如李白的宣州謝朓樓餞別校書叔雲的「棄我去者昨日之日不可留」，全句用了十一個字，並且中間九個是仄聲，正表現出「一腔鬱勃牢落的情緒」，而杜甫的兵車行，前面三分之二用七言句，後面三分之一自「長者雖有問，役夫敢申恨」以下，忽然以五言居多，原來這是「因爲役夫申恨之詞，意苦而聲自促。」(見喻守眞唐詩三百首詳析)這樣將句型的長短與感情配合，自然情韻曼妙

再則體裁方面，古詩、律詩、絕句、樂府，也各有適宜抒寫的情趣。如李重華說：「古體須頓挫

瀏灕，近體須鏗鏘宛轉，二者絕不相蒙。」這種音節上不同的性質，詩人自宜配合情事，加以利用。而句字長短、句數多寡以外，字面配置與句調的揚抑，也能直接影響情趣。其它如拗句的詩亦然，詩句的拗救，能產生一種豪宕峭拔的風味，詩人也宜利用這種因拗轉峭的韻味，來安排要寫的題材。

至於韻脚的選擇，與題內的情事氣氛也須配合，這一點，拜經樓詩話曾載何無忌的話說：「欲作佳詩，必先尋佳韻，未有佳詩而無佳韻者也，韻有宜於甲而不宜於乙，宜於乙而不宜於甲者，題韻適宜，若合函蓋，唯在構思之初善巧揀擇而已。若七言歌行，抑揚轉換，用韻頓挫處，尤宜喫緊。」亦即李重華所謂「纖細題用不着黃鐘大呂，闊偉題用不着密管繁絃。」（貞一齋詩說）可見在韻脚上必須講究聲情的諧合。至少四聲的不同情調，應該先有所認識，四聲的聲調，所謂「平聲平道莫低昂，上聲高呼猛烈強，去聲分明哀遠道，入聲短促急收藏。」從這個歌訣中，知道平聲寬平，不甚費力，上聲彷彿向上提起，去聲彷彿將字向遠處送，入聲則短短地截住，這種口腔氣流的姿態，出於模倣人的情意，人在表情達意時，每一種表情的器官都在配合着動作，聲音自然也不例外，依近人的研究，概括地說，平聲寬平，上聲是「用力費事的表情」，去聲偏於「秀媚清脆」，入聲表示「深切而直截」（見詩學淺說）王易氏更詳加分析說：「韻與文情關係至切，平韻和暢，上去韻纏綿，入韻迫切，此四聲之別也。東董寬洪，江講爽朗，支紙縝密，魚語幽咽，佳蟹開展，眞軫凝重，元阮清新，蕭篠飄灑，歌哿端莊，麻馬放縱，庚梗振厲，尤有盤旋，侵寢沈靜，覃感蕭瑟，屋沃突兀，覺藥活潑，質術急驟，勿月跳脫，合盍頓落，此韻部之別也，此雖未必切定，然韻切者情亦相近，其大較可審辨得之。」（詞曲史）王氏已細密地指出了韻與情的關聯，作詩選韻，應該注意這種聲情的關係。

又樂府古詩的轉韻與否，也應注意與情事配合，如葉燮曾說：「樂府被管絃，自有音節，於轉韻見宛轉相生層次之妙。若寫懷投贈之作，自宜一韻，方見首尾聯屬。」（原詩）葉氏認爲寫懷投贈的五言古詩，不必轉韻，如杜甫的北征用轉韻的話，便索然無味，而寫怨鬱博艷的樂府詩，則宜多用轉韻，以爲轉韻與否，當與題事相關。事實上，轉韻與否，最主要的還是與詩內的情節氣氛有關係，氣氛有時寬平，有時幽適，有時激越，有時驚愕，用轉韻的古詩來逐段配合，自有神妙的效果。

綜前所說，可見聲與情的諧合，是在講究聲與聲的諧合之後，更上探一層的詩境。聲與情諧、音與境會，才是詩律最微妙細膩的地方。下面分「以韻表情」、「以聲摹境」二段，各舉實例來探索：

以韻表情方面，李重華曾強調聲情相應的重要，所謂「發竅于音，徵色于象。」「象者，摹色以稱音」，以爲詩中或喜或悲、或激或平，詩人須以音律調之，使其一一隨音而出 。他說：「詩之音節，不外哀樂二端，樂者定出和平，哀者定多感激，更辨所關巨細，分其高下洪纖，使與會胥合，自然神理胥歸一致。」 又說：「凡格局洪纖，最要與題相稱，其音律即各從其類。」 （並見貞一齋詩說）他主張音律與題旨相稱，分辨情節，各從其類，所謂纖細的題旨不用黃鐘大呂，閎偉的題旨不用密管繁絃 。這麼說來，肅雝的郊廟詩、宏亮的朝廷詩、溫遠的贈答詩、深邃的山林詩、隱微的譏刺詩、愴惻的哀悼詩，自應有它們不同的律呂；「壯士聲情」與「美人音節」，自有「鐘呂之音」與「箏琵之響」的不同；而同屬雄偉之作，也有它哀樂不同的韻味。試看項羽的垓下歌與劉邦的大風歌，聲情哀樂，自然流露。

垓下歌是：

力拔山兮氣蓋世，時不利兮騅不逝，騅不逝兮可奈何！虞兮虞兮奈若何！

大風歌是：

大風起兮雲飛揚！威加海內兮歸故鄉！安得猛士兮守四方！

史記所載這兩首漢初的詩，極耐人尋味。王世貞批評道：「大風三言，氣籠宇宙，張千古帝王赤幟。垓下歌正不必以虞兮為嫌，悲壯烏咽，與大風各自描畫帝王興衰氣象！」鄧以讚也批評說：「語氣悲壯，足與事相發。」（並見史記評林引）所謂「與事相發」，即是「聲情諧合」的意思，垓下歌寫英雄失意而泣，大風歌寫英雄得意而泣，一樣是帝王，一樣是慷慨傷懷，却隨着情事的興衰哀樂，形成了詩中不同的氣象。我們試分析二詩的用韻，大風歌以「揚」「鄉」「方」為韻脚，十分高亮，垓下歌則句中有韻，「山」「世」「利」「逝」「何」音並相近，（山在段玉裁古韻十四部，世利逝在段氏古韻十五部，何在段氏古韻十七部，依據章太炎成均圖，十四部「山」與十五部入聲「

折」爲陰陽對轉，十七部「何」與十五部「利」則旁轉最近，與十五部入聲「折」則在同一紐。周秦韵部的分合，與兩漢雖稍有不同，但其時正值秦末，與周秦古韻仍很接近，況且劉項本來不常讀書，偶爾嘯歌，以其方言音近卽爲韻脚，亦是自然的事。）漢初的詩，平仄通叶，雖沒有四聲的嚴格區分，却早有長言短言的不一，垓下歌因滲入「短言」的仄聲，遠不如大風歌宏亮，大風歌用「長言」（平聲）音節長，有抑揚，每七字一押韻；垓下歌每三字一押韻，音節短，韻迫促。至末句連呼虞名，七字一句，稍舒其氣，但因用「呼告」的句法，情緒仍然極爲激動，這種韻脚的不同，正自然流露出當時的情懷不同。王德暉說得好：「聲音之道，感發性天，純乎天籟。」（顧誤錄）劉項的歌聲，完全是自然純眞的流露，宏亮的歌寫出漢室興起，迫促的歌寫出楚兵散敗，音響與感情適巧是一致的。

再則如岑參的詩，如前所舉走馬川行奉送出師西征的詩，句句用韻，三句一轉，沈德潛說它「勢險節短」，這種音節正與出師走馬的情境諧合。又前所舉輪臺歌奉送封大夫出師西征詩，李鍈說：「此詩前十四句，句句用韻，兩韻一轉，節拍甚緊，後一韻衍作四句，以舒其氣，聲調悠揚，有餘音矣。」（詩法易簡錄）唐陳彝則說：「韻經七轉，如赤驥過九折坂，履險若平，足不一蹶。」（唐詩會通評林引）王夫之在唐詩評選中，以爲唐氏所說，「可謂知言」。這種「赤驥過坂，足不一蹶」的節奏，也正與出師走馬的情景與音響相諧合。至於岑參的白雪歌送武判官歸京詩，由於情節不同，音節也和前二首相異，字面雖都是悲壯颯爽之詞，韻脚轉換則有了差別，並不每句押韻，悠揚之中多少有幾分沈鬱，王夫之說本詩是「顚倒傳情」，原來這參差歷落的韻脚，正與送友還京時的情懷諧合。

又如岑參的西亭子送李司馬詩：

高高亭子郡城西，直上千尺與雲齊，盤崖緣壁試攀躋，羣山向下飛鳥低，使君五馬天半嘶。絲繩玉壺爲君提，坐來一望無端倪，紅花綠柳鶯亂啼，千家萬井連回溪。酒行未醉聞暮鷄，點筆操紙爲君題：惜解携，草萋萋，沒馬蹄。

周珽欣賞本詩說：「首五句詠亭子之高，次四句卽宴別望山之景，末因酒闌賦別，不勝芳草王孫之思，忽著短句，峭拔足奇！」（唐詩會通評林引）王堯衢說：「此篇用疊韻，而以三言結，一步緊一步。」（古唐詩合解）據周王二氏的剖析，原來本詩以五句一節、四句一節、三句一節的次序排列（末尾三句皆爲所題的字，可作一句看）。節節短縮，節節緊逼，與惜別時愈來愈迫促的情感相彷彿，結尾用三字一節、連用三節，句句用韻，一氣直呼下來，音響上是節短聲蹙，換氣不易，造成了呼吸上的迫促緊張，這短促的呼吸，一並形容出不勝依依的別情。

至於杜甫，更是一位懂得「隨情押韻」的能手，蕭滌非曾說：杜甫經常是在很大的程度上根據自己當時的感情需要來決定所押的韻部。例如有名的兩首長詩：赴奉先詠懷和北征，都是用的入聲韻，這是因爲這種「短而促」的所謂「啞音」的入聲，更適合於表達他那沈痛、鬱悒的情緒。又如遭田父泥飲那首詩，所以能把那位田父的聲音笑貌和他自己的喜不自禁之感寫得躍然紙上，栩栩欲生，也是和所押的「厲而舉」的上聲韻大有關係。這當然只是一個粗糙的說明，仔細分析起來，四聲的每一聲裏所包括的韻部也還是有區別的，例如平聲韻東、多、江、陽等便較適合於表達歡樂、開朗的情緒，而尤、幽、侵、覃等則較適合於表達憂愁。我們只要將杜甫淪陷在長安時所作的春望，和他在梓州作的聞官軍收河南河北兩首詩，對照一下，便可看出這種區別：前者押的是「侵」部的韻，令人低徊沈著；後者押「陽」部韻，令人歡忭興起，都和杜甫那時或悲或喜的情緒相適應。蕭氏又舉杜甫兵車行一首，說明韻換處也往往就是思想感情和口吻的轉換處，譬如寫到：

……邊庭流血成海水，武皇開邊意未已！君不聞漢家山東二百州，千村萬落生荆杞！……

這四句由平聲韻忽換用猛烈的上聲韻，就是因爲那位行人說到這裏，感情更爲激動憤慨的緣故，假如改押入聲韻，便不響亮。（參見杜詩的韻律和體裁）蕭氏所說，十分精到，這「水」字、「已」字、「杞」字，讀音拉長時，音調極高，費力極多，用以寫情緒高昂、「流血開邊」等費力的事，甚爲諧合。若改用入聲爲韻脚，便造成吞咽悲抑的氣氛，與詩中的辭氣轉向於率直指陳時的「君不見」「君不聞」是不調和的。不過上聲韻有的是「厲而舉」，有的也「舒徐和軟」，必須細加分析，然後運用。就像同樣是平聲，用東眞韻顯得寬平，用支先韻顯得細膩，用魚歌韻顯得纏綿，用蕭尤韻顯得感慨（見周濟介存齋論詞雜著）。詞調與詩韻在音響效果上是共通的，試看同樣押上聲韻的孟浩然的春曉：

春眠不覺曉，處處聞啼鳥，夜來風雨聲，花落知多少？

第一句寫「不覺」，第二句寫「覺」，第三句寫「覺」，第四句又寫「不覺」，由不覺而覺，由覺而不覺，這種意態已極似時睡時醒的春眠，且全詩都用敏銳的聽覺，不用視覺，懶得睜開眼睛，亦與春眠慵懶的氣氛相合。加以用上聲爲韻脚，萬樹以爲上聲「舒徐和軟」，這「舒徐和軟」的聲音配用在春眠詩上，更加濃了春眠的情調。如果換用像「疑是地上霜」「受降城外月如霜」「低頭思故鄉」「一夜征人盡望鄉」的平聲陽韻，氣氛便完全不同，宏亮的陽韻，會教人睜大雙目，可以用來描寫失眠，絕不適宜描寫春眠的！

以聲摹境方面，昔人早有「志在山林，琴表其情」的韻事，用之於詩歌，以聲摹境，也是審音鏈律極微妙的地方，如前所舉賈島的客思：

促織聲尖尖似針，更深刺著旅人心，獨言獨語月明裏，驚覺眠童與宿禽！

拙著詩心曾將本詩剖析欣賞：一開始將蟋蟀的鳴聲比擬成針尖，鳴聲是虛的東西，針尖是實的東西，以實物來比虛空的聲響，就能給予讀者一個鮮明具體的印象，說針尖樣地刺着了旅人的心，那種感受，讓人能親身具體地感觸到了！又把二個尖字連着使用，產生了當句頂眞的效果。而「尖似針」三字都是齒音字，接在「尖」字下面，更給人一種非常「尖銳」的感受。全句「促織聲尖尖似針」七字，全是尖銳的齒音（聲字審紐，爲舌齒間音，在舌面前借齒以成音者），你不能說這不是有意的安排，因爲中國的文字，喉音字多含宏大寬闊的感覺，齒音字多含細小尖銳的感覺，爲了表現客思的隱痛，接連着用「尖」「針」「刺」一類齒音的字，教人有觸手生棱的感覺！這種音響效果的講究，該是鍛句鍊字最精微的地方了！

又如蘇東坡的大風留金山二日詩：

塔上一鈴獨自語：『明日顚風當斷渡！』

鄧廷楨欣賞說：「顚當斷渡，皆雙聲字，代鈴作語，音韻宛然，可謂靈心獨絕！」（雙硯齋筆記卷六）這「顚風當斷渡」是塔上鈴兒所作的氣象預告，因爲有風吹着它，所以它絮絮自語，而「顚當斷渡」四字，又是以雙聲字來狀鈴聲，既說意、又摹聲，兩意兼攝，所以說它「靈心獨絕」！其實我們再看唐人劉長卿的聽彈琴詩「泠泠七弦上，靜聽松風寒」二句中，「泠泠」「七弦」「靜聽」等字，除表面的字義之外，還故意運用字音間兩兩雙聲或叠韻，暗地裏模倣着琴聲的鳴奏。又李端的聽箏詩，說意之外又兼摹聲，箏聲更加繁多，如「鳴箏金粟柱，素手玉房前，欲得周郎顧，時時誤拂絃」

四句中，除了韻脚「前絃」的呼應外，像「顧誤」疊韻是有意的安排，（三國時早有「曲有誤，周郎顧」的謠諺），「時時」兩個疊字既雙聲又疊韻，再仔細地去諦聽，詩中的「鳴箏」、「玉欲」、「房郎」、顧誤與「素」、都是疊韻字；「粟素」「手周」都是雙聲字，全詩中充滿了箏聲，詩的本身就是一首鳴奏曲。拙作設計篇「談詩的音響」中已有詳盡的分析，在此不擬重述。

又如杜甫的野人送朱櫻：

西蜀櫻桃也自紅，野人相贈滿筠籠。數回細寫愁仍破，萬顆勻圓訝許同！……

第三四兩句，摹寫物狀極巧肖，寫櫻桃芳潤勻圓之狀，能令人生起珍惜與驚喜之心。在拙著詩心中曾深一層去研究「細寫」「勻圓」二句，爲什麼能把筠籠裏瀉出來的櫻桃，那玲瓏欲動的樣子也描摹出來，其中當然是借助於聲韻的效果。鄧廷楨曾說：「子美詩雙聲疊韻則融去迹象，尤爲精妙。如『細寫』雙聲，『勻圓』雙聲兼疊韻。」細字蘇計切，聲屬齒音心紐；寫字悉姐切，聲也屬齒音心紐，所以說是雙聲，且齒音字能給人一個細小纖弱的感覺，將櫻桃皮薄易破的飽滿意態，寫得極帖切。而勻字羊倫切，聲屬喻紐，韵在十八諄。圓字王權切，聲屬爲紐，韻在二仙。古時喻紐爲紐不分，同屬喉音，所以說雙聲，而諄韻仙韵音轉最近，所以說雙聲之外又兼疊韻，勻圓二字疊韻能給人一種圓滾滑動的感覺，用以寫傾瀉出來的一籠櫻桃，萬紅鑽動，圓瑩可愛，表現得分外鮮潔活潑，這種細微的摹寫，才是聲律美的勝境！

四、神韻美的欣賞

有文字不一定就有神韻，但神韻必須要依附文字；神韻可以表現在文字之外，但不能捨離文字去求神韻。所以神韻雖不屬於詩的形式美，但產生神韻却必須先具有形式美。以上所論結構、辭采、聲律，都是表現神韻所必須憑藉的。像絕代的風華、優雅的氣質，不能不藉停勻的骨肉來表現。姚惜抱說：「所以爲文者八：曰神、理、氣、味、格、律、聲、色。神理氣味者，文之精也，格律聲色者，文之粗也。然苟舍其粗，則精者亦胡以寓焉？」（古文詞類纂序目）文如此，詩更如此，胡元瑞說：「作詩大要，不過二端，體格聲調、興象風神而已。體格聲調，有則可循；興象風神，無方可執，故作者但求體正格高，聲雄調鬯，積習之久，矜持盡化，形迹俱融，興象風神，自爾超邁！」（詩藪內編卷五）都以爲要講神韻，宜從文字格律入手。由形式方面的「體格」「聲調」「辭采」入手，加上內容方面對「興象」的探究，再進一步去求「神韻」，可以探索出神韻構成的條件，神韻自然是內涵與形式所共同創造出來的有機結構中的靈魂。

「神韻」之說，倡導於王士禎氏的神韻集。王氏之前，有嚴羽倡「興趣」之說（滄浪詩話）、楊萬里有「風趣」之論（隨園詩話引）、姜夔有「韻度」之談（白石道人詩說）、其後袁枚主張「有性情」（隨園詩話）、陳獻章主張「有風韻」（白沙文集）、方東樹主張「有氣韻」（昭昧詹言），至王國維拈出「境界」二字，自以為是「探本」之論（見人間詞話），其實王氏的境界，與前人的「神韻」「興趣」等大致相同，只是闡述較詳而已。

嚴滄浪主張的「興趣」，以「透徹之悟」為根本，以「羚羊掛角，無跡可求，瑩徹玲瓏，不可湊泊」為技巧，而達到「言有盡而意無窮」的境界。所以嚴氏的「興趣」，實則是渾成與含蓄的妙悟境界。

姜白石的「韻度」則強調「飄逸」，並以為詩有四種高妙的境界，所謂「礙而實通」的「理高妙」、「出事意外」的「意高妙」、「寫出幽微，如清潭見底」的「想高妙」、「非奇非怪，剝落文采」的「自然高妙」。換句現代的話來說，理高妙及意高妙是新奇的境界、想高妙是實感性的境界、自然高妙是含蓄蘊藉的境界。

楊誠齋的「風趣」是以「性靈」為主，詩人玉屑載誠齋論比擬托物及句外之意，指出聯想及含蓄的重要。明末陸時雍編選唐詩鏡，緒論之中，已標舉神韻，主張詩意要「常留不盡」，要「寄趣在有無之間」，所說與滄浪含蓄渾成的境界相同。

至王漁洋遂以「神韻」論唐詩，所主「雋永超詣」的「化境」，仍和滄浪相近。漁洋之後，翁覃谿曾作神韻論，以為詩有以「高古渾樸」表現神韻的，有以「風致」表現神韻的，有以「實際」表現神韻的，有以「虛處」表現神韻的，結論說：「神韻實無不該之所」（參見復初齋文集卷八）所論較漁洋為具體。

清末王靜安拈出「境界」一詞，所謂有「造境」、有「寫境」、有「有我之境」、有「無我之境」，又說：「能寫眞景物眞感情者，謂之有境界」，復舉「紅杏枝頭春意鬧」「雲破月來花弄影」爲例，以爲着「鬧」字「弄」字而「境界全出」，實則王氏所說的「造境」卽是理想新造的境界；所說的「寫境」仍有理想的成分，而更具有實感性；所說「無我之境」「有我之境」乃至「眞景物眞感情」及紅杏雲破二例，都是在強調一個情景交融、心物交會的世界。

綜合前人的論點及舉例，歸納它們互通的地方，擘析它們互異的地方，大致構成神韻的條件，往往是在詩境中須具有含蓄性、聯想性、改造性、實感性、感悟性、新奇性、無限性的美感，有了這種條件，容易產生神韻。我們欣賞詩的神韻，也可以從這些角度去體味，或許較前人的玄論具體得多。

1. 欣賞含蓄性的意境

文心雕龍隱秀篇佚文說：「情在詞外曰隱，狀溢目前曰秀。」情在詞外就是含蓄性的美，狀溢目前就是實感性的美。含蓄的美，光芒內斂，溫婉深曲，自然教人感到層次重重，具有幽邃的深度。而且含蓄的美，特別適合東方人的美感領域與生活風範，所以自來中國的傳統詩評，沒有不以含蓄爲可貴的，所謂「興象超遠，元氣渾然」，所謂「言有盡而意無窮」，這種含蓄蘊藉、味之愈出的美感，最能產生神韻。

下面試舉李商隱的詩三首以資比較：如歌舞詩：

過雲歌響清，迴雪舞腰輕。只要君流盼，君傾國自傾。

又如夜意詩：

簾垂幕半卷，枕冷被仍香。如何爲相憶，魂夢過瀟湘。

又如常娥詩：

雲母屏風燭影深，長河漸落曉星沈。常娥應悔偸靈藥，碧海青天夜夜心。

紀曉嵐評歌舞詩說：「殊乏蘊藉」，評夜意詩說：「小有情致，亦無深味。」評常娥詩說：「意思藏在第一句，却從常娥對面寫來，十分蘊藉。」

我們比較這三首詩，第一首是從正面直說，讀到「君傾國自傾」，雖深深地以貪色亡國爲戒，但詩篇終了，意思也隨着完結，並無餘味。第二首稍感耐人咀嚼，因相憶而勞魂夢，因魂夢而香被枕，深夜憶起自己的妻子，情致悽然，但言外的餘情不多。第三首則自與前兩首不同，字數只有二十八字，但讀罷餘音裊裊，廻盪不絕，好像詩中的正意並不在字面上，而這正意再加二十八字也未必能寫完。朱彝尊只在本詩旁加密圈密點，評了一句「是何言與？」大概是認爲妙處不易說出，有些像罩月籠煙的花枝一般，含糊迷濛，只覺得絕美，你想看清它的究竟，却不容你近看逼視，絕沒有蹊徑可以走近去！又有些像「空中之音，鏡中之象」，但有神韻可味，別無迹象可尋的。

何義門以爲常娥詩是「自比有才調，翻致流落不遇。」馮浩以爲「或爲入道而不耐孤孑者致誚也」，紀曉嵐以爲是「悼亡之詩，非詠常娥。」章燮則以爲是寫常娥「悔從前不當竊藥，以自取其勞。」喻守眞則以爲是「責備意中人偷奔，而仍不能忘情。」章喻二說，過於淺率，張爾田則以爲紀氏作悼亡解，韻味反淺，馮氏作刺詩解，更屬錯誤。張氏以爲是「寫永夜不眠，悵望無聊之景況，亦託意遇合之作。常娥偷藥比一婚王氏，結怨於人，空使我一生懸望，好合無期耳。所謂悔也，蓋亦爲子直陳情不省而發。」（李義山詩辨正）張氏所說，是否眞合義山本意，也很難說，蘇東坡說得好：「作詩必此詩，定知非詩人！」眞正的好詩，可以有許多解析的頭緒，它不像散文，只有一條理解的路，只有直露的詩，才會一覽無餘！諸家揣摩紛紛，正因爲本詩蘊藉深藏，它可以作感歎看，可以作諷嘲看，它像一顆多面的鑽石，讓你從各種不同的角度，都仰望到它璀燦的光輝。諸家選詩，都選了這首詩，而不選前面的兩首，相形之下，本詩自有一種教人動心的神韻。

又如冷齋夜話卷四舉杜詩爲例，說：「詩句有含蓄者，如老杜：勳業頻看鏡，行藏獨倚樓。」釋惠洪所舉此詩爲杜甫的江上詩，趙彥材欣賞說：「勳業頻看鏡，所以惜老之衰；行藏獨倚樓，則其所念深矣。」仇兆鰲欣賞說：「夜不眠以至曙，故對鏡倚樓，看容色而計行藏，但以報主心切，雖衰年未肯自諉，此公之篤於忠愛也。」李子德也欣賞說：「勳業十字至大至悲，老極淡極，聲氣俱化矣。」諸家所評，都能闡發詩中含蓄的意旨，只要說「勳業頻看鏡」，那「時不我與」的迫切感已洋溢筆端，只要說「行藏獨倚樓」，那「報國無門」的浩歎聲已如聞紙上，更何況是永夜不寐，看鏡倚樓，種種激烈的壯懷都可以想見，並不需要直說「忠愛」之忱，比直說「忠愛」更感人。李氏說它「老極淡極，聲氣俱化」，就是創造了含蓄的神韻境界。

又如詩經周南的芣苢：

采采芣苢，薄言采之；采采芣苢，薄言有之。
采采芣苢，薄言掇之；采采芣苢，薄言捋之。
采采芣苢，薄言袺之；采采芣苢，薄言襭之。

照毛傳與小序的意思，本詩是描寫天下太平的時代，婦人們以多子爲樂事，相傳多吃芣苢草，就容易懷孕，所以婦人們相邀去採芣苢草，用這種閒散的瑣事，側面寫出天下盛平、生活水準提高的歡樂場面。吳師道欣賞說：「此詩終篇言樂，不出一樂字，讀之自見意思。」陸深欣賞說：「此詩總之爲四十八字，內用采采字凡十三，芣苢字凡十二，薄言字凡十二，除爲語助者，才餘五字耳。而敘情委曲，從事始終，與夫經行道途，招邀儔侶，以相容與之意，藹然可掬，天下之至文也，即此亦可以見和平矣！」（並見詩經傳說彙纂引）吳陸二氏指出了本詩含蓄的妙處，除去重複的字面外，主要的動詞只有采、有、掇、捋、袺、襭六個字，用六個字輪換出現，便能將婦人招邀朋侶同往採芣苡的全部過程寫出，而一片太平年代的和樂景象，充塞在田野的歌聲之間，全詩用不着一個樂字，而歡樂自見，這便是有神韻的境界。

2. 欣賞聯想性的意境

聯想性的意境，是指想像力有其舒卷延伸的活力，把二個無關的東西變作有關，把二個差異的東西變作類似，所以它有時是一種創造性的溶合；有時是一種象徵性的比興。譬如龔自珍的寥落詩：「青山青史兩蹉跎」，青山與青史根本是二個截然不同的東西，就憑一個「青」字作引線，聯想在一起，青山代表了出世隱居的消極生活態度，青史代表了入世立功的積極生活態度，兩種原本是性質齟齬的事物，經過聯想妥帖的安排，便化差異爲雷同，組成了新美的和諧，這便是聯想溶合事物的妙用，也是聯想性的境界。

再則就是象徵性的比興，本文所談聯想性的美感，主要是指以比興體寫詩所造成的美感。因爲直陳的賦體意味易盡，用比興的手法才能多味，方東樹說：「正言直述，易於窮盡，而難於感發人意。託物寓情，形容摹寫，反覆詠歎，以俟人之自得，所以貴比興也。」（昭昧詹言）正是說明要「感發人意」，比興體較「正言直述」要生動得多，譬如專講詩歌比興的陳沆，他的詩有時也可惜缺少比興，他的白石山館詩中有「順逆天何意？窮通我自疑！」用「直賦」的方式來抒情，難怪龔自珍就批評它說：「實不工，不如比興之爲愈也。」寫天意的順逆，世道的窮通，如果改用比興的方法，如寫作「天若有情天亦老，月如無恨月長圓」等，比況出天道人際的窮通，便有了具體的概念。具體的比興方法，往往能使讀者壓抑在心靈深處的經驗瞬間展伸出來，與詩人作互訴與共鳴。大凡比興靈動，生氣坌湧，可以在文字之外，別開境界。胡元瑞在詩藪中特別強調「興象風神」，足見比興聯想的手法最足以表現風神。

詩中用比擬的手法，可使事物靈動，但這種靈動的程度，自然要看比擬手法的高下而定，如施肩吾的觀美人：

漆點雙眸鬢繞蟬，長留白雪占胸前。愛將紅袖遮嬌笑，往往偷開水上蓮！

這詩不能說寫得不好，只是用漆比眸光，用雪比膚色，用水上蓮比美人，雖用比擬，頗爲常見，所比的二者原本是很近似的，都是實物，所以不很生動。比擬最好是以實物去比虛情虛事，才生動。

再看雍陶的送客遙望詩：

別遠心更苦，遙將目送君，光華不可見，孤鶴沒秋雲。

用孤鶴沒秋雲來比送客遠去，一股落寞的情懷，倒寫得很具體，加以孤鶴與秋雲，大小懸殊，秋雲漠漠，又具有空間的無限性，所以頗有情韻。但是以鶴來比客，鶴是實物，客也是實物，像蓮是實物，去比美人，美人也是實物，以實體比實體，雖也有聯想上的美感，畢竟不會十分靈動。

再看崔郊的贈去婢詩：

公子王孫逐後塵，綠珠垂淚滴羅巾。侯門一入深如海，從此蕭郎是路人！

侯門深如海一語，至今傳誦人口，據全唐詩話的記載，崔郊這首詩，是爲戀愛姑母家中的一位婢女而寫，婢女不久被賣給連帥于頔，崔郊正思慕不已，忽於寒食節時在郊外和這女孩相遇，就做了這首詩，結尾二句將那位貴顯的主人感動了，便把婢女送給崔郊，這段傳奇性的故事足以證明末尾二句的感人力量。以大海去比侯門，侯門不只是指廣闊的廊宇，也代表着威赫的權勢，這「深如海」是比況貴賤異等，直像天人路絕，所以這首詩的聯想性，遠較前面兩首豐富。

又如王維送沈子歸江東詩：

楊柳渡頭行客稀，罟師盪槳向臨圻。唯有相思似春色，江南江北送君歸。

以春色來比相思，雖是以虛比虛，但是春色青青，塗滿了江南江北，這樣一塊巨大的色彩，是相思的化身，一路隨着你歸去，已寫得一往情深，相當動人了。不過「以實比實」與「以虛比虛」，還不易十分出色，試看高季廸（啓）脫化王維的詩意，用以實比虛的方法，寫作：

願得身如芳草多，相隨千里車前綠！（車遙遙）

馬位在秋窗隨筆中又糅合前意，擬作：

願為春草綠，一路送君歸！

相思是抽象的東西，說相思一路送君，相思沒有實體，不能「狀溢目前」，形成不了鮮明的意象，將相思比作青青的春色，便具體得多。高作又將王維的「春色」改寫成芳草，更加具體，芳草綠映車前，千里追隨着歸人的車騎，芳草本來是不能「相隨」千里的，說芳草能千里相隨，始則給人一陣驚謂，再則反顯出一片無垠的綠野，車輪到處，處處都是芳草，而芳草又都是我的化身，時時追隨着你的車騎，是多麼富於聯想！至於馬作又減縮成十個字，意思雖相近，且能濃縮一些，但芳草歷亂的景象、大江春野的氣派，全失去了，所以馬作遠不如前者。

以草木比相思，又如李白詩：「相思若煙草，歷亂無冬春。」王安石壬辰寒食詩：「客思似楊柳，春風千萬條！」柳亭詩話載林初文詩：「客情似春草，無處不堪生」以歷亂的煙草比相思，以千萬條的楊柳比客思，以無處不能生的春草比客情，以實比虛，最易喚起鮮明的意象。當然，奇妙的比擬並不卽是神韻，但神韻往往是要求有一個可供聯想的開闊領域，這個領域卽是一種意境，足供想像去馳騁。

3. 欣賞改造性的意境

所謂改造性的意境，就是將客觀的事物現象，經過主觀想象的改造，重現出來。或者以物擬人，或者以人擬物，將無知的事物，寄以靈性，託爲有情，造成了一個心物交會的境界。這境界裏的事物現象，和現實世界有距離，它是經過想像的變形術所重新塑造出來的。王國維舉「紅杏枝頭春意鬧」「雲破月來花弄影」爲例，以爲「境界全出」，正是以物擬人的勝境。

以物擬人，使事物都賦予性情，使靜物都有了動態，如龔自珍在夢中所得的詩句：

東海潮來月怒明！

這個「怒」字，把東海夜色的黝黑，把海上浪潮的洶湧，把上元時節海上初昇的月亮，寫得皎潔幽冷、巨大圓足、而且光亮嚇人，這個「怒」字，不僅表現了可怖的空間，也表現了滿月的時間，像畫龍點睛似的，匯集着時空的精神面貌，神靈樣的，給人心悸魄動的異樣感受。

又如高適的同陳留崔司戶早春宴蓬池詩：

隔岸春雲邀翰墨，傍簷垂柳報芳菲。

春雲懂得催詩，垂柳懂得報春，遠從「隔岸」，近從「簷前」，四周充盈着人情，物我融合成一個何等溫馨的世界。

又如岑參的夜過盤石寄閨中詩：

春物知人意，桃花笑索居。

春物是否能知人意，完全是出於主觀的認定，由於滲入了思念妻子的情緒，便以爲桃花也深知人意，在枝頭暗笑離人的索居。我那落寞的眼神，在這燦爛的春季，不敢去看桃花，唯恐桃花看穿我的心意，也來笑我。望桃花、想人面，把桃花也當作人一般。

又如杜甫的愁詩：

江草日日喚愁生。

吳景旭欣賞說：「草之生，喻愁之多，喚字妙。」（歷代詩話）江草萋萋，歷亂如愁，不僅愁如草多，還能喚愁生起。這「喚」字使江草有意識、有動態、有聲音，從視覺聽覺各方面讓「愁」活現出來，何其生動！

又如賈島的詩：

長江風送客，孤館雨留人。

這詩長江集不載，只見於前人詩注所引，但楊愼在升庵詩話裏推崇它「爲島平生之冠」。楊氏特別鍾愛這兩句詩，只因風懂得送客，雨懂得留人，寫得風雨也有一段情理、一片癡心。

又如楊誠齋的自贊詩：

江風索我吟，山月喚我飲，醉到落花前，天地爲衾枕。

宋長白以爲這詩是誠齋退休於南溪之上的生活寫照：「老屋一區，僅蔽風雨，長鬚赤脚，纔三四人，如是者十六年。」（柳亭詩話）誠齋在清閒瀟灑的日子裏渡過晚年，索吟的是江風，喚飲的是山月，他和自然爲侶，以天地爲衾枕，人與物的界限全都泯去，他完全生活在情景交融的世界裏。人與自然如此融洽無間。本詩雖用了不少風花雪月的字面，並不覺得俗套，那是由於作者是眞的過着如此清雅的生活，而不是附庸風雅，所以讀來有一種天人一體的愉悅感。

又如他的添盆中石菖蒲水仙花水詩：

舊詩一讀一番新，讀罷昏然一欠伸。無數盆花爭訴渴，老夫却要作閑人！

這也是退休集中的詩，全集的精神全集中在「爭訴渴」三字上，使菖蒲和水仙都富有爭嬌鬥媚的人情意態，更難得的是，憑着作者敏銳得出奇的感覺，花兒們竟喧嘩起來了！誠齋的生活和花在一起，他的這首詩也是在花兒們喧嘩的世界裏寫成的。無數盆花爭着訴說口渴，而我這老夫還只知道讀讀舊詩、伸伸懶腰，做一個閑散無事的人，末句帶着一些自責的意味，使寵愛嬌花的心情，畢現楮端。盆花撒嬌訴渴的情狀，與老人慵懶易忘的性格，構成了有趣的喜劇場面。

又如孫叔向的題昭應溫泉：

一道溫泉遶御樓，先皇曾向此中游。雖然水是無情物，也到宮前咽不流。

常言說水火無情，本詩稍用翻筆，說雖然水是無情之物，流到宮前也嗚咽不流，當然是爲了紀念先皇，先皇曾在溫泉中游過，如今先皇下世，水也咽止不流了，無情的水尙且如此，有情的人更當如何！全詩的神采只在「咽」字，若改作「塞」字「止」字，缺少擬人的情趣，便覺風味大減。

又如徐凝的古樹詩：

古樹欹斜臨古道，枝不生花腹生草。行人不見樹少時，樹見行人幾番老。

結尾二句一往一復，轉折生情。行人不見樹少，古樹却見人老。僕僕風塵，往來古道，一番比一番年老。趣味就在行人反不能見樹枯少，樹却能見人老去，別看輕那不會開花而又被雜草寄生着的樹，它自有比人還強的地方，人世的怱遽徒勞，那比得上古樹的悠閒長壽！

以人擬物，使人兼攝了物的時態功用，往往令抽象的人情意態，有了具體的形況。如白居易長恨歌中的：

……聞道漢家天子使，九華帳裏夢魂驚，攬衣推枕起徘徊，珠箔銀屛迤邐開，雲髻半偏新睡覺，花冠不整下堂來，風吹仙袂飄飄擧，猶似霓裳羽衣舞，玉容寂寞淚闌干，梨花一枝春帶雨。……

「梨花一枝春帶雨」是詩中一段的總結，也是全詩的一個高潮，全段正在寫她匆促下樓的時候，忽然把她比成一枝帶着春雨的梨花，使高雅的玉容變成了絕俗的梨花，縱橫的淚珠化成了寂寞的春雨，淒清之中糅合着優美。這枝梨花因爲注入了貴妃綽約芳潔的氣質，在讀者的眼前顯現出何等奪目的神采。

擬物的例子，又如賈島的戲贈友人：

一日不作詩，心源如廢井。筆硯爲轆轤，吟詠作縻綆。朝來重汲引，依舊得清冷。書贈同懷人，詞中多苦辛。

詩心像井水一樣，每日提汲，每日都有活水湧出，一日不作詩，心源就像廢井般，壅塞枯竭，沒有汩汩的靈泉了！起首二句，將人擬物，比擬中還帶着誇張，詩人原是一天也離不開苦吟的！於是重新以筆硯爲轆轤，以吟詠爲縻綆，經過整日的深浚汲引，再度獲得了清泠的冽泉！把它寫下來送給懂得箇中滋味的同行，他會識得其間有多少的苦辛！本詩的趣味就在生動的比擬，詩人錘鍊字句時咿唔呀呀的沈吟，與轆轤縻綆上下絞動時支支軋軋的聲音，適相應合，於是使吟詩時匠心敲打的一幕，有了眞切的表出。大凡擬物的境界，使人帶有物的形貌，與擬人的境界使物帶有人的意態相似，這個經過變造的心物交會的世界，往往能產生嶄新的靈趣。

4. 欣賞實感性的意境

所謂實感性的意境，就是努力以示現的技巧去刻畫形容，達到「狀溢目前」的境地。大凡體察景物的風神，能入細入微，利用感官的感受，能如聞如見，寫抽象成具體，變靜態爲動態，使讀者一若身歷其境，便產生實感性的意境。

詩人玉屑引金陵語錄一節，載梅聖俞的話，正是在標舉實感性的境界：

「聖俞嘗語余曰：必能狀難寫之景，如在目前；含不盡之意，見於言外，然後爲至。賈島云：『竹籠拾山果，瓦瓶擔石泉。』姚合云：『馬隨山鹿放，人逐野禽棲』等，是山邑荒僻，官況蕭條，不如『縣古槐根出，官清馬骨高』爲工。余曰：工者如是，狀難寫之景，含不盡之意，何詩爲然？聖俞曰：作者得於心，覽者會以意，若嚴維『柳塘春水漫，花塢夕陽遲』則天容時態，融和駘蕩，豈不在目前乎？又如溫庭筠『雞聲茅店月，人迹板橋霜。』賈島『怪禽啼曠野，落日恐行人。』則道路辛苦，羈旅愁思，豈不見於言外乎！」（卷六）

「含不盡之意」是含蓄性的意境；「狀難寫之景」是實感性的意境。「縣古」太抽象，用「槐根出」就具體地表現出「古」意；「官清」太抽象，用「馬骨高」就具體地表現出「清」意，槐根盤出，古態盎然，馬骨瘦高，清廉可風，自然將「山邑荒僻、官況蕭條」的景象描述得很逼真。

梅氏又舉「柳塘春水漫，花塢夕陽遲」爲例，這是「體物入情」的境界，王夫之曾說：「體物而得神，則自有靈通之句，參化工之妙。」（夕堂永日緒論）本詩用「漫」字寫柳塘的春水，表出了溶溶曳曳高漲的水態；用「遲」字寫花塢的夕陽，表出了遲遲酣酣漸長的日腳。都能運用敏銳的觀察，作深刻的描繪，這二個字用得恰切，便使難以傳述的情狀，表露無遺，難怪梅聖俞要稱讚它能把「天容時態、融和駘蕩」的意義具體地表現到眼前來！雖然有人嫌這二句詩「字與意俱合掌」（見胡應麟詩藪卷四）這樣的譏評過於苛細，詩人詠物，往往寫眞，柳塘花塢的佳景適在目前，句字偶爾相犯，不算是什麼瑕疵的！

「體物入情」的例子，又如柳宗元的南澗中題：

回風一蕭瑟，林影久參差！

洪亮吉欣賞說：「靜者心多妙，體物之工，亦唯靜者能之，如柳柳州回風林影云云，鹵莽人能體會及此否？」（北江詩話卷二）一陣蕭瑟的回風，使搖曳的林影，參差良久，這些投影，在地上長長短短、忽伸忽縮，也會在讀者眼前幌動很久。這種境地，必須作者靜心觀察才能寫出，體察事物入細入微，才能喚起讀者相同的印象。

又如岑參的祁四再赴江南別詩：

山驛秋雲冷，江帆暮雨低。

鄭錫有一首送客之江西詩：「九湃春潮滿，孤帆暮雨低。」和本詩的技巧相同，沈德潛特別欣賞這個「低」字，他說：「著雨則帆重，體物之妙，在一低字。」（唐詩別裁）寫帆影低斜，同時將風力與雨勢也顯示出來，岑詩寫秋雨，鄭詩寫春雨，黑雲低垂，雨脚壓帆，這濕了的孤帆用「低」字來形容，十分傳神。

除「體物」的技巧之外，梅聖俞還說明了「示現」的技巧，縣古官清兩句，化抽象爲具體；卽是其例。再則如吳融的春詞，化抽象的靜態，爲具體的動態：

鸞鏡長侵夜，鴛衾不識寒。羞多轉面語，妒極定睛看。

「羞多」「妒極」都是抽象的靜態的心理現象，却借助於「轉面語」「定睛看」等動態的描摹，把它活現出來。所以方回欣賞說：「三四非十分著意，何以說得至此！」（瀛奎律髓卷七）紀昀也說：「三四極眞！」都在讚美作者選對了神妙的鏡頭，能捕捉住美人眞切動人的神情。美人含羞時會轉過頭去講話，妒極時會不知不覺地盯住對方看着，這種神色，這種姿態，是讓詩中的美人以動態表演給讀者看，而不單是用靜態敘述給讀者聽。

有時原本是靜物，故意寫成動態，也栩栩有生氣，如浦翔春的野望詩：

舊塔未傾流水抱，孤峯欲倒亂雲扶！

舊塔不動，動的是流水，流水動處，塔影也動起來；孤峯不動，動的是亂雲，亂雲飛處，孤峯也像動起來。這「未傾」「欲倒」的字面，將原本安靜的塔與山，故意寫得撲撲欲動，姿態橫生，給人的感受是極強烈的。

再則如元稹的遣悲懷之一：

謝公最小偏憐女，自嫁黔婁百事乖。顧我無衣搜藎篋，泥他沽酒拔金釵。野蔬充膳甘長藿，落葉添薪仰古槐。今日俸錢過十萬，與君營奠復營齋。

這首詩追憶貧賤夫妻，辛勞備至，前六句追憶生前的生活細節，完全以動態的描繪來表出，不以靜態的敍述來形容，寫到「落葉添薪仰古槐」，則秋風黃葉、古槐人影的景象，活現紙上。成爲全詩中最令人矚目的場景，如果只泛說生前的情愛如何，甘受貧苦時的德行如何，用靜態的敍述而不用動態的表現，就不能教人如此深深地感動。

將靜態寫成動態時，是訴諸視覺感官的，所以再「潤之以丹采」，視覺效果會更好些，如范成大的晚思詩：

殘暑一窗風不動，秋陽入竹碎青紅！

把該動的風，寫得悶寂不動，把不該動的秋陽，反寫得動而有力，平斜的秋陽射入竹林，竹林碎成青塊，秋陽碎成紅塊，斑斑爛爛，蔚爲奇景！這是善用一個「碎」字，將靜態的東西寫成動態，又染上鮮明的色彩，強烈地震撼了視覺的感官，有助於眞實感受的促成。

視覺的感官外，也可以借重聽覺感官的輔助，如岑參的滻水東店送唐子歸嵩陽詩：

橋迴忽不見，征馬尚聞嘶！

周珽欣賞說：「目送其行，至人馬皆隱，而猶察其聲，摹寫惜別之懷，令人宛然在目！」（唐詩會通評林）在視覺中漸去漸小，終於消失，在聽覺上又廻響幾聲馬嘶，構成了立體的空間，讀來聲情宛然，不啻是詩中有畫；而是立體有聲的現場實況！

聽覺的感官外，也可以借重觸覺感官的輔助，如陳起的夜過西湖詩：

鵲巢猶挂三更月，漁板驚回一片鷗，吟得詩成無筆寫，蘸他春水畫船頭。

第一句用靜態的描寫勾出了時間，第二句卽以動態的描寫畫出了空間，起首二句用時空分寫，將「夜過西湖」的題旨點染完成，下面卽轉出一個新意來，說面對着這佳景，詩頃刻就吟成，只是沒有紙筆來寫下，於是用手指蘸着湖中的春水，把詩寫在船頭上。結尾的意思極新雅，夜遊西湖已經是雅事，吟詩則更雅，詩吟成了沒有紙筆寫，蘸着春水來寫在船頭上則尤其雅緻！「無筆寫」三字造成了句意的頓挫，然後吐出第四句來，蘸水在木板上寫，水的清涼，木的鈍澀，讓敏感的指尖上充滿了觸覺的美感，沒筆寫原來比有筆寫，更具有感官上的實感。

當然，一首詩中有時能同時借重數種感官的輔助，感受便益加逼眞，如唐子西的春日郊外詩：

城中未省有春光，城外榆槐巳半黃。山好更宜餘積雪，水生看欲到垂楊。鶯邊日暖如人語，草際風光作藥香，疑此江頭有佳句，爲君尋取却茫茫。

方回批評本詩說：「此詩句句工緻，『水生看欲到垂楊』絕奇。」（瀛奎律髓卷十）方氏從句法工緻奇絕方面去欣賞，自有他的見地，但詩人致力於感官意象的描寫，乃是本詩的一大特色。「水生看欲到垂楊」一句，和上句「山好更宜餘積雪」，都是在視覺感受中糅合了觸覺的感受，「鶯邊日暖如人語」寫聽覺感受，「草際風光作藥香」寫嗅覺感受。本詩是一幅有聲音、有氣味的風景畫，姑不論有沒有深刻的含意，這樣綜合各種感官的刺激所形成的意象，已帶給讀者身臨其境的美感了。

5. 欣賞感悟性的意境

感悟性的意境，並不只是一串機智的詞鋒所能造成，也不是數句雄辯所能該括。它有時仗着跌宕的筆意，在警世的作用之外，造成一種教人省悟的境域。有時仗着癡情的語調，在世情常理之外，喚起一種無比純眞的感觸。有時仗着反問的口氣，不需回答，而造成一種自反自省，感觸良多的餘韻。這些方法，皆有助於神韻的催生。

用跌宕的筆意來造成感悟性的意境，如雍陶的勸行樂詩：

老去風光不屬身，黃金莫惜買青春。白頭縱作花園主，醉折花枝是別人！

如果正面說老景難耐，青春可惜，雖有悟性，還不易成爲感情上超妙的境界，因爲再好的警世箴言，也引不起美感。但本詩末二句等於是舉例爲證，說一個人要是熬到頭白了，縱使做了花園的主人，花園裏醉折花枝的人也不會再是他自己了，用以說明首句「老去風光不屬身」，而反襯出青春的可貴，青春決非黃金可以買到的，青春一失，白頭翁對着滿園嬌花，只好空嘆別人在「醉折花枝」。

許多人都拚命在金錢物質上苦熬苦賺，熬到擁有一座花園時，早就沒有了青春！這種跌宕的筆調，給那些以「求田問舍」為第一目標的人，狠狠地當頭一棒。

又如岑參的韋員外家花樹歌：

今年花似去年好，去年人到今年老。始知人老不如花，可惜落花君莫掃！君家兄弟不可當，列卿御史尚書郎。朝回花底恒會客，花撲玉缸春酒香！

這首詩的句法往復翻折，唐汝詢以為本詩是在讚美韋員外「眞能行樂」（唐詩解），徐中行以為本詩是「閒言冷語」，但「分外緊峭有趣」（唐詩會通評林引），程元初以為本詩是「婉而諷」，寫「富貴一時，倏忽消滅，落花滿地，華豔何在！」（仝上）諸家或以為是在讚美及時行樂，或以為是在諷嘲榮華不長，欣賞的角度儘管不同，被詩中跌宕的筆意所感動則是一致的。森大來以為「其中有無限之樂趣，又有無限之悲意」，並特別欣賞三四兩句，他說：「此詩亦與劉廷芝詩『年年歲歲花相似，歲歲年年人不同』之意相似，然三四兩句，其理趣更進一層，非謂花之可惜，人老不如花，乃可惜耳，是謂透過一層寫法。」（唐詩選評釋）其實一二兩句，是用回文的形式，寫出花仍像去年一般好，人不如去年那麼俏，這才知道人老了還不如花可以再開，於是將惜老的意思移到惜花上，為了可惜落花，竟不忍心把它掃掉，珍惜落花，也就是在珍惜逝去的青春，如此寫來，正是在跌宕的筆調中夾着純眞的癡情！

又如杜牧的九日齊山登高：

江涵秋影雁初飛，與客攜壺上翠微。塵世難逢開口笑，菊花須插滿頭歸。但將酩酊酬佳節，不用登臨歎落暉。古往今來只如此，牛山何必獨霑衣？

吳北江說本詩「感慨蒼茫」，並推許爲「小杜最佳之作」。尋究全詩的韻味，是在於用跌宕的筆意，造成了一個蒼茫沈鬱的悟性世界。三四兩句，高步瀛評爲「雋語」，實爲全詩跌宕的高潮，人生世間，有幾天能暢懷地歡笑？在九月九日登高的秋日裏，姑且把菊花揷了滿頭回家來。這一聯看來似對非對，中間像是自慰、像是自惜，像是不顧塵俗而及時行樂，像是半眞半癡、瘋瘋顚顚。一個大男人，用滿頭的菊花。反叛着禮儀的束縛，向強顏歡笑的短暫人生作了最露骨的抗議！這些句子愈寫得放逸，愈顯得沈着，彷彿字面的含意與實質的內容有正反多層的作用，顯得層次重重，悟境深遠。

這種勘破人情的寫法，可以從許多角度發出警世的鳴聲，如張謂的題長安主人壁：

世人結交須黃金，黃金不多交不深，縱令然諾暫相許，終是悠悠行路心！

全詩用直率的吐露，寫得很低俗，但也未嘗不眞切。說以黃金的多少，就可量出結交的深淺，知己的朋友因爲沒有了黃金，也就變成陌路了。這種粗俗的老實話，揭穿了虛僞的「道義之交」，直刺目下的頽風惡俗，教人撕掉扭扭揑揑地矜莊作態的面具，感到直截痛快。

再看林昌彝射鷹樓詩話中的一段話：

居官者如傀儡登場，位顯則門庭蠅集，勢衰則賓客煙銷，白樂天詩所謂『親戚歡娛童僕飽，始知官職爲他人！』（卷八）

林氏從宦海的浮沈、世態的冷暖，突然感悟到白居易的詩，眞切感人。白詩早就將宦海的滋味說得很透：那顯赫高陞的官職，對其自身來說，只是操勞愈大、擔心愈多，讒言四起、樹敵更廣罷了！高官顯爵、位居要津的人，往往被親朋故友簇擁着，想放手也放不了，只見親戚們狐假虎威，歡忻地利用你，童僕有了靠山，舒適地養飽了他自己，那時候才知道你高陞的職位、繁忙的工作，都是讓他們便宜去了！

再則用癡情的語調來造成感悟性的意境，亦容易喚起共鳴，如李義山的花下醉：

尋芳不覺醉流霞，倚樹沈眠日巳斜。客散酒醒深夜後，更持紅燭賞殘花！

紀曉嵐說它「情致有餘」，李爾田說它「含思宛轉，措語沈著，晚唐七絕，少有媲者。」本詩所以能贏得這樣高的評價，是末句寫得癡絕愁絕的緣故，尋花不覺酒醉，酒醒又去尋花，不許青春有片刻的虛渡。可見字面上是憐花的癡情，骨子裏是對青春光陰的珍惜，深夜人靜，秉燭尋花，這是何等純眞的境界！這種純眞的境界，無異給沈醉在俗務中的人們一帖清凉的藥劑！

又如元稹遣悲懷第三首的末四句：

同穴窅冥何所望，他生緣會更難期！唯將終夜常開眼，報答平生未展眉！

由「同穴窅冥」而想到「他生緣會」，但「他生緣會」更茫然難期，於是只有想出一個癡情的方法來報答。喩守眞說：「跌出一個無可奈何的方法來：以終夜開眼來報答平生的未展眉。因爲旣悲其生前受貧賤之苦，復悲其沒後未享富貴之榮，非此無以報答，其情癡，其語摯。」情癡語摯，給人極強的感悟力量。

又如王安石的暮春詩：

北風吹雨送殘春，南澗朝來綠映人。昨日杏花渾不見，故應隨水到江濱！

惜花的人憐惜落花都隨流水，便應隨水尋花，流連水湄，試想一個在岸上加緊步伐的人，原是爲了水面上飄失的落花，追趕落花，直趕到大江之濱去，這種誇張的寫法，把惜花之意寫得何等癡狂！和郝經的落花詩：「狼藉滿庭君莫掃，且留春色到黃昏」一樣，爲了珍惜春色，竟不忍掃去落花，就算只能留春色到黃昏也好，這種惜春之意，完全用稚眞的口氣說出，顯示赤子般的癡情。

用反問的口氣來造成感悟性的意境，如劉長卿的重送道標上人：

衡陽千里去人稀，遙逐孤雲入翠微！春草青青新覆地，深山無路若爲歸？

首二兩句寫衡陽千里，往來人稀，你像隨着一片孤雲似的，漸行漸遠，沒入深山翠微中去！將前程的孤寂寫得很具體。在這春天，眞不忍心分別，爲什麼春草青青，已長滿了深山的歸路，却仍阻不住你，一定要歸去呢？反問一句，讓讀者自己去感悟回答，反覺惜別的情，廻盪不盡。

又如他的春日宴魏萬成湘水亭：

何年家住此江濱，幾度門前北渚春。白髮亂生相顧老，黃鶯自語豈知人？

來到這江濱居住已好幾年了，是從那一年開始的呀？白髮亂生，相顧同老，北渚的春光，已綠了幾次，如今又映照在門前，鶯聲柳色，年年依舊，黃鶯只管唱它自己的歌，傳達春天的快樂，那裏會去管別人家老來的心情呢？這是用自言自語、自問自答的方式，一般是只要問，不必答，反覺情趣飽滿，傷老惜春的意思，讀來自能感悟領略。

又如龔自珍的己卯京師作雜詩第二首：

文格漸卑庸福近，不知庸福究何如？常州莊四能憐我，勸我狂刪乙丙書！

在乙丙年間，龔氏箸議極多，或論王治，或探民隱，都是些近乎「三代立言者」的聖敎口吻，而莊君卿珊爲了愛憐我，却勸我狂刪書中乙丙年間的議論文章。因爲高才閎議，一定減福！「文格漸卑庸福近」是一句近乎反諷的感人語句，大概是出於莊君之口，謂文章的風格漸漸卑下的時候，常人所謂的「福氣」就會接近這位作者了！高妙卓絕的文章，惹得庸人「不堪卒讀」而乏人問津，惹得帝王怒目相向而不假顏色！寫成「萬言書」，造成「萬人敵」（用龔氏語），唉！莊君的話也許是對的，但是我仍不知道「庸福」究竟對人有什麼益處？第二句作反問的語氣，好像是默認那句敎英雄氣短的話，又好像偏不信那俗氣的論調，寧可犧牲庸福，爲着崇高的襟抱而執着！這一問號句，也同時對許多安於「庸福」的人，似羨慕、似嘲笑，對許多致力撰述的人，似尊敬，似可憐，給人多樣性的感悟！

6. 欣賞新奇性的意境

大凡賞心悅目的事，多少帶有些新奇性，不會在滿足平實的情況下產生，詩境亦然。要創造新奇性的意境，不外三種技巧，即是：無理以生妙意、翻疊以見巧思、推陳以出新義。這些技巧，往往能從塵腐狎習的日常事理中，誕生「出人意表」的新意。

「無理而生妙意」這一點，前述「感情改造理性」「感情改造事物」二節已曾提及，大凡理性和事物受了感情的渲染後，將不可能的變爲可能，將不合理的化爲合理，往往能造成新奇的境界。賀裳曾舉例說：

「唐李益詞曰：『嫁得瞿塘賈，朝朝誤妾期。早知潮有信，嫁與弄潮兒。』子野一叢花末句云：『沈恨細思，不如桃杏，猶解嫁春風。』此皆無理而妙。」（皺水軒詞筌）

這首李益的江南曲，以爲「弄潮兒習見潮之有信，也必然有信」，而去瞿塘峽那邊經商的丈夫，由於瞿塘峽最險，加以重利輕別，屢屢失約，歸期不定。結尾忽作奇想：早知潮有信，嫁與弄潮兒！至於弄潮兒是不是一定有信？弄潮兒是個抽象的潮汐象徵，還是指江上逐浪的男孩？弄潮兒可不可以嫁？都不須有合理的解釋，賀裳以爲它的趣味就在用不合理來產生妙意的。

又如裴說的柳詩：

> 高拂危樓低拂塵，灞橋攀折一何頻，思量却是無情樹，不合迎人只送人！

灞橋上的柳樹，被送客的人一再攀折，由於高的枝條拂近危樓，餞別者在樓上就可以折枝；低的枝條拂着塵泥，遠行客在路上也可以折枝，頻頻被折，已够「委曲」，還落得箇「無情樹」的綽號，我想它既然只知道送人，不知道迎人，必定是一株無情的樹！就這樣主觀地認定，不必懷疑柳樹本身是不是無情樹？也不必去作理性的再分析，就在荒謬無理的主觀判定中，使恨別的情感得以宣洩，帶給讀者意外的驚訝與快感。

又如褚載的瀑布詩：

> 瀉霧傾煙撼撼雷，滿山風雨助喧豗，爭知不是青天闕？撲下銀河一半來！

半空中懸落的瀑布，如瀉霧撼雷，滿山又是風雨交加，助長了喧豗的聲勢；使人懷疑大概是青天缺了一角，使天上的銀河也撲下一半來了！用「蒼穹破漏、銀河下瀉」來形容瀑布，眞是奇想，以這種奇想來竭力夸張，足以別開妙境。

「翻疊以見巧思」這一點，前述「翻疊的美」一節已曾提及，前節只在詩的形式上欣賞，所以只就形式上的翻疊來舉例討論，形式上的翻疊，是就詩中各句字面上的句意來作翻疊；此外還有純然意義上的翻疊，是就前人的意思做翻案的文章。須並觀前人的句意，才能明白翻疊的用心，二者都能創造新奇的意境。

形式上的翻疊，如杜牧懷紫閣山的末四句：

百年不肯疏榮辱，雙鬢終應老是非。人道青山歸去好，青山曾有幾人歸？

青山雖好，幾人歸去？明知榮辱是非會催人老去，但是誰人願意疏離？青山田園如何好，只有在嘴上說說，能有幾人會毅然採取歸隱的行動？嘴上說說，好像自己仍存有幾分澹泊眞樸的靈氣，然而怎麼敵得過內心貪戀繁華的實情？田園歸隱的念頭，只有在面對榮辱是非的挫折時，偶一伸展出來，作爲一種逃避現實的慰藉，很快就被壓抑下去。人類的悲劇是：雖然聰明穎悟，却不曾讓聰明穎悟給自己帶來早經預見到的好處。許多事理，想得到，看得見，但在可厭的現實前，却施不出一絲力氣。末尾兩句一用翻筆，兼用反詰的語氣，擊中了人類因循於既成事實的弱點，也揭開了人們潛意識裏久久被壓抑着的欲望，所以特別感慨深遠。

至於就前人意思來翻案的，詩人玉屑也列爲「詩法」的一種，並舉例說：

「杜詩云：『忽憶往時秋井塌，古人白骨生蒼苔，如何不飲令人哀！』東坡云：『何須更待秋井塌，見人白骨方銜盃！』此翻案法也。余友人安福劉淺，字景明，重陽詩云：『不用茱萸仔細看，管取明年各強健。』得此法矣。」（卷一）

所舉東坡詩，正就杜甫的詩意作翻案，杜甫說見了秋井陷塌，白骨生苔，再不飲酒，實在令人悲哀。東坡則說何必等到秋井塌了，白骨生苔了，才想到飲酒？讀東坡的詩時，如果並看杜句，覺得東坡的意思又佔先了一步，意趣尤加鮮活。劉淺詩亦就杜甫九日藍田崔氏莊詩「明年此會知誰健，醉把茱萸仔細看」作翻案。杜詩用悲觀的想法，認爲人生無常，明年的事難以逆料，所以癡情地抓緊眼前的茱萸，不肯放手。劉詩則用樂觀的想法，認爲用不着留戀眼前的茱萸，放膽大步地邁向明天，明年一定會仍然強健地生活着的。一經翻疊，在原文的「定見」之外，新創了一個境界，使人推翻了舊經驗，跳出了舊臼窠，重新安排記憶領域中的新認識，所以能感到神韻新美。

又如王叡的解昭君怨：

莫怨工人醜畫身，莫嫌明主遣和親。當時若不嫁胡虜，衹是宮中一舞人！

前人議論明妃事，或責備畫工貪賂，或諷嘲漢王無情，都在「生歸異域，死葬胡沙」上生感慨，而本詩偏唱反調，說當時若不是畫工將她畫醜了，就輪不到派她去和親，派不到她，她就終身不過是宮中的一名舞妓，有誰會讓她成爲青史裏的美人呢？用有生之年在精神上肉體上的痛苦，去換取身後永世讓人仰慕的美名，已經有了足够的酬報。這樣說來，貪賂的畫工，失察的君王，適足成全了昭君，這種「解怨」的論點，眞是詭辯得新奇可愛！

又如熊皦的祖龍詞：

平吞六國更何求，童女童男問十州。滄海不回應悵望，始知徐福解風流！

「祖龍」暗指「始皇」，秦始皇使徐福率領童男童女入海求仙，一去不回，本應教人悵望滄海，但本詩却從「解風流」的角度去看徐福，這個帶了童男童女去另闢天地的徐福，旣可以不受秦王的管轄，又有這麼多年青的奴婢侍候，那裏還肯從滄海的那一端回來？說徐福是一個最解風流的人，也同時暗諷着悵望滄海的秦皇。本詩從早經「論定」的沈寂的史實裏，突然又發出異議的聲響，自然別饒意趣。

陳微貞的題施蘭垞作浣紗圖詩，也是就史事作翻疊，他的詩是：

清溪一曲苧羅濱，誰把夷光爲寫真，歲歲浣紗猶未嫁，翻敎不及效顰人！

夷光是西施的別名，施蘭垞畫這幅西施的浣紗圖，是將自己的「施」姓暗寓在裏面，多少有些懷才不遇的意味，陳微貞就畫意作雙關的隱語，用翻疊的筆法說：西施要是像畫裏那樣歲歲年年都在浣紗，還不嫁出去，那反而比不上只會效顰的東施了！從一個全新的角度看過去，說西施不如東施，既替西施可惜，也在替本畫的作者可惜哩！

「推陳而出新義」，是指獨運靈思，洗空陳腔濫調，而造成一種清新的境界。如李白詩：「雪花大如手」、蘇軾詩：「山下碧桃清似眼」，用手比雪，用眼比桃，都取極尋常的事物爲比擬，但這些熟見的事物出其不意地被拈合，意外地造成了鮮明而深刻的印象。又如孟浩然詩：「黃昏半在下山路」，這個「半」字，使峯影樹色，明暗參差，這時刻、這色澤、這昏昏然將黑、能見度漸低的下坡山路，被寫得很眞切，雖是個尋常的「半」字，也能發人清新之思。吳雷發曾說：「落想時必與衆人有雲泥之隔，及寫出却仍是眼前道理，文辭能千古常新者，恃有此耳。」（說詩菅蒯）落想出句與常俗有「雲泥之隔」，不離「眼前道理」而能點染成奇情奇語，是推陳出新的要訣。下面分別就寫事、寫景、寫物各舉例一首詩來欣賞：

寫事創新意的如劉象的白髭：

到處逢人求至藥，幾回染了又成絲。素絲易染髭難染，墨翟當時合泣髭。

性情純眞的墨子，見到白色的絲染蒼色就成蒼色，染黃色就成黃色，本色一失，永無回復的日子，因此爲白絲而傷泣。本詩則就白髭染不黑爲恨，用了各種藥物去染，染了又白，所以妙想出一個新意來，說墨翟當時不該爲白絲被染黑而傷泣，白髭染黑而又白，才是合該傷心的事！染絲與染髭本是二個不相關涉的事，劉象綴合起來妙用，說素絲易染雖然可悲，白髭難染尤加可悲，折騰一筆，展露出全新的詩心！

寫情創新意的如李建勳的宮詞：

宮門長閉舞衣閒，略識君王鬢便斑。却羨落花春不管，御溝流得到人間！

深宮長閉，只有御溝的水，可以自由流向人間，不受春天管束的落花，常常隨着溝水流到人間去，宮女不但不怨歎落花，反而跳出常意，以落花流水爲羨慕的對象，能自由自在地到人間去，就是做一朶落花，也是挺愜意的！在這羨慕的背面，有着多少宮中舞人遲暮的眼淚！比歎落花怨遲暮的陳舊俗套有味得多，比宣宗宮人題紅葉詩：「殷勤謝紅葉，好去到人間」更加曲折多致。

寫景創新意的如唐溫如的題龍陽縣青草湖：

西風吹老洞庭波，一夜湘君白髮多，醉後不知天在水，滿船清夢壓星河！

全詩四句皆奇，說西風吹老了湘水，於是一夜之間，洞庭湖上掀起了銀色的浪花，像白髮叢生一樣。醉後的我，不知道天也在水裏，星也在水裏，讓載着滿船清夢的舟子，壓在水中的星河上！其中一四兩句寫景尤奇：西風可以吹老洞庭的波水，滿船清夢可以壓住水裏的星河，「老」字「壓」字下得十分新巧，尤其「滿船清夢壓星河」七字，用「清夢」這個抽象的概念，與「滿船」這個具體的意象結合在一起，又壓在那似在上面却又在下面的星河上，這七個字構成一個相當繁複的意象，夢痕波影，水色星光，映照得恍惚陸離，似幻似眞，將秋湖夜景寫得何等撩人，何等奇俊！

寫物創新意的如錢珝的未展芭蕉：

冷燭無煙綠蠟乾，芳心猶卷怯春寒，一緘書劄藏何事？會被東風暗拆看！

首句將未展的芭蕉樹比作綠蠟燭、一支冷的綠蠟燭，已比擬得很新穎。下面又將它的芳心比作封著的書信，芭蕉的芳心深深地卷着，像一封情書，怕被東風暗拆開來，偷看它的心意！這麼說來，這冷燭般的芭蕉，內心却是熱情的，文靜、枯乾、畏怯是它的外表，內在却包藏着許多甜蜜的春心。芭蕉原本是眼前常見的事物，一經靈思的點化，顯得情思宛轉、奇趣橫生！

7. 欣賞無限性的意境

所謂無限性的意境，就是在文字的收結處，引讀者進入一個時空無限的境界，使讀者感到餘韻不絕，徘徊不去，這種無限性與自由感，也會造成美的境界。前人將這種結尾轉入茫茫無涯的手法叫做「實下虛成」，或叫做「宕出遠神」，或形容作「曲終江上之致」，以爲這種境界和「曲終人不見，江上數峯青」的意境一樣，在「曲終人不見」以後，江上不是一片空白，而是驀然出現的無數青山！

結尾以無限性的意境來產生神韻的詩，如杜甫的縛雞行：

小奴縛雞向市賣，雞被縛急相喧爭。家中厭雞食蟲蟻，不知雞賣還遭烹。蟲雞於人何厚薄？吾叱奴人解其縛，雞蟲得失無了時，注目寒江倚山閣。

本詩的神味全在結句，前人將「小奴縛雞向市賣」等等，叫做「實下」，將結尾「雞蟲得失無了時，注目寒江倚山閣」叫做「虛成」（見說郛載宋范公偁過庭錄引晁以道語）。實下虛成，是將實論的事，忽然引向一個無限性的時空，這時空與上文似接不接，實斷而虛連，反能使餘韻盪漾。所以前人對本詩結句贊頌備至，如九家注引趙次公的話說：「一篇之妙，在乎落句。蓋雞之所以得者，蟲之所以失；人之所以得者，雞之所以失。人之得失如雞蟲又且相仍，何時而已乎？注目寒江倚山閣，則所思深矣！」　楊倫杜詩鏡銓引俞犀月的評語說：「結語有舉頭天外之致。」吳星叟說「末句渺茫無際。」浦起龍讀杜心解說：「注江倚閣，海闊天空，惟公天機高妙，領會及此。」王有宗說：「結句如江上青峯，秋波臨去，令人低囘，不能已已！」邵子湘說：「結好。」諸家的評賞都集中在末句，正是由於末句「渺茫無際」：得失既無了時，寒江也無盡處，借寒江的無限注目，暗示感慨的無窮無盡，引讀者進入這個時間空間無限的世界，才能「令人低囘，不能已已」！

又如沈德潛說詩晬語中有一段話，討論到類似的境界，他說：「收束或放開一步，或宕出遠神。：王右丞『君問窮通理，漁歌入浦深。』從解帶彈琴，宕出遠神也。杜工部『何當擊凡鳥，毛血灑平蕪！』就畫鷹說到眞鷹，放開一步也。」所舉能「宕出遠神」的例子，像「漁歌入浦深」，正是以空間的無限作爲收結，這樣的收結，使「君問窮通理」一句，好像已囘答，好像沒囘答，教人永遠也參不透。黃培芳評右丞這詩說：「宕開收，言不盡意，此亦一法。」（三昧集箋註）指出了這種唐人常用的手法，能避免「意隨語竭」的弊病。

表現空間無限的詩，如杜牧的破鏡詩：

佳人失手鏡初分，何日團圓再會君？今朝萬里秋風起，山北山南一片雲！

由佳人失手的一面小小破鏡寫起，由鏡片的分碎，轉位成情人的離散。破鏡的惡兆，暗示着團圓無期，而今朝秋風萬里，使山北山南，一片雲霧，這時問「何日再會君？」沒聽到有聲的囘答，只用景物來代替囘答，答案化作了萬里秋雲的世界，一片迷離，這種「以景截情」的句法，使深厚的情感沒入悠悠不盡的時空裏，那個不曾被回答的問號，就一直在空際盪漾！

又如施肩吾的山中送友人：

欲折楊枝別恨生，一重枝上一啼鶯。亂山重疊雲相掩，君向亂山何處行？

欲折楊枝的時候，別恨便湧生出來，每一重枝上，都有一聲啼鶯！啼鶯不但點出了季節，也將煩亂的心緒託亂鶯的啼聲表露出來，加以亂山重疊、亂雲堆積，顯得去路渺渺，如何投足！送行者已擔心如此，遠行者更將如何！結尾只寫淒迷的雲山景色，輕輕一問，是關切？是浩歎？是恨別？種種感觸，紛至沓來，自覺含情無限。

又如李中的秋日途中：

信步騰騰野岸邊，離家多爲利名牽。疏林一路斜陽裏，颯颯西風滿耳聽！

起首兩句，頗爲淺俗，但結尾寫斜陽疏林，長風滿耳的景象，把秋郊的風物畫得十分眞切。斜陽滿樹，西風滿耳，樹色風聲，一路稀落地從岸邊直排到遠方去，讓你像立在一片黃色的林野前了。以上三詩，雖不是「落句虛成」的例子，但在結尾處將想要吐出的無限情感，用景截住，把情感化爲空間的無限，自然給讀者一個可以馳騁想像的空間，激起一種低徊悠久的韻味！

再則如劉長卿的送李中丞歸漢陽別業的結尾：「茫茫江漢上，日暮欲何之！」孟浩然的宿桐廬江寄廣陵舊遊：「還將兩行淚，遙寄海西頭！」又早寒有懷詩：「迷津欲有問，平海夕漫漫！」李白夜泊牛渚懷古：「明朝挂帆去，楓葉落紛紛！」聽蜀僧濬彈琴：「不覺碧山暮，秋雲暗幾重！」都是將結尾沒入江海雲山等無限大的空間中去，憑着讀者的想像力，在眼前浮現一幅迷茫空闊的有深度的空間，這空間與宇宙相通，當心靈擴展向無限的宇宙時，頓時感到悵然若失的無窮迷惘！然而這種頓失所依的無限自由，給心靈以一種別樣的美感！

表現時間無窮的詩，如杜甫的詠懷古跡詠明妃：

羣山萬壑赴荊門，生長明妃尚有村。一去紫臺連朔漠，獨留青塚向黃昏。畫圖省識春風面，環珮空歸月夜魂。千載琵琶作胡語，分明怨恨曲中論。

起首由現在追溯到從前，結尾由從前直敘到現在，琵琶千載不絕，怨恨也千載不絕，中間四句，「一去」是怨恨的開端，「獨留」是怨恨的結局，從「畫圖」去「省識」，「畫圖」被畫工作了假，結果是不識春風面，這是解釋造成怨恨的由來；那環珮的歸魂，正是指不歸的玉人，這是解釋怨恨結局的無奈，五六兩句的正意，是藏在字詞的反面的，如此反覆跌宕，感歎叢生，結尾不須再涉議論，而只以時日的悠長、遺恨的無窮、已足以搖蕩讀者的性靈。全詩還有值得一提的是：第一句「羣山萬壑赴荆門」，是將無窮大的空間，奔赴滙聚到「明妃村」這一點上來，再由這一點，擴展向無窮的時間中去，這無限時空的換位，使明妃成了宇宙時空鍾靈毓秀的一個焦點！

再則如劉長卿秋日登吳公臺上寺遠眺：「惆悵南朝事，長江獨至今！」陸游的楚城詩：「一千五百年間事，只有灘聲似舊時！」這種今昔之變、滄桑之感，仗着長江的不盡，時間的無窮，而產生一股逼人的淒感。又方干的君不來：「去時初種庭前樹，樹已勝巢人未歸！」權德輿的佚題詩：「今日成陰復成子，可憐春盡未歸家！」（此詩見野客叢談引）樹已如此，花已成陰，行人遊子，心何以堪！

時空的無限，也可以同時表現，如王維的送別詩：「但去莫復問，白雲無盡時！」武元衡的山中月夜寄朱張二舍人：「嵇康不求達，終歲在空山！」王詩寫白雲無盡，時日也無盡；武詩寫終歲守空山，空山守終歲，都是以時空的交感，表現其無限性的意境，而令人往復徘徊的。

作者的心境

詩境是心境的反映，要認識詩境、欣賞詩境，對於作者心境的揣摩，應該是它根本的入手處。要揣摩其心境，不外乎從傳記資料中去明瞭作者過往的歷史、當時的處境、以及對未來的企望。這也就是古人所講「知人論世」的道理。詩的鑑賞，固然不能由於對傳記資料的關心過份，而忽略了作品的本身，但也不能單憑主觀的美感經驗，讓讀者取代作者的地位，去自由創造詩的價值或意義。作品和作者既有密切難分的關聯，所以將作品視爲作者一生際遇及繁複心境的縮影，會使作品的意義更加豐富而有據。

要知人論世，要體察作者繁複的心境，又不外乎從歷史知識中去注意「時、地、人」三個要素。就時而言，考查作品的年代可以推測當時的時事；就地而言，考查作品的地點可以省察當地的情狀；

就人而言，考查作者的性向可以窺見其風格與內心的志趣。考查作者的交遊可以印證其指稱及相互的影響。再者，由於時有窮通、地有廣隘、位有榮辱，綜合這三者的浮沈冷暖，便是作者一生的際遇，考查這際遇，又可以明白作品整個的思想背景。

下面分別就作品年代、作品地點、作者性向、作者交遊、作者際遇五點與作者心境的關係，舉例探討：

一、考查創作的年代可以推測當時的時事

論作品的年代：同一時代，作者與作者有年代的前後；同一作者，作品與作品有年代的前後，都是應該考查的。

作者與作者年代的先後，比較容易考查，但若偶爾疏忽，在評賞詩作時也會導致誤解。如李東陽在麓堂詩話中說：

「質而不俚，是詩家難事。…至白樂天令老嫗解之，遂失之淺俗，其意豈不以李義山輩爲澀僻而反之，而弊一至是！」

李氏論白居易俚俗的風格，是爲了矯正義山輩的澀僻，這樣豈不是以爲李義山是在白居易之前了嗎？所以在白居易詩評述彙編一書裏，編者按云：

「不知白居易時代在李義山之前，義山生於唐憲宗元和八年，其時白年已四十二，詩名已卓著

矣，何得云以義山輩爲澀僻而反之乎？東陽對於時代年歲影響之不重視也如此。」

年代的前後沒考查好，討論作者風格的影響自然說不準，卽使白居易到晚年或許與義山同時，但白居易這種俚俗淺易的詩風，斷不是晚年才創立的。李氏的論評如改李義山爲韓愈輩或許較爲近實。

至於作品與作品年代的先後，比較難於考查，但它對於作品的欣賞却有密切的關聯。如韓愈的石鼓歌中有這樣四句：

鐫功勒成告萬世，鑿石作鼓隳嵯峨。從臣才藝咸第一，揀選撰刻留山阿。

欣賞的人以爲這是韓愈在比擬自己作淮西碑，所謂：「此乃退之自況也，淮西之碑，君相獨委退之，故於此見意。」（見韓昌黎詩繫年集釋卷七引）我們若想了解這四句詩是不是該作爲「退之自況」，那就得考查作這首石鼓歌及那篇淮西碑的年代。作石鼓歌的年代，在詩中約略可見，如：

憶昔初蒙博士徵，其年始改稱元和，故人從軍在右輔，爲我量度掘臼科。濯冠沐浴告祭酒，如此至寶存豈多。氈苞席裹可立致，十鼓祇載數駱駝。薦諸太廟比郜鼎，光價豈止百倍過。聖恩若許留太學，諸生講解得切磋……中朝大官老於事，詎肯感激徒媕婀。牧童敲火牛礪角，誰復著手爲摩挲。日銷月鑠就埋沒，六年西顧空吟哦。……

詩裏寫他從元和元年蒙徵爲博士，即建議將這十個石鼓用駱駝載到太學中，供給學生們研究，但是中朝的大官做事推諉不決，沒有熱心，到今天石鼓還棄置在荒野裏，讓牧童去敲石生火，讓牛去磨角，我爲這事西顧歎息已經六年了。根據這段文字，所以樊汝霖考定「此歌元和六年作」（見魏懷忠新刋五百家注音辨昌黎先生文集引樊氏韓文公年譜）方成珪亦云：「詩中敍初徵博士在元和元年，以不能遂其留太學之志，而云六年西顧空吟哦，則正六年未遷職方時作也。」（見昌黎先生詩文年譜）石鼓歌作於元和六年已可確定。

那麼淮西碑作於那一年呢？韓愈受命作淮西碑在元和十三年春天，石鼓歌所作在前，淮西碑所作在後，所以馬永卿在嬾眞子錄中，依據二篇作品年代的前後，來斷定石鼓歌中並沒有「退之自況」的意味，這種判斷自然令人心服。

又如韓愈的題木居士二首，斷定其作詩的年月與欣賞該詩的內容關係甚爲密切，其第二首詩云：

爲神詎比溝中斷，遇賞還同爨下餘。朽蠹不勝刀鋸力，匠人雖巧欲何如？

陳景雲在韓詩點勘中考證說：「按木居士廟在衡州屬邑，公自郴赴衡，嘗甜其地，故留題云爾，二詩蓋專指伾文言之。」依陳氏的說法，以爲是在諷刺王伾與王叔文，說他們由寒微而暴貴，出自糞土而驟升雲霄。於是取木居士爲喻，說現在成了神像的木頭，當然不比斷棄在溝中的時候那麼賤了！而他們的黨人互相推獎標榜，簡直把一塊溝中的廢木，也讚成爨餘的桐木一般珍貴了！然而他們的本質是朽蠹而受不住刀鋸力量的，縱使有工於吹捧的人，大言誇飾，又還能把它雕成良琴或神器嗎？

但是王鳴盛在蛾術編中，以爲這是韓愈「自寓」之作，當時韓愈遇赦召還，歷經困頓，心力交瘁，用朽木來自況，解釋便完全不同：說木塊被刻成神像的榮耀，和斷棄在溝中的汚辱是不能比的，然而在仕途顚沛的人懷才不遇，等到遇到賞識你的人時，你早已像被燒焦的桐木了，我現在心力憔悴，如同朽蠹了一般，再承受不住刀鋸的力量，縱使有一位巧匠賞識我，還能把我雕刻成什麼呢？

陳王二氏的說法都說得通，但是作者當時的心境卻只有一種，不可能旣刺人又自寓，所以我們想要正確地欣賞這首詩，就必須「考其歲月，稽其出處」，明瞭當時的時事，才能去下判斷。

這詩據王元啓讀韓記疑的考證，作於貞元二十一年。朱彝尊據洪興祖及方成珪的昌黎年譜重加考定，貞元二十一年韓愈的「出處」是：

「公以是年春遇赦，夏秋離陽山竢命於郴者三月，至秋末始授江陵府法曹參軍。」

而當時的時事是：

「正月，德宗崩，順宗卽位。以王伾爲左散騎常侍，王叔文爲翰林學士，大赦……。五月，以王叔文爲戶部侍郞。七月，太子監國。八月，順宗傳位于太子，自號太上皇，貶王伾爲開州司馬，叔文爲渝州司戶。……」

由上述韓愈的出處及當時的時事看來，貞元二十一年春天韓愈遇赦，自連州赴郴，夏秋間在郴州滯留了三個月，在郴州曾作「湘中酬張十一功曹」及「郴口又贈二首」等詩，中有「雲颭霜翻」的字樣，方成珪考定爲「秋暮所作」，可見韓愈秋暮還在郴州，至秋末始授江陵府法曹參軍，才離開郴州，赴衡州。韓愈又有「八月十五夜贈張功曹」詩，樊汝霖考定爲「俟命於郴州作」則離郴赴衡，當在九月，而張芸叟木居士詩序云：「耒陽縣北沿流二三十里鼇口寺，卽退之所題木居士在焉。」新唐書地理志云：「衡州耒陽縣屬江南西道。」木居士廟在衡州，韓愈赴衡州旣在九月，王伾、王叔文早在八月已被貶逐，韓愈自不必把他們比作高高在上的神像了。這樣說來，這首詩解爲韓愈「自寓」要適切得多。

考求作品的年代，對於作者的年齡、處境便能了解，對於作品內描寫的季節及風物情狀也能增加認識，這些對於欣賞詩篇都有助益。如白居易的除蘇州刺史別洛城東花詩：

亂雪千花落，新絲兩鬢生。老除吳郡守，春別洛陽城。江上今重去，東城更一行。別花何用伴？勸酒有殘鶯！

這首詩由於詩題標得很明白，年代也易於考求。汪立名白香山年譜云：「穆宗長慶四年五月，除左庶子，分司東都。敬宗寶曆元年三月，除蘇州刺史，五月到任。」斷定作詩是在暮春三月，詩裏「

亂雪千花落」「勸酒有殘鶯」的殘春景色便分外明確地浮現出來。

又據唐詩紀事云：長慶三年二月五日，白氏有杭州花下作詩：「二月五日花如雪，五十二人頭似霜。」可見長慶三年白氏五十二歲，寶曆元年卽長慶四年之下一年，當時白氏是五十四歲。五十二歲已經「頭似霜」了，五十四歲自然要稱老，「老除吳郡守」「新絲兩鬢生」，考定了作者的年歲，這「未老而齒髮早衰白」的詩人身影，宛然如見。

長慶二年白氏爲杭州刺史，長慶四年三月嘗作「錢塘湖石記」，猶在杭州，分司東都當在秋時（見白居易評述彙編），秋到東都洛陽，下年春天又除蘇州刺史，所以說「江上今重去」。詩在洛陽做的，所以說「春別洛陽城」「東城更一行」。這樣對於作品中的時、地、人有了認識，再來欣賞這首詩，在滿城飛花的洛陽，早衰的詩人吟哦於暮春的殘英中，鶯聲已老，鬢絲繁生，縱使有好官要上任、有美酒可助興，但是心境頹唐，無奈青春既過，這種種感觸，很快地感染到讀者心上來了！

又如李義山的有感詩二首，題下自注云：「乙卯年有感，丙辰年詩成」，乙卯年義山二十四歲，丙辰年義山二十五歲，義山特別在詩題下注明年月，一定是詩中所指的時事，不甚明白，必待年月的注明，始能求得正意。義山當時復有「重有感」詩一首，所指爲同一時事：

玉帳牙旗得上游，安危須共主君憂。竇融表已來關右，陶侃軍宜次石頭。豈有蛟龍愁失水？更無鷹隼與高秋！晝號夜哭兼幽顯，早晚星關雪涕收。

雖然義山注明了作詩的年月，但對時事的影射，後人仍多異解，朱鶴齡李義山詩注中引錢龍惕箋語，以爲「得上游」的是王茂元，「竇融」是暗比昭義節度使劉從諫，「陶侃」則比涇原節度使王茂元、鄜坊節度使蕭弘。而馮浩爲玉谿生詩集作箋，則以爲「此篇專爲劉從諫發」，即三四兩句亦是指劉從諫「旣遣人奉表，宜卽來誅殺士良輩」。朱鶴齡也以爲是指希望藩鎭興勤王問罪之師，所以三四一聯的落句是「望之之詞」。至紀曉嵐則對前人所說，均加譏訶，說「鶴齡引龍惕之語，不加駁正，未免牽就其詞」，而「竟以稱兵犯闕望劉從諫」，「殊失商隱之本旨」（見四庫全書總目提要卷二十九）。到了張爾田作玉谿生年譜會箋及李義山詩辨正，以爲錢龍惕及紀曉嵐的箋評都不對，而以馮浩的箋語最爲正確。

我們以舊唐書文宗紀及李訓鄭注等傳，知道乙卯（太和九年）丙辰（開成元年）年間，宦官橫行，乙卯年中尉仇士良率兵誅宰相王涯等，天子不敢與聞，又據新唐書仇士良傳，士良輩每歷階數帝過失，帝俛首無言。可見當時宦豎圖謀廢立的亂事，隨時可能發生，義山忠憤盤鬱，有感於心。

至丙辰年三月，劉從諫三度上書問王涯是以何罪處死，並說：「如姦臣難制，誓以死清君側！」士良聞而惕懼，當時全國聞之大快人心。所以本詩的首句是說昭義據天下的上游，足以懾服宦豎，而當與主上安危相共，頷聯說你那像竇融嚇阻隗囂的表文旣已到達京師，那末你也該像陶侃平蘇峻的逆亂一樣，趕快把軍隊開拔到京都來呀！腹聯說天子有了你，那還愁蛟龍會失水呢？只是大家觀望不前，可慨沒有人像高秋的鷹隼，挺身出來，快意地效一擊之力！末聯說晝號夜哭，人神共憤，早晚望從諫速來皇都，使君上收雪涕之恨。

明白了當時的時事與詩意的關聯，才知道義山在詩題下注「乙卯年有感，丙辰年詩成」是極重要的！詩爲劉從諫寫，若將王茂元、蕭宏來比作陶侃，全詩便沒有韻味了。

二、考查創作的地點可以省察當地的情狀

考查作品的地點，可以了解當地的風物習俗，可以明白作者在故鄉或在他鄉；在京邑或在邊荒，明白他距離故鄉或京都的遠近與方位，進而了解作者經歷該地的年代，考出其遷謫榮枯的際遇。所以考查其作詩的所在，也足以幫助認識作者的心境。

如研究杜甫的詩，就得先研究杜甫一生足跡所至的地名及方位，配以時事，對杜詩的欣賞自能深入一層。浦起龍在讀杜心解發凡中，已有這種看法了，他說：

「昔人云：不讀萬卷書，不行萬里地，不可與言杜。今且於開元、天寶、至德、乾元、上元、寶應、廣德、永泰、大曆三十餘年事勢，胸中十分爛熟，再於吳、越、齊、趙、東西京、奉先、白水、鄜州、鳳翔、秦州、同谷、成都、蜀、緜、梓、閬、夔州、江陵、潭、衡，公所至諸地面，以及安孽之幽、薊，肅宗之朔方，吐蕃之西域，洎其出沒之松、維、邠、靈、藩鎭之河北一帶地形，胸中亦十分爛熟，則於公詩，亦思過半矣。」

浦氏曾以考查作品創作的地點，去糾正一些對杜詩的誤解，如杜甫的憶昔二首，結尾都是感慨當時的時事：

……犬戎直來坐御床，百官跣足隨天王。願見北地傅介子，老儒不用尚書郎。

……小臣魯鈍無所能，朝廷記識蒙祿秩。周宣中興望我皇，灑淚江漢身衰疾。

王嗣奭以爲這詩是杜甫任工部郎以後，在嚴武幕中作。他在杜臆中說：

「此是既爲工部郎後，追論往事也。故以憶昔爲題，乃廣德二年嚴武幕中作，吐蕃陷京，在去年之冬。」

浦氏則以爲本詩雖作於廣德二年，但並非在嚴武幕中，而是春天在閬州所作。他說：

「二詩編入嚴武幕中，殊爲不類，蓋爲尚書郎三字所誤也。舊注指嚴武表爲工部郎，誤。」

又說：

「舊編嚴武幕中，非。當屬吐蕃陷京後，代宗復國時作，蓋在廣德二年之春，時復在閬。」

浦氏與王氏都以爲本詩是作於廣德二年，只是浦氏以爲作於春天，杜甫還在閬州。王氏則以爲作於六月以後，杜甫已在成都嚴武幕中。原來杜甫在廣德元年冬天，由閬州回梓州，那年召補爲京兆功曹。二年春天又由梓州往閬州。暮春歸成都，六月在嚴武幕中，嚴武表薦他爲工部員外郎（參見楊倫杜詩鏡銓杜工部年譜及錢謙益少陵先生年譜）。

浦氏以爲詩中「老儒不用尚書郎」只是借用木蘭辭的典故，與「工部員外郎」沒有關聯，而「朝廷記識蒙祿秩」也是指京兆功曹，不是指工部的職務。浦氏所以敢這樣斷然地駁正舊注，主要是依據「地名」的佐證，因爲末句「灑淚江漢身衰疾」，有「江漢」二字，浦氏云：「嘉陵江，兼有江漢之名，在閬州無疑，若嚴幕則在成都，有江無漢也。」由此可見考查作品的地點，能影響詩義的銓釋。

又如韓愈的遊太平公主山莊詩：

公主當年欲占春，故將臺榭壓城闉。欲知前面花多少？直到南山不屬人！

詩人遊覽勝地，觸景生情，對於這勝地昔日的主人，每多關涉。確定了所遊的地點，才能推斷詩中的含意與感慨。

因爲這首詩的前面又有「大安池」三字作標題，沒有詩，舊本只在題下注了一個「闕」字，所以引起後代學者的猜測：

如韓醇以爲詩裏的「當年欲占春」是指「定昆池」而言，爲安樂公主所開鑿。安樂公主是中宗的女兒，曾請求以昆明池作爲私人的沼澤，中宗以爲先王不曾以昆明池賜人，所以不許，公主一怒，自已籌劃開鑿了定昆池，延袤數里。（參見魏懷忠新刊五百家注音辨昌黎先生文集引）

陳景雲在韓集點勘中，採從韓說，以爲韓愈所遊的地方是安樂公主的定昆池。他說：

「舊注疑大安池卽安樂公主定昆池，其說近之。下『公主當年』一絕，卽詠太安池耳。游太平公主山莊一題，諸本無之爲是，唐本太安池下注闕字，殆偶逸是詩也。據雍錄：『定昆池在長安西南十五里』，故有臺榭壓城闉句。又朝野僉載言『定昆池方四十九里，直抵南山』，尤可作第二聯注。或疑游太平公主山莊一題，當繫是詩後，下注闕字，亦可通。」

這一段考證，幾乎改變了作者遊歷的地點，安樂公主是中宗的女兒，太平公主是則天皇后所生的女兒，二人雖都是在過份溺愛中長大，但山莊不在同一地點，人物不是同一主人，作者對那山莊昔日的主人是諷刺還是歌頌，自然會隨着那山莊主人的不同，而引起後人不同的銓釋。

至何焯則又有別解，以爲韓愈所遊是代宗女兒——升平公主——的山莊，並非是太平、安樂二公主的山莊。王元啓在讀韓記疑中採從何說，以爲是「升平」字誤寫爲「太平」，升平公主下嫁郭曖，殁諡昭懿。

由於對山莊創建人的推斷一再地更變不定，對於作者內心感觸的窺測，自然也分歧不一。至錢仲聯爲韓詩作繫年集釋，旣否定了韓陳二說，也否定了何王二說，依唐本，本詩題仍作「遊太平公主山莊」，並說：「全首未及池景，花多少句，不必定是池花，自是游太平山莊之作。」

據唐書卷八十三列公主傳所載，太平公主權傾一時，食戶五千，而其生活是：「田園徧近，甸皆上腴，吳蜀嶺嶠、市作器用，州縣護送，道相望也。天下珍滋譎怪，充於家。供帳聲伎，與天子等。

侍兒曳紈縠者整百，奴伯媼監千人，隴右牧馬至萬匹。」後因謀廢太子事失敗，「主聞變，亡入南山，三日不出，賜死于第，諸子及黨與死者數十人。簿其田貲瓌琦若山，督子貸凡三年不能盡。……始主作觀池樂游原，以爲盛集。旣敗，賜寧、申、岐、薛四王，都人歲祓禊其地。」

我們若確定了山莊主人是太平公主，而又了解太平公主的生活及事迹，再來欣賞本詩，自然覺得朱彝尊所說本詩「頌而含刺」是正確的，錢仲聯所說：「『不屬人』指當年言，感慨已在言外」的看法，也頗合韓愈當時的心境。韓愈形容這位公主，顯赫一時，甚至想佔盡城外的春光。從京兆萬年縣南八里的樂游原，直通到縣南五十里的終南山，建起延袤四十餘里的山莊，花光池影，一望難盡，原本不容許外人分享的臺樹園囿，而今早變成都人游樂的場地了！

再則由考查作品的創作地點，可以了解各地不同的季候，進而了解詩中所寫各地不同的風物。如柳宗元的柳州二月榕葉落盡偶題詩，題中卽說明了地點季候與風物：

宦情羈思共悽悽，春半如秋意轉迷。山城過雨百花盡，榕葉滿庭鶯亂啼。

唐汝詢說：「花盡葉落，豈二月時光景？蓋柳州風氣之異如此。」各地有各地的季候與風物，設若我們不知道本詩作於柳州，不知道柳州的榕樹在二月樹葉落盡，欣賞本詩起來，一定增加迷惑。我們看臺灣的榕樹很少有「榕葉落盡」的景象，用我們在臺灣的經驗，去設想柳州的風物，也未必能探測到作者在當地的心境。蔣之翹說它「落句悠然自遠」，劉辰翁說它「其情景自不可堪」，劉氏是設身處地去爲作者著想，異鄉的風物，感人的季節，感時觸景，諷詠自託，正是本詩靈感的由來。

由於各地季候不同，影響各地風物不同的，又如宋代陳巖肖所舉的例子亦足以說明：

「江南五月梅熟時，霖雨連旬，謂之黃梅雨。然少陵曰：『南京犀浦道，四月熟黃梅，湛湛長江去，冥冥細雨來。』蓋唐人以成都爲南京，則蜀中梅雨，乃在四月也。及讀柳子厚詩曰：梅實迎時雨，蒼茫值晚春。愁深楚猿夜，夢斷越鷄晨。……』此子厚在嶺外詩，則南越梅雨，又在春末，是知梅雨時候，所至早晚不同。」（庚溪詩話卷上）

江南在五月梅熟，蜀中四月梅熟，南粵嶺外，則在三月梅熟，而北土則未必有梅雨。郎瑛曾說：「作書者各自以地方配時候而云然」（見七修類稿卷二十八），可見作者創作的地點與詩中的內容有密切的關聯，不然，欣賞起來，就會像方回在瀛奎律髓卷十七晴雨類中發生「豈梅熟有先後之異乎」的疑問一般，顯得常識缺乏，多少妨礙到作品的欣賞。

考查創作的地點，了解作者距離京師或故鄉的方位，進而認識其心境的，如李商隱的東南詩：

東南一望日中烏，欲逐羲和去得無？且向秦樓棠樹下，每朝先覓照羅敷！

紀曉嵐評曰：「似言進取無能，姑屬意於所歡，未甚了了，亦未見佳處。」紀氏前二句的評語很正確，但是後二句，由於不了解作者的心境，所以「未見佳處」。馮浩則說：「歎不得近君，而且樂室家之樂也。在涇州而望京師，故曰東南。」馮氏考定本詩作於涇州，涇州在京師西北，所以東南一望，是在遙望京師。張爾田爲義山詩編年，也將東南一首繫在開成三年，義山二十七歲，那年「義山赴涇原之辟，娶王氏，試宏詞，不中選，仍居涇原幕。」（玉谿生年譜會箋卷二）以這段新婚燕爾、應試落第的悲歡情事，對照本詩讀來，詩中說：向東南方眺望太陽，想去趕走日神羲和，是去得的嗎？比喻空有大志，却無能力！只好到秦氏樓下，去看東南角剛昇起的太陽，是否先照到美麗的羅敷了！說明進取不得，姑且陶醉在美人裙下，作者那種自我解嘲的心境，已自白得很明顯，紀氏未能從創作的地點上去探索，所以只能說「未甚了了」，又如何能欣賞本詩呢？

又如柳宗元的登柳州峩山詩：

荒山秋日午，獨上意悠悠。如何望鄉處，西北是融州。

作詩的地點，及望鄉的方位，都經作者自行敘明了，只是向西北眺望，但見融州，不見故鄉，句意中有了一些曲折。蔣之翹考證說：「峩山，一統志作鵝山，在柳州府城西。…以故鄉在西北，而登山以望，乃故鄉不可見，而見融州，何邪？按子厚家河東，以柳視之，當在西北矣。唐書地理志：融州融水郡，武德四年置。在柳州北三十里。故詩云云。」（卷四十二）蔣氏考查清楚了作詩的地理環境，作者那種秋日獨自登上荒山，遙向西北望鄉的神情，遂像傳眞一般示現在眼前，讓你更容易想像到作者黯然無助的眼神。所以蔣氏欣賞本詩說：「此樣語痛至，讀自有省，本不須着一字。」蔣氏所說比起劉辰翁所欣賞的「漸近自然」要深刻多了。

又如杜甫江亭詩的末二句，草堂本作：

江東猶苦戰，回首一顰眉。

錢牧齋所據吳若本則作：

故林歸未得，排悶強裁詩。

高步瀛引黃白山的意見，以爲「當依草堂本」。本詩依舊譜的次第，編在上元二年（見仇兆鰲杜詩詳註及浦起龍讀杜心解），朱鶴齡考上元二年杜甫的情事是：「公年五十，居成都草堂，間至蜀州之新津青城。是年史思明、段子璋、花驚定相繼作亂，兵燹連年，所以說「江東猶苦戰」，後人或以兵禍不在江東，所以改從別本。但浦起龍考證說：「江東勿泥，蓋指中原故鄉而言，身在大江上源，中原正值其東境，故云然。」（讀杜心解卷三之二）浦氏考出了作詩的地點，究明了故園的方位，使草堂本的異文，較爲可信，因爲這首詩，可能是杜甫往蜀州的新津一帶所作的。

再則如王安石壬辰寒食詩：

客思似楊柳，春風千萬條。更傾寒食淚，欲漲冶城潮。巾髮雪爭出，鏡顏朱早凋。未知軒冕樂，但欲老漁樵。

這首詩如果單就字面上去欣賞，或者說它「起四句奇逸」，或者說它「風神跌宕、筆勢清雄，荆公獨擅」，很難進窺作者的心境，但如果從創作的時地上去考證，欣賞起來當然會深刻得多。

壬辰年爲宋仁宗皇祐四年，上一年荆公改殿中丞通判舒州，本年剛到舒州過第一次寒食節，荆公時年三十二（見詹大和王荆文公年譜）。詩中提到一個地名——冶城，冶城岸江而立，所以說「欲漲冶城潮」。據太平寰宇記，冶城在江南東道昇州上元縣西五里，高步瀛考證說：「上元今併入江寧縣，爲南京首縣。荆公之父名益字損之，爲江寧府通判，仁宗寶元二年卒於官，葬於江寧牛首山，此詩殆皇祐四年省墓而作也。」（唐宋詩舉要卷四）高說頗稱核實，王安石的父親雖已下世十餘年，但此番任通判於舒州，地雖僻遠，却與王益的墓地相近，能在寒食節親自省墓，自然別有一番心情，這是由於創作地點的考查明白，才能對詩中客思淚潮的由來有深刻的認識。

以上關於創作地點的考查及前節關於作品年代的考查，對於詩篇的欣賞，均有顯著的助益。但在考查時，寧可抱多聞闕疑的態度，不要犯憑臆穿鑿的弊病，吳雷發曾有一段持論相反的文字，頗足引人警惕：

「詩貴寓意之說，人多不得其解，其爲庸鈍人無論已，卽名人論古人詩，往往考其爲何年之作，居何地而作，遂搜索其年其地之事，穿鑿附會，謂某句指某人，某句指某事，是束縛古人，苟非爲其人其事而作，便不得成一句矣。且在是年，祇許說是年話；居此地，祇許說此地話。亦幸而爲古人，世遠事湮，但能以意度之耳。若今人所處之時與地，昭然在目，必欲執其詩而一一皆合，其尙可逃耶？難乎免矣！」（說詩菅蒯）

吳氏的話，非爲無理。但若能細心尋證，戒絕附會，由年代及地點的考查，足以幫助我們了解作者的心境及作品的含意，這與吳氏所主張「詩貴寓意」的道理，並不矛盾，反有助益，只看你以何種態度去考查罷了。

三、考查作者的性向可以認識作品的風格

詩經大序上說：「在心爲志，發言爲詩。」詩是作者內心的反映，是心的投影，所以從詩句的文字可以求得作者內心的志趣與襟抱，而這志趣襟抱也足以形成作品的風格與面貌，因此談詩的欣賞，也不能不考查作者的性向。

性向決定風格，這一點前人已屢有論述，如吳雷發說：

「詩以道性情。人各有性情，則亦人各有詩耳。」（說詩菅蒯）

錢泳也說：

「……詩寫性情，性情有中正、和平、姦惡、邪散之不同，詩亦有溫柔、敦厚、噍殺、浮僻之互異。」（履園譚詩）

沈德潛更舉出實例說：

「性情面目，人人各具：讀太白詩，如見其脫屣千乘。讀少陵詩，如見其憂國傷時 。其世不我容、愛才若渴者，昌黎之詩也。其嬉笑怒駡、風流儒雅者，東坡之詩也。卽下而賈島李洞輩，拈其一章一句，無不有賈島李洞者存。」（說詩晬語卷下）

至如劉熙載所舉的例子：「韋應物云：『微雨夜來過，不知春草生。』是道人語；柳宗元云：『迴風一蕭瑟，林影久參差。』是騷人語。」（見藝概）及施均父所舉的例子：「同一詠蟬，虞世南：居高聲自遠，端不藉秋風。是清華人語：駱賓王：露重飛難進，風多響易沈。是患難人語；李商隱：本以高難飽，徒勞恨費聲。是牢騷人語。」（見硯傭說詩）比較這些不同的詩句，或受先天性格的影響，或受後天境遇的影響，終於形成判然不同的風格與面貌。

下面且先舉一首陶淵明的詩，來說明作者的性向與作品風格的關聯，如丙辰歲八月中於下潠田舍穫：

貧居依稼穡，戮力東林隈。不言春作苦，常恐負所懷。司田眷有秋，寄聲與我諧。饑者歡初飽，束帶候鳴鷄。揚楫越平湖，汎隨清壑廻。鬱鬱荒山裏，猿聲閑且哀。悲風愛靜夜，林鳥喜晨開。曰余作此來，三四星火頹。姿年逝已老，其事未云乖。遙謝荷蓧翁，聊得從君棲。

這是一首清晨早起，遊覽湖上的詩。詩中不以農家春作爲苦，及時耕作，事畢遊覽湖上，是年已五十餘歲（王質栗里譜以爲是年五十二歲，吳仁傑陶靖節先生年譜以爲五十四歲），躬耕田里，平生之志早決，所以願從荷蓧丈人以終老。清張潮等批評說：「襟期開朗，作詩自然高潔」（見曹陶謝三家詩卷三），譚元春批評說：「無一字不怡然自得，生涯性情，矯作不來」（見古詩歸卷九），都將作品中的風味與作者的性情襟抱繫聯在一起，至沈德潛更說：「有第一等襟抱、第一等學識，斯有第一等眞詩！」（見說詩晬語卷上）確認襟抱與詩品相關。

鍾伯敬在本詩下也批評說：「陶公山水朋友詩文之樂，即從田園耕鑿中一段憂勤討出，不別作一副曠達之語，所以爲眞曠達也。」又說：「王維田家詩，情事眞朴，從陶公田園等詩中出。……性習所近，淵源不遠。」（見古詩歸卷九）以爲陶詩的風格是從眞心曠達中流露出來，這種怡淡與率眞，與強自排解、貌爲曠放者，實有霄壤之別。王維學陶詩，由於性習相近，所以風格也頗近似。

除王維之外，蘇東坡、陳振孫都以爲韋應物與柳宗元頗有陶詩的風味，後人遂以韋柳來配淵明。韋柳的襟期比較接近淵明，所以詩品還有些相似，至於蘇東坡也模倣陶詩，由於性向不同，蘇詩自有他的風格，與陶詩不類。這一點，施補華曾經剖析過，他說：「陶公詩，一往眞氣，自胸中流出，字字雅淡，字字沈痛……後來王孟韋柳，皆得陶公之雅淡，然其沈痛處率不能至也，境遇使然，故曰是以論其世也。」又說：「後人學陶，以韋公爲最深，蓋其襟懷澄澹，有以契之也。東坡與陶，氣質不類，故集中效陶和陶諸作，眞率處似之，沖漠處不及也，間用馳驟，益不相肖。」（見硯傭說詩）施氏所說頗爲精闢，我們看陸游老學庵筆記上記載着：蘇東坡在嶺海間，最喜讀陶淵明、柳子厚二集，謂爲「南遷二友」（卷九）。儘管蘇氏喜讀陶詩，喜作效陶和陶的詩，由於性向不同，風格那裏能一樣！

梁啓超在陶淵明之文藝及其品格一文中，專討論品格與作品的關係，他以爲批評文藝有兩個著眼點，一是時代心理，二是作者個性，而陶淵明是最能將個性活現在作品中的作家。他說：「陶淵明之沖遠高潔，盡人皆知。但我們想覷出淵明整個人格，我以爲有三點應先行特別注意：第一須知他是一位極熱烈極有豪氣的人；第二須知他是一位纏綿悱惻最多情的人；第三須知他是一位極嚴正——道德責任心極重的人，他對於身心修養，常常用功，不肯放鬆自己。以上三項，都是陶淵明全人格中潛伏的特性。」又說：「淵明何以能有如此高尚的品格和文藝？一定有他整箇的人生觀在背後。他的人生觀是什麼呢？可以拿兩箇字來包括他：『自然』……愛自然的結果，當然愛自由。淵明一生都是爲精神生活的自由而奮鬪。鬪的什麼？鬪物質生活。」（見商務版陶淵明）梁氏的全文中，並舉出陶詩的實例爲證，允稱正確，我們看陶詩中有「先師有遺訓，憂道不憂貧」的句子，可見他的確是位熱心而有責任感的人，隱逸爲農，未必是他的初志，只是他堅定地潔身自好、有所不爲，不肯與當時的政治環境妥協，才寫出「長吟掩柴門，聊爲隴畝民」的句子（懷古田舍），黃文煥說：「長吟者非眞自棄于隴畝者也，不得不聊爲之耳。胸中道德經濟之懷，豈易向人道哉！」（陶詩析義卷二）黃氏所說，也足以印證陶淵明是一個有抱負有熱情的人，只是他不像一般的名士，心中懷念着利祿，筆下大寫其歸隱。他是能順着本性的自然，達到「不以躬耕爲恥，不以仕進爲榮」的曠放境界。蘇東坡批評他說：「欲仕則仕，不以求之爲嫌；欲隱則隱，不以去之爲高。」（見書李簡夫詩集後）道出了淵明眞率自然的本性，用這種性情去鑑賞分析陶淵明的詩，一定能入木三分。

下面再舉一首李賀的金銅仙人辭漢歌來做例子：

茂陵劉郎秋風客，夜聞馬嘶曉無跡。畫欄桂樹懸秋香，三十六宮土花碧。魏官牽車指千里，東關酸風射眸子。空將漢月出宮門，憶君清淚如鉛水。衰蘭送客咸陽道，天若有情天亦老。攜盤獨出月荒涼，渭城已遠波聲小。

全詩寫魏明帝時西往長安運取漢武帝捧露盤仙人事，這銅製的仙人被拆運竟潸然淚下，李賀追述其事，寫成這首哀艷荒怪的詩。

大意說：葬在茂陵的漢武帝，雖英雄蓋世，又想學仙，但至今也如同秋風中的過客，卽使深夜還能聽到幽靈們人馬喧赫的聲音 。但一到早晨，那裏還有一絲痕跡！畫欄上徒有桂樹掛下來秋日的芳香，那三十六所離宮別館，已早是苔錢遍地，滿目淒涼，任由魏宮們踐踏着 ，牽車載運那昔日的寶物，往千里外的魏都許昌去，魏都那邊吹過來的東風，射酸了眸子。那銅人只和漢時相識過的明月，像是相隨相送，出了舊宮，銅人憶念起漢武故主，情淚如鉛水。八月裏枯衰的蘭花，在咸陽道上送別這銅人，唉，天如果有情，天也會因此而老了！牽車的衆人，拆走了承露的盤子，一切景物在月光下更顯得荒涼，銅人辭別故闕，遠離渭城，那渭水的波聲是漸遠漸細小了！

從一個漢宮銅人被拆遷的舊事，興起了人世榮枯、變換無常的感慨，說出漢武帝縱使是曠代的英雄，轉眼茂陵寂寞，所寶之物，遷諸他姓，這種感觸當然是一個很好的題材，但這件事是發生在魏代，唐代的李賀只是憑想像去追詠，竟寫得這樣哀傷欲絕，銅人既落淚，衰蘭荒月，無不斷腸，全詩在哀傷方面，極力夸張，眞教人懷疑李賀對一些史上的舊事，何以會感到這般沈痛？

然而我們看劉辰翁對本詩的評語說：「神凝意黯：可爲斷腸，後來作者，無此沈着。」（見劉氏評點本）胡廷佐亦評道：「鉛花銅盤、畫欄桂樹、指種種無情之物，悉皆震動欲泣：非長吉不能賦，古今無此神妙。」（見明代七家同評本）劉氏胡氏都認爲這種悲涼幽奇的詩風是李氏獨有的風格，前人或以爲李賀這種幽僻的鬼氣是從離騷中學來（見苕溪漁隱叢話），或以爲是從南北樂府古詞中得到怨鬱博艷的趣味（見唐音癸籤引徐獻忠評語），我以爲後天的學習固然有關係，但他個人的性向對詩品具有更重要的決定因素。

王思任曾介紹李賀的風格說：「李賀以僻性高才……既孤憤不遇，而所爲嘔心之語，日益高渺，寓今託古，比物徵事，大約言悠悠之輩，何至相嚇乃爾！人命至促，好景盡虛，故以其哀激之思，必作澀晦之調，喜用鬼字、泣字、死字、血字。」（李賀詩解序）從王氏的介紹中，益發能證實性向與詩品的關係。李賀的性格孤傲奇僻，不爲時輩所容，加以對死亡過分敏感，常陷溺在悽艷的幻覺裏。因此李賀的詩，除了幽冷的鬼仙之語，便多慨嘆自傷之辭，心中充滿着激動和哀傷，詩中瀰漫着憂鬱與絕望。他描寫秋夜讀書的景況，竟寫出「思牽今夜腸應直，雨冷香魂弔書客」那樣冷極鬼極的句子！他創作迎神娛神的曲子，竟寫出「桂葉刷風桂墜子，青狸哭血寒狐死」的句子，不平的人世轗軻着他的終身，死亡的陰影常覆在他的額上，他有一腦子的「山妖木怪、怨月啼花」，他特別喜用白字、血字、死字、鬼字、泣字，這便是李賀蒼白絕望的世界！他在二十歲那年做了一首開愁歌道：「秋風吹地百草乾，華容碧影生晚寒，我當二十不得意，一心愁謝如枯蘭！…」黃金的年代，說死灰槁木一樣的話，你了解李賀是如此悲觀、褊躁的一位青年，了解這種個性，可以進一步認識他的心境。

下面再舉一首賈島的崇聖寺斌公房詩：

近來惟一食，樹下掩禪扉。落日寒山磬，多年壞衲衣。白鬚長更剃，青靄遠還歸。仍說遊南岳，經行是息機。

賈島的長江集中，與方外人士酬唱的詩很多，因爲賈島早年做過和尙，法名無本。後來雖重行返俗，且舉進士，但進士及第不久，突罹飛謗，與平曾等並號「舉場十惡」，復謂僻澀之才無所采用，一同貶去。所以賈島似乎一生都過着窮苦的生活，時時談玄抱佛，與塵外人士交往，這種生活習性，反映在他的詩裏，自然也成爲一種特色。陸時雍批評賈詩的風格說：賈島衲氣終身不除，語雖佳而氣韻自枯寂耳。予嘗讀孟郊詩，如嚼木瓜，齒缺舌敝，不知味之所在；賈島詩如寒齏，味雖不佳，時有餘酸薦齒。」（詩鏡總論）我們拿本詩來與陸氏的評語相印證，詩中的確是衲氣不除、氣韻枯寂，讀來有一股寒酸的意味。

像本詩的「多年壞衲衣」「白鬚長更剃」，所描寫的極猥瑣，吳喬說「浪仙有囚首垢面之狀」（圍爐詩話卷二）其實賈島只是一個極端寫實的作者，在他的筆下，何嘗不能化「自然醜」爲「藝術美」？像送僧遊衡嶽云：「船裏猶鳴磬，溪頭自曝衣」；送去華法師云：「秋江洗一鉢，寒日曬三衣」；贈無懷禪師云：「捧盂觀宿飯，敲磬過清流」；題長江云：「歸吏封宵鑰，行蛇入古桐」；贈圓上人云：「麈尾持行不拂蠅」、贈牛山人云：「坐山秤藥不爭星」，所寫在溪頭曬僧衣，在秋江洗盂鉢，都是人間鄙陋的瑣事；盂鉢裏的宿飯，廨署前的鑰孔，是更細僻的詩材，至於麈尾上的蒼蠅，藥秤上的星碼，恐怕除了賈島，不會有人把它咏進詩裏去的。

賈島的詩，很少用典，楊愼說他「惟搜眼前景而深刻思之」，這種致力於完全白描的詩，有時經年方得佳句，讀來辭澀思苦，又不喜以想像來渲染夸張，自然不會氣象闊大，施補華說賈詩「粗率荒陋，殊少可取」，司空圖說賈詩「視其全篇，意思殊餒」，其實這種平易寫實的風格，正是賈島苦心孤詣所致力的方向，只能算賈詩的特色，不能算賈詩的缺點。

島因不食葷血，多交僧道，性向自在山林，又因處境清寒，喜取眼前事物入詩，自然所寫多為酸苦窮瘦的描摹。歐陽修說他「平生尤自喜為窮苦之句」（六一詩話），張文潛說他「以刻琢窮苦之言為工（苕溪漁隱叢話卷十九引），司空圖說他「附寒澀方可置才」（司空表聖文集與李生論詩書），至蘇東坡更以一個「瘦」字來評島詩，對賈詩的體認都極深刻。當然，「瘦」「窮」「寒」是賈詩的特點，特點未必卽是缺點，盧文弨說：「昔人以瘦評島，夫瘦豈易幾也？彼臃腫蹒跚者，正苦不能瘦耳。」（長江集跋）盧氏雖在替賈島辯護，仍然承認「瘦」是賈島的特殊風格。

賈詩的這種風格，方嶽又把它歸根於賈島出生的地域與天賦的情性，他說：「賈浪仙，燕人，產寒苦地，故立心亦然。誠不欲以才力氣勢掩奪情性，特於事物理態，毫忽體認。深者寂入仙源，峻者迥入靈嶽。……沈咀細繹，如芊葱佳氣，瘦隱秀脈，徐露其妙，令人首肯，無一可以厭斁！」（深雪偶談）方氏正是從作者的性向上去認識作品的，所以欣賞起來，竟至「無一可以厭斁」的地步，與施氏說「殊少可取」、司空氏說「意思殊餒」，幾乎優劣相反了！

四、考查作者的交遊可以指證作品的疑竇

要想了解作者的心境，考求詩的本旨，浦起龍曾提出他的方法是：「道在準居處、酌時事、證朋

遊，得者八九矣。」（讀杜心解發凡）準居處，即是考查創作的地點；酌時事，即是考查創作的年代與作者的際遇；證朋遊，即是本節所述。浦氏以為運用這三種方法，詩人的本意便能十得八九。

自來編纂詩文別集的人，每喜將作者與友朋酬唱之作，附載其中，比列參看，常使詩義互見而益彰。所以要考查作者的交遊，對於這些酬唱的詩人或詩中所提及的人氏，最宜注意。像李嘉言作賈島交友考，可考者約一百四十人，可補賈島年譜之不足者三十六人，對於研究賈島當然有不少幫助。又像岑仲勉作玉谿生年譜會箋平質，考得曾與商隱往還的顯要人物，除茂元及令狐父子外，見於現存詩文中的有任畹、鄭亞等四十人，大多不著牛黨的色彩，用以證明義山的政治生活，進而證明舊唐書中商隱全傳也未必可信，這些都是考查作者交遊的功用。

考查作者的交遊，更可以指證作品中的疑竇。如賈島曾有一首題李凝幽居的詩：

> 閑居少隣並，草徑入荒園。鳥宿池邊樹，僧敲月下門。過橋分野色，移石動雲根。暫去還來此，幽期不負言。

其中「鳥宿池邊樹，僧敲月下門」二句，曾引出了一個著名的「推敲」故事：在魏仲舉本昌黎先生文集中引集註曰：

「劉公嘉話云：賈島初赴舉京師，一日於馬上得句云：鳥宿池中樹，僧敲月下門。初欲作推字，鍊之未定，不覺衝尹，時韓吏部權京尹，左右擁至前，島具告所以，韓立馬良久曰：作敲字佳矣。遂與爲布衣交。有詩曰：孟郊死葬北邙山，日月風雲頓覺閒，天恐文章還斷絕，再生賈島在人間。後以不第，乃爲僧，號無本。」

又玄集、鑑戒錄、野客叢談引唐遺史並載此事，成爲千古鍊字的美談，然而我們考查一下賈島的交遊，知道這段故事有許多漏洞，很難教人相信：

第一是賈島認識韓愈的地點，是在洛陽，不在長安。

在韓愈的詩集裏，有一首送賈島的詩，題爲「送無本師歸范陽」，詩云：「無本於爲文，身大不及膽。吾嘗示之難，勇往無不敢。……家住幽都遠，未識氣先感。來尋吾何能，無殊嗜昌歜。始見洛陽春，桃枝綴紅糝。遂來長安里，時卦轉習坎。」習坎爲十一月卦。詩中明言賈島和他相識，是在洛陽，時當桃花盛開的春天，到十一月才和賈島同赴長安。嘉話以爲在長安相識，不可信。

第二是題李凝幽居的詩，不應該作在認識韓愈之前。

賈島作了題李凝幽居詩，張籍也作了題李山人幽居詩，李嘉言以爲兩詩或係同賦（見長江集考辨），籍詩云：「襄陽南郭外，茅屋一書生。無事焚香坐，有時尋竹行。畫苔藤杖細，跳石筍鞋輕。應笑風塵客，區區逐世名。」詩中所寫幽居的景況與賈詩大致相類，從張籍的詩集裏，兩人時相過訪，且同閒遊，因此同訪李凝而各賦一詩的可能性很大。不過賈張同遊同賦，時間應在隨韓愈歸長安以後，因爲在元和五年冬天，賈島在雪中懷詩謁張籍韓愈，乃是第一次拜訪張與韓，張籍是遇到了，但韓愈則已赴洛陽，至元和六年春天，賈島至洛陽才初次認識韓愈（見鄭珍巢經巢文集卷五跋韓送無本詩），賈與張既是初識（有延康吟可證），而賈又急着要去拜謁韓愈，因此在賈張初識以後，到賈韓初識之前，不可能兩人同赴襄陽訪李凝，因爲長安至洛陽道出潼關，與襄陽甚遠，李山人幽居在襄陽，不會在這段日子裏作此閒遊的。所以嘉話以爲在認識韓愈前吟這二句詩是不可信的。

第三是韓愈在做京兆尹的次年就病故，賈韓相識斷不止一年。

韓愈送無本師歸范陽詩，敍述與賈島相識的經過甚詳。樊汝霖考證說：「元和六年春，公爲河南令，始識島洛陽。公是年秋遷職方員外郎，遂來長安里。」並推斷本詩云：「此詩元和六年冬作」，是韓賈初識在元和六年，韓愈於長慶三年爲京兆尹，自元和六年（西元八一一）至長慶三年（西元八二三）韓賈相識已十二年，證諸賈島、張籍、姚合、朱慶餘等唱酬之作，可見賈島認識韓愈也斷不在長慶三年之時。長慶四年夏天韓愈告病養疾，不久卽逝。韓愈養病於黃子陂，賈島有黃子陂上韓吏部詩云：「石樓云一別，二十二三春」，二十二三春與前推算或不合，恐是十二三年春之誤，這訛誤雖未必能臆決，但韓賈相識的時間斷不止一年，由是可證韓賈相識不在韓任京兆尹時。

第四是韓愈與賈島相識，斷不在孟郊死後。

依照嘉話所說，韓愈在孟郊死後，喜遇賈島，才做了那首「孟郊死葬北邙山」的詩，全唐詩話也載這首詩，所以陸侃如在中國詩史中假設說：「孟郊死於八一四年，賈島認識韓愈既在孟郊死後，其年紀當四十歲左右了，」（中代詩史篇四中晚唐詩）這個假設極不可靠，因爲從賈島與孟郊酬答的詩中，知道賈韓相識後，孟郊仍有詩與賈島，樊汝霖考證說：「元和六年秋，東野亦有詩與無本云：長安秋聲乾，木葉相號悲云云。東野尚無恙，何以云死葬北邙山？卽若以爲公爲京尹始識島故云，則公爲尹在長慶三年，而是年何以有此作（指韓送無本詩）也。」樊說甚精到，而蘇東坡也以爲那首「孟郊死葬北邙山」詩，是「世俗無知者所託，非退之語」，至鄭珍遂稱此「推敲」爲「烏有」之事。

由這段作者交遊的考證，可以相信「題李凝幽居」一詩與「推敲」的故事無關。賈島的另一首憶江上吳處士詩，也牽連一個類似的故事，其詩是：

閩國揚帆去，蟾蜍虧復圓。秋風吹渭水，落葉滿長安。此地聚會夕，當時雷雨寒。蘭橈殊未返，消息海雲端。

其中秋風落葉一聯，傳誦人口，但當賈島苦吟時，相傳也曾唐突劉栖楚，其事見於王定保摭言卷十一：

「元和中，元白尙輕淺，島獨變格入僻，以矯浮艷，雖行坐寢食，吟味不輟。嘗跨驢張蓋，橫截天衢，時秋風正厲，黃葉可掃。島忽吟曰：落葉滿長安。志重其衝口直致，求之一聯，杳不可得，不知身之所從也，因之唐突大京兆劉栖楚，被繫一夕而釋之。」

新唐書亦載此事，只是不曾說京兆尹是誰。但李嘉言從年代上考證此事不可信，李氏說：「摭言卷十一謂島元和中唐突京尹劉栖楚被繫事，殆不足信。栖楚於寶曆二年（西元八二六年）爲京尹（見舊唐書本紀），非元和中。」（賈島年譜）鄭珍則從作者交遊上考證此事不可信，鄭氏說：「摭言載島因索句唐突劉栖楚被繫，新唐書遽信，采以入傳，以余考之，亦謬談也。島集有寄栖楚詩云：友生去更遠，來書絕如焚。通篇詞意並見島與栖楚爲同輩舊交，何得有繫島事？新書殆失之不考。」（巢經巢文集）我們若取賈島寄劉栖楚全詩來讀，知道鄭氏所說不虛，像「蟬吟我爲聽，我歌蟬豈聞，歲暮儻旋歸，晤言桂氛氳」的句子，不是知己舊交，不會這樣寫的，賈劉既是舊交，摭言所載就斷不可信了！

本詩「憶江上吳處士」，吳處士是吳之問，因爲周賀曾有一首「酬吳處士」詩，題目別作「酬吳之問見贈」，而內容、季節大致相類，賀與島同時而交好，應是作詩給同一個人。可惜吳之問返南閩的時間，無法考出，只知道賈島在長安作此詩罷了。

再者，考查作者的交遊，還可以明白作品中指稱的人物，如韓愈的石鼓歌中說：「張生手持石鼓文」，孫汝聽以爲張生是張籍 ，但由於詩中有「六年西顧空吟哦」句，知道本詩是元和六年作於洛陽，當時張籍在長安，張生不可能是張籍。錢仲聯說：「按張籍時不在東都，此張生當是張徹，本年李花詩有『夜領張徹投盧仝』句可證。」這是從交遊上去推斷作品中所指稱的人物。

又如賈島有一首送令狐綯相公詩，明仿宋刊十卷本唐賈浪仙長江集本、明奉新縣刊七卷本、汲古閣刊唐人詩集八種本、全唐詩本、四部叢刊本都作令狐綯，而清盧文弨手抄本、王灝畿輔叢書本並作令狐相公，無綯字。紀昀以爲綯字爲後人所增，按四庫全書總目提要云：「集中卷二有寄與令狐相公詩，不署其名，卷五有送令狐綯相公詩，卷六有謝令狐綯相公賜衣九事詩，又有寄令狐綯相公詩二首，則顯出綯名。考綯本傳，其爲相在大中四年十月。……至送綯詩中有『梁園趨旌節』句，又有『是日榮遊汴，當時怯往陳』句，當是楚鎭河中之時，若綯則未嘗爲是官，烏安得有是語乎？」（別集類三）紀氏所說「楚鎭河中」或是河南之誤，但長慶四年九月，令狐楚充汴州刺史，可見詩中的令狐相公是令狐楚，不是令狐綯。李嘉言詳考詩中所言，推斷說：「蓋謂楚鎭汴州時，嘗往謁被阻，後獻文於楚，楚以書招之，乃復赴汴拜謁，至作此詩時殆又數年矣。」李說大致可信，諸本有綯字，乃是後人所增添的。

又如杜甫和裴廸登蜀州東亭送客逢早梅相憶見寄詩：

> 東閣官梅動詩興，還如何遜在揚州。此時對雪遙相憶，送客逢春可自由。幸不折來傷歲暮，若爲看去亂鄉愁。江邊一樹垂垂發，朝夕催人自白頭。

題目是「東亭」，爲什麼詩裏却說「東閣」？看到梅花動詩興的，有人說是杜公自己，有人說是裴廸（見九家注引趙彥材語），究竟是誰？又詩裏用梁代何遜在揚州的典故，與裴廸有什麼關聯？這些問題若不加以考證的話，當時杜甫的心境又怎能猜得到呢？這詩的好處又從那裏去欣賞？

原來何遜在梁天監中爲尙書水部郎，南平王引爲賓客，掌書記室。張邦基曾見別本何遜文集，集首有梁王僧儒所作序說：「遜，東海郯人，舉本州秀才，射策爲當時之魁。時南平王：愛客接士，東閣一開，競收揚馬，左席暫起，爭趨鄒枚。君以詞藝早聞，故深親禮，引爲水部行參軍事，仍掌文記室。」（見墨莊漫錄卷一引）可見何遜在揚州（梁之揚州爲建業，非廣陵），受到南平王的器重，而當時裴廸在蜀州，也在王侍郎幕中，處境相似，所以用來比擬，多少還兼含着稱頌的意思。

既以才情高邁的何遜比裴廸，何遜在「東閣」有一首梅花詩（見藝文類聚卷八十六及初學記卷二十八引），現在裴廸登東亭逢早梅，也成詩一首見寄，所以拿東閣去比東亭，可見趙彥材說「題云東亭而詩云東閣，但在蜀州之東，特一臨眺之所」，畢竟有些含糊，東亭是臨眺之所，東閣却不是裴廸所遊之地。

比擬何遜的既是裴廸，道逢梅花的也是裴廸，所以動詩興的自然也是裴廸。仇兆鼇說上面四句是針對同答裴廸詩意而作，是正確的。這種推斷的方法，完全要靠考查裴廸的宦遊情況，才能了解杜詩的用意。杜詩的用意既明白，才能談欣賞杜詩，方東樹欣賞本詩說：「此詩細緻曲折，於題事一字不遺，可見古人不敢抛題目，無籠統粗畧、膚闊不歸之病也。」（昭昧詹言卷十七）當我們考查出作者朋遊的概況，便更能認識詩裏切緊着題面中的人、時、地、事而寫的寓意。

五、考查作者的際遇可以明白作品的背景

際遇是指作者的際會遇合而言，大凡時代的治亂、出處的窮通、心期的順違、朋遊的盛衰，都屬際遇的範圍，都能交綜地影響作者的心境，所以際遇也就是綜合前述四項所說的總和，是欣賞作品重要的環節。

譬如我們若要欣賞楊萬里的詩，對誠齋的一生際遇，必須有所了解。誠齋的作品很多，紀昀說：「萬里立朝多大節……然其生平乃特以詩擅名，有江湖集七卷、荊溪集五卷、西歸集二卷、南海集四卷、朝天集六卷、江西道院集二卷、朝天續集四卷、江東集五卷、退休集七卷，合併在集中，方回瀛奎律髓稱其一官一集，每集必變一格。雖沿江西詩派之末流，不免有頹唐粗俚之處，而才思健拔，包孕富有，自爲南宋一作手。」（四庫提要卷一百六十）紀氏這段話，所謂江西詩派的末流，是當時時代風氣的影響；所謂「朝天」「退休」，是作者出處的不同；所謂「立朝有大節」的作風，不僅是作者襟期的表現，也證明師友淵源所產生的具體影響。而方回所說「一官一集，每一集必一變」，更證明際遇與作品風格有着密切的關聯，每讀一集，應先了解他在擔任什麼官職。

如楊氏退休集中的一首三三徑詩：

三徑初開自蔣卿，再開三徑是淵明。誠齋奄有三三徑，一徑花開一徑行。（誠齋詩集卷三十九）

楊氏在朝廷上是一位謇謇之士，官至寶謨閣學士，然除秘閣修撰後不復再出，寧宗嗣位，召赴行在，懇辭；至開禧元年又召，復辭。晚年胸襟透脫，閒居在家十六年，正是奸臣柄國之時，所以在他作品中反映出來的是：優游之中帶着遁世的思想。前面的這首詩，正是他在退隱的東園中，爲新闢成的九徑而寫。吳旦生說：「慶元間，誠齋以秘書監退休，年未七十，有終焉之意。築園南谿，上開九徑，江梅、海棠、桃、李、橘、杏、紅梅、碧桃、芙蓉九種花木，各植一徑，命曰三三徑。」（歷代詩話卷六十一）吳氏替本詩作了詳盡的詮釋，讓我們想見這位高士在花間吟哦的神情。李慈銘也說：「退休集尤晚年之作，老筆頹唐，其甚率俗者，幾可噴飯。…然公高懷清節，以止足自期，樂志田園，不爲物累。…東園歸老諸詩，雜綴園亭，經營草木，鄉居瑣事，吳俗歲華，亦足以陶寫塵襟，流傳佳話，雅人深致，故自不凡。」（越縵堂日記）李氏描出了作者退休後的生活概況，這種生活志趣反映在詩裏非常濃厚，我們讀退休集裏的詩，不能不了解誠齋晚年清閒的生活背景。

又如退休集中所載的閑世界詩：

要守閑世界，不在世界外。明月與清風，何朝不相對。

楊氏這種退隱的詩，是從澈悟後寫出，當時既忤逆了宰相的心意，又得不到孝宗的喜悅，後來韓侂冑柄權，專僭日甚，使他對宦途厭倦孤憤，下定了閑放的決心，那種廝守清貧的志趣，完全發自眞心，我們讀閑世界詩，必須要了解他這種心境。羅大經曾記述他晚年的生活說：「楊誠齋自秘書監將澧江東，年未七十，退休南溪之上，老屋一區，僅庇風雨，長鬚赤脚，纔三四人，徐靈暉贈詩云：『清得門如水，貧唯帶有金』，蓋記實也。聰明強健，享清閒之福十有六年，寧皇初元，與朱文公同召，文公出，公獨不起。……然公高蹈之志，已不可違矣。嘗自贊云：江風索我吟，山月喚我飲。醉倒落花前，天地爲衾枕。又云：青白不形眼底，雌黃不出口中，只有一罪不赦，唐突明月清風。」（鶴林玉露卷十四）晚年清貧如此，正足以說明他一生節操的崇高，而所舉的二首自贊，正好給閑世界作了註脚。詩裏那種高蹈的情趣，也是他一生際遇所必然造成的結果。

又如白居易的詩，前人每有「白詩多樂」之說（見趙吉士寄園寄所寄），方勺謂「韓退之多悲詩，三百六十首，哭泣者三十首。白樂天多樂詩，二千八百首，飲酒者九百首。」（見泊宅編）所以會造成這種多悲多喜的特色，主要是與他個人的身世際遇有關。事實上，白樂天悲傷的詩也很多，境遇時或順逆，美事殊少兩全，或悲或喜，都決定於當時的生活情況，我們要欣賞一首詩，最好能考查出他生活的背景。

如白居易有一首答夢得詩：

柳老春深日又斜，任他飛向別人家。誰能更作孩童戲？尋逐春風捉柳花！

要欣賞這首詩，對白居易晚年得風痺症，放歸侍姬的情事要有所了解．才能明白詩中的比興所在。桂馥曾討論白傅詩意云：「樂天楊柳枝詞云：『永豐西角荒園裏，盡日無人屬阿誰。』此爲樊素作也。素善歌楊柳枝，人以楊枝呼之，時樂天老病，故託興于楊柳。又有不能忘情吟，蓋欲遣素而未能也。又有別柳枝絕句，是樊素終去也。又有春盡日詩：『病與樂天相伴住，春隨樊素一時歸。』又云：『思逐楊花觸處飛』，此素初去而猶繫念也。又有答夢得詩云云（略），又有詠懷詩云：『院靜留僧宿，樓空放妓歸。衰殘強歡宴，此事久知非。』去後不得已之決絕也。漢武秋風辭云：『歡樂極兮哀情多，少壯幾時兮奈老何！』樂天蓋有感于此。」（札樸卷六）是本詩爲放歸歌妓樊素而寫，詩中的柳花，正比擬着樊素。

放歸樊素一事，白居易在不能忘情吟的自序中記述最詳：「樂天既老，又病風。乃錄家事、會經費、去長物。妓有樊素者，年二十餘，綽綽有歌舞態，善唱楊枝，人多以曲名名之，由是名聞洛下，籍在經費中，將放之。馬有駱者，駔壯駿穩，乘之亦有年，籍在經物中，將鬻之。圉人牽馬出門，馬驤首反顧一鳴，聲音間似知去而旋戀者，素聞馬嘶，慘然立且拜，婉孌有辭，辭畢泣下，予聞素言，亦愍默不能對，且命廻勒反袂，飲素酒，自飲一杯，快吟數十聲，聲不成文……噫，予非聖達，不能忘情，又不至於不及情者，事來擾情，情動不可柅，因自哂題其篇曰不能不忘情吟。」（白香山詩別集）樊素侍奉白傅，婀娜伴醉，將近十年，對沈醉在愛欲世界裏的白居易來說，因迫於老病，忍痛割愛，鍾情之處，怎能心如木石！

鬻駱馬、別柳枝，時在開成四年，白傅六十八歲，那年十月得風痺症，病後獨宿，心境寥落，別柳枝詩云：「明日放歸歸去後，世間應不要春風！」眞是寫得淒然不堪，當時劉禹錫曾和白公詩云：「春盡絮飛留不得，隨風好去落誰家！」白居易收到這首詩後，才寫下答夢得的詩（參見陳振孫白香山年譜），這般的生活，如此的往事，欣賞那首詩時，如何能不知道？

與白居易齊名且同道的是元微之，元稹曾有一句酬樂天的詩道：「律呂同聲我爾身」，說明兩人的氣味相投，後人也就常以元白並稱，如陸時雍在詩鏡總論中說：「元白之韻平以和，然元白好盡言耳。」以為元白風格相同，僅「微之多深着色，樂天多淺着趣」略有區別而已。而陳繹曾也說：「元與白同志，白意古詞俗，元詞古意俗」（見唐音癸籤引），都認為二人大同小異。

其實儘管元白兩人所處的時代相同，所作「言淺而思深、意微而詞顯」的作品風格相同，但由於宦海浮沈的經歷不同，窺時趨勢的機心互異，所以元白的詩，仍有他不同的生活背景。舒夢蘭說：「元才新，白才清；元性忌，白性和；元懼身名之不立，白憂時事之多艱；其識趣分矣。元不如白，不僅以詩歌定也，試觀白之新樂府、琵琶行，草草勞人，未嘗忘國，不重可風乎！」（舒白香叢著古南餘話）道出了兩人生活意識的差距。下面試舉一首元微之的古決絕詞，與前所舉白詩同寫男女離別時哀艷纏綿的情感，而居心不同，此種居心，與當時社會心理、道德標準均有密切的關係。試看全唐詩卷四百二十二所載古決絕詞中的一段：

春風撩亂伯勞語，況是此時拋去時。握手苦相問，竟不言後期。君情旣決絕，妾意已參差。

借如死生別，安得長苦悲。

這幾句詩據陳寅恪的考證，以爲是爲委棄雙文而作。陳氏並以爲要欣賞這一類的詩，對於當日社會風習、道德觀念、微之本身及其家族在當日社會中所處之地位、當日風習道德二事影響及於微之之行爲者，必先明其梗概，然後始可了解本詩。陳氏論述元稹委棄雙文的文字甚長，不能全錄，玆擷錄裁併其要義如下：

「觀微之一生仕宦之始末，適與其婚姻之關係正復符同。南北朝唐代之社會，以仕婚二事衡量人物。微之之貶江陵，實由忤觸權貴閹宦，及其淪謫既久，忽爾變節，乃竟干諛近倖，致身通顯，則其仕宦，亦與婚姻同一無節操之守，惟窺時趨勢，以取利自肥耳。微之所以棄雙文而娶成之，及樂天公垂諸人之所以不以其事爲非，正當時社會輿論道德之所容許。委棄寒女，締姻高門，雖繾綣故歡，形諸吟咏，然卒不能不始亂終棄者，社會環境，實有以助成之。微之因當時社會一部分尙沿襲北朝以來重門第婚姻之舊風，故亦利用之，而樂於去舊就新，名實兼得，然則微之乘此社會不同之道德標準及習俗並存雜用之時，自私自利，綜其一生行迹，巧宦固不待言，而巧婚尤爲可惡也。豈其多情哉？實多詐而已矣。觀其詩，則知微之所以棄雙文，蓋籌之熟、思之精矣，然此可以知微之之爲忍人，及至有心計之人也，其後來巧宦熱中，位至將相，以富貴終其身，豈偶然哉。」（元白詩箋證稿第四章）

這段分析，鞭辟入裏，作者的心境與當時的社會心理，自然息息相通，雙文雖有高才絕豔，對熱中虛榮的元稹來說，蕙質蘭心，竟不如門第婚姻更具有誘惑力！他一面負心，一面又不能忘情，後來作鶯鶯傳，直敍自身始亂終棄的事迹，不少隱諱，舍棄寒女，別婚高門，大概是當日社會所公認的正當行爲吧？陳氏還說：「欲瞭解元詩者，依論世知人之旨，固不可不研究微之之仕宦與婚姻問題。」這也就是說，必須考出作者所際遇的時代背景，才能進一步地欣賞他的作品。

又如讀李商隱的詩，對義山在婚姻仕宦方面的際遇也不可不知。如他的野菊詩：

苦竹園南椒塢邊，微香冉冉淚涓涓。已悲節物同寒雁，忍委芳心與暮蟬。細路獨來當此夕，清樽相伴省他年。紫雲新苑移花處，不取霜栽近御筵！

在這幾句野花寒鳥的描繪裏，隱藏着義山一生辛酸的歷史，馮浩據「紫雲新苑移花處」一句，以爲是指令狐綯新任中書舍人，遷居晉昌坊，所以定本詩作於大中三年，義山三十八歲。義山在秋天獨自到令狐氏的舊居開化坊去，看到竹園邊的野菊，想起昔年受令狐楚的知遇，而今物換人移，冷暖懸殊，遂取野菊來寄託他的悲慨。

令狐楚最愛菊，所以借菊起興，義山有上楚啓，其中說：「菊亭雪夜，盃觴曲賜其盡歡」，可證楚頗愛菊，也可證本詩清樽相伴一句，卽是指與楚觴詠於此的往事。

原來義山與令狐父子的情誼頗深，據馮浩及張爾田對義山年譜的考證，早在太和三年，義山十七八歲時，已從令狐楚天平幕辟，所謂「將軍樽旁，一人衣白」（見義山祭令狐文），可見令狐氏眷愛他的才華，對他另眼相看。至開成二年，義山二十六歲，仗令狐氏獎譽之力，登進士第，但是唐朝的考試制度，登進士第謂之及第，必須再試吏部的一關，如中榜登科，才能授官，義山在二十七歲試宏詞科，不曾中選，而令狐楚在上一年十一月去世，義山便在這一年娶了王茂元的女兒爲妻室，王茂元與令狐氏不是同黨的人物，爲了這門婚事，令狐綯怨義山背恩，認爲他考試稍受挫折，趁楚下世，便忽然變節，去鑽營異黨的門路。其實對一個二十七歲的青年來說，躁進之心，人皆有之，沒想到義山因此終身爲令狐綯所輕視。馮浩說：「義山以娶王氏見薄於令狐，坐致坎壈終身，是爲事蹟之最要者。……時令狐楚卒未久，得第方資綯力，而遽依其分門別戶之人，此詭薄無行之譏，斷難解免，而綯惡其背恩者也。」（玉谿生年譜）由於這門婚事的讎怨，令狐綯對義山，雖未必「謝絕不通」（新唐書文藝傳意），至少「商隱屢啓陳情，綯不之省」（舊唐書文苑傳）的鄙薄態度是終身不曾消失。這一段交誼上的宿憾苦衷，投影在義山的詩裏，觸處皆是。馮浩曾說：「審定行年，細探心曲，乃知屢啓陳情之時，無非借豔情以寄慨，而揭其專壹之苦衷」，這是馮氏一生致力於義山詩研究的結論，可見字面上儘管是香草美人、朝雲神女，骨子裏却大都是自身感遇之作。

我們了解義山的際遇，再來欣賞他的野菊詩，自然能揣摩他的心境。首二兩句寫苦竹園南，見菊感懷。三四兩句何義門以爲是說：「棄置而心不灰，寒雁是自比羈於遠方，暮蟬是指不能再鳴一聲，意爲欲傾訴而又吞咽。這二句翻譯起來是：我正在悲傷秋天的景物，驀然發現自己也如同是羈留遠方的寒雁；但怎麼忍心得下，委棄我的芳心，像暮蟬一般不再長鳴一聲？五六兩句是寫他獨自重遊舊地，觸景傷往，九日詩：「曾共山翁把酒巵，霜天白菊繞堦墀」，和本詩同憶同一件往事，但如今山翁謝世，山翁的兒子喬遷到晉昌坊去，原來繞着亭階的白菊，只剩下苦竹園邊的微香，淪爲椒塢上的野菊了！末聯寫令狐綯靑霄直上，已移花新苑，只是令狐楚當年喜愛的菊花却不曾一并移去，栽在他的筵席邊！這麼說來，淪落在椒塢邊的野菊、不忍委棄芳心的野菊、不能栽在主人御筵邊的野菊，在在都是自況！

作者的身世際遇，與作者的心境，如影隨形，直接影響。所以作者的仕宦出處，也是欣賞他作品時重要的佐證。陳寅恪說「如出入牛李未能始終屬於一黨之李商隱，則卒爲兩黨所俱不收，而名宦不進，坎壈終身，此點爲研究唐代中晚之際士大夫身世之最要關鍵，甚不可忽略者也。」（唐代政治史述論稿中篇）馮浩也說：「義山不幸而生於黨人傾軋、宦豎橫行之日，且學優奧博，性愛風流，往往有正言之不可，而迷離煩亂，掩抑紆廻，寄其恨而晦其跡者，索解良難。」（玉谿生詩箋註發凡）由陳馮二氏的說法，更足以相信：必先考查當時的門戶黨派，才能够深入欣賞義山的詩。義山縱使不很在意當時的黨派，但當時的黨派却犧牲了義山，在義山的詩裏，有着作者一生際遇的縮影。

本篇參考書目

(一)經史年譜類

一、詩毛氏傳疏　陳　奐撰　學生書局

二、詩經傳說彙纂　清康熙帝敕撰　鐘鼎文化出版社

三、新唐書　歐陽修等撰　藝文印書館

四、唐代政治史述論稿　陳寅恪撰　樂天出版社

五、補標史記評林　有井範平輯評　蘭臺書局

六、四庫全書總目提要　紀昀等撰　商務印書館

七、增訂昌黎先生詩文年譜　方成珪撰　朱彝尊增訂　學生書局

八、賈島年譜　李嘉言撰　大西洋圖書公司

九、玉谿生年譜會箋　張爾田撰　中華書局

一〇、王荊文公年譜　詹大和撰　廣文書局

(二)子部雜著類

一一、仇池筆記　蘇　軾撰　商務印書館

一二、容齋隨筆　洪　邁撰　商務四部叢刊續編本

一三、困學記聞　王應麟撰　商務印書館
一四、夢溪筆談　沈括撰　世界書局
一五、泊宅編　方勺撰　新興書局稗海本
一六、墨莊漫錄　張邦基撰　商務四部叢刋本
一七、七修類稿　郎瑛撰　翰墨園重刻本
一八、能改齋漫錄　吳曾撰　藝文守山閣叢書本
一九、寄園寄所寄　趙吉士撰　文星書局
二〇、柳南隨筆　王應奎撰　清刻本
二一、札樸　桂馥撰　世界書局
二二、越縵堂日記　李慈銘撰　學生書局
二三、雙硯齋筆記　鄧廷禎撰　文海出版社
二四、舒白香叢著　舒夢蘭撰　嘉慶癸酉刻本
二五、書林餘話　葉德輝撰　世界書局
二六、風簾客話　李漁叔撰　大西洋圖書公司

㈢集部別集類

二七、五百家注音辨昌黎先生文集　魏仲舉編　故宮博物院藏日本舊刋本
二八、渭南文集　陸游撰　商務四部叢刊本
二九、曝書亭集　朱彝尊撰　商務四部叢刋本
三〇、復初齋文集　翁方綱撰　中央圖書館藏舊刋本

三一、巢經巢文集　鄭　珍撰　中華書局
三二、陶詩析義　黃文煥撰　明刻本
三三、寒山詩集　寒　山撰　文峯出版社
三四、孟浩然詩集　孟浩然撰　劉辰翁評　中央圖書館藏明萬曆顧氏刋本
三五、孟浩然集箋注　孟浩然撰　游信利箋注　嘉新公司
三六、王右丞集注　王　維撰　趙殿成注　中華書局
三七、高常侍詩校注　高　適撰　阮廷瑜校注　中華叢書委員會
三八、岑參詩校注　岑　參撰　林茂雄校注　臺灣師範大學油印本
三九、分類補注李太白詩　李　白撰　商務四部叢刋本
四〇、杜詩詳註　杜　甫撰　仇兆鰲注　廣文書局
四一、杜詩錢注　杜　甫撰　錢謙益注　中華書局
四二、讀杜心解　杜　甫撰　浦起龍解　中華書局
四三、杜詩鏡銓　杜　甫撰　楊　倫注　新興書局
四四、元氏長慶詩集　元　稹撰　世界書局
四五、白香山詩集　白居易撰　汪立名編　世界書局
四六、柳河東全集　柳宗元撰　蔣之翹注　中華書局
四七、韓昌黎詩繫年集釋　韓　愈撰　錢萼孫注　世界書局
四八、長江集　賈　島撰　中華書局
四九、長江集校注　賈　島撰　張友明校注　臺灣師範大學油印本
五〇、李長吉集　李　賀撰　黎二樵等批點　中央研究院藏本

五一、昌谷詩集注　李賀撰　姚文燮注　世界書局
五二、李長吉歌詩彙解　李賀撰　王琦注　世界書局
五三、李長吉歌詩校釋　李賀撰　陳弘治注　嘉新公司
五四、箋註李義山詩集　李商隱撰　朱鶴齡箋注　學生書局
五五、玉谿生詩注　李商隱撰　馮浩注　中華書局
五六、李義山詩辨正　李商隱撰　張爾田解　中華書局
五七、樊川詩集注　杜牧撰　馮集梧注　中華書局
五八、溫飛卿集箋注　溫庭筠撰　顧予咸注　新興書局
五九、韋端己詩校注　韋莊撰　江聰平注　中華書局
六〇、蘇詩評註彙鈔　蘇軾撰　趙克宜注　新興書局
六一、箋註王荆文公詩　王安石撰　李壁注　廣文書局
六二、黃山谷詩集注　黃庭堅撰　任淵注　世界書局
六三、陸放翁全集　陸游撰　世界書局
六四、誠齋詩集　楊萬里撰　中華書局
六五、范石湖集　范成大撰　河洛出版社
六六、龔自珍全集　龔自珍撰　河洛出版社

(四)總集選集類

六七、古文詞類纂　姚鼐編　中華書局
六八、全漢三國晉南北朝詩　丁福保編　世界書局

六九、宋本樂府詩集　郭茂倩編　世界書局
七〇、全唐詩　清聖祖敕撰　明倫出版社
七一、彙編唐詩十集　唐汝詢編　明天啟間刊本
七二、古詩歸　譚元春　鍾惺編　中央圖書館藏明刊本
七三、刪定唐詩解　吳綏眉重編　中央圖書館藏本
七四、刪補唐詩選脈箋釋會通評林　周珽編　中央圖書館藏本
七五、唐人萬首絕句選　王士禎編　廣文書局
七六、紀批瀛奎律髓　方回編　紀昀批　佩文書局
七七、唐詩選評釋　李攀龍選　森大來注　河洛出版社
七八、唐詩評選　王夫之撰　船山學會印船山遺書本
七九、評注十八家詩鈔　曾國藩選　王有宗評注　文源書局
八〇、唐詩別裁　沈德潛撰　廣文書局
八一、唐賢三昧集箋注　黃培芳撰　廣文書局
八二、古唐詩合解　王堯衢撰　文化圖書公司
八三、唐詩三百首注疏　章燮撰　千秋書局
八四、唐詩三百首詳析　喻守眞撰　中華書局
八五、唐宋詩舉要　高步瀛撰　世界書局
八六、詩心　黃永武撰　三民書局

㈤專集批評類

八七、陶淵明詩文彙評　明倫出版社
八八、陶淵明研究資料彙編　明倫出版社
八九、陶淵明　梁啟超撰　商務印書館
九〇、杜詩的韵律和體裁　蕭滌非撰　香港上海書局
九一、杜臆　王嗣奭撰　中華書局
九二、韓詩點勘　陳景雲撰　新興書局
九三、柳宗元研究資料彙編　明倫出版社
九四、元白詩箋證稿　陳寅恪撰　世界書局
九五、白居易詩評彙編　明倫出版社
九六、楊萬里研究資料彙編　明倫出版社

(六)詩話詞話類

九七、司空詩品　司空圖撰　中華書局
九八、詩式　釋皎然撰　藝文印書館
九九、雲溪友議　范　攄撰　廣文書局
一〇〇、六一詩話　歐陽修撰　藝文印書館
一〇一、韻語陽秋　葛立方撰　藝文印書館
一〇二、滄浪詩話校釋　嚴　羽撰　郭紹虞校　正生書局
一〇三、西清詩話　蔡　絛撰　文史哲出版社宋詩話輯佚本
一〇四、庚溪詩話　陳巖肖撰　藝文印書館

一〇五、詩人玉屑　魏慶之撰　世界書局
一〇六、苕溪漁隱叢話　胡　仔撰　世界書局
一〇七、碧溪詩話　黃　徹撰　藝文印書館
一〇八、歲寒堂詩話　張　戒詩　藝文印書館
一〇九、白石道人詩說　姜　夔撰　藝文印書館
一一〇、竹坡詩話　周紫芝撰　藝文印書館
一一一、對床夜語　范晞文撰　藝文印書館
一一二、艇齋詩話　曾季貍撰　藝文印書館
一一三、唐詩紀事　計有功撰　鼎文出版社
一一四、藏海詩話　吳　可撰　藝文印書館
一一五、環溪詩話　吳　沆撰　廣文書局
一一六、深雪偶談　方　嶽撰　廣文書局
一一七、梅磵詩話　韋居安撰　藝文印書館
一一八、唐音癸籤　胡震亨撰　世界書局
一一九、麓堂詩話　李東陽撰　藝文印書館
一二〇、升庵詩話　楊　慎撰　藝文印書館
一二一、瓊臺詩話　蔣　冕撰　學生書局
一二二、四溟詩話　謝　榛撰　藝文印書館
一二三、逸老堂詩話　俞　弁撰　藝文印書館
一二四、詩藪　胡應麟撰　中央圖書館藏少室山房筆叢本

一二五、全唐詩說　王世貞撰　藝文印書館
一二六、詩鏡總論　陸時雍撰　藝文印書館
一二七、南濠詩話　都　穆撰　藝文印書館
一二八、夕堂永日緒論　王夫之撰　船山協會印船山遺書本
一二九、夫于亭雜錄　王士禎撰　嘯園叢書本
一三〇、師友詩傳錄　王士禎撰　藝文印書館
一三一、歷代詩話　吳景旭撰　世界書局
一三二。蓮坡詩話　查爲仁撰　藝文印書館
一三三、圍爐詩話　吳　喬撰　適園叢書本
一三四、甌北詩話　趙　翼撰　廣文書局
一三五、貞一齋詩說　李重華撰　藝文印書館
一三六、拜經樓詩話　吳　騫撰　藝文印書館
一三七、原詩　葉　燮撰　藝文印書館
一三八、昭味詹言　方東樹撰　廣文書局
一三九、柳亭詩話　宋長白撰　廣文書局
一四〇、北江詩話　洪北江撰　廣文書局
一四一、說詩菅蒯　吳雷發撰　藝文印書館
一四二、野鴻詩的　黃子雲撰　藝文印書館
一四三、秋星閣詩話　李　沂撰　藝文印書館
一四四、硯傭說詩　施補華撰　藝文印書館

一四五、說詩晬語　沈德潛撰　中華書局
一四六、隨園詩話　袁　枚撰　廣文書局
一四七、養一齋詩話　潘德輿撰　清光緒間刋本
一四八、石遺室詩話　陳　衍撰　商務印書館
一四九、介存齋論詞雜著　周　濟撰　廣文書局
一五〇、皺水軒詞筌　賀　裳撰　廣文書局
一五一、人間詞話　王國維撰　開明書店

(七)通論藝文類

一五二、中國詩學通論　范　況撰　商務印書館
一五三、舊詩略論　梁春芳撰　中華書局
一五四、中國詩史　陸侃如等撰　明倫出版社
一五五、藝概　劉熙載撰　廣文書局
一五六、近體詩發凡　張夢機撰　中華書局
一五七、詩法簡易錄　李　鍈撰　廣文書局
一五八、中國文學之聲律研究　王忠林撰　臺灣師大國文研究所印行
一五九、中國詩律研究　王　力撰　文津出版社
一六〇、律詩定體　王士禎撰　中華詩苑
一六一、古詩平仄論　王士禎撰　藝文印書館
一六二、五七言詩平仄舉隅　翁方綱撰　中華詩苑

一六三、聲調譜　趙秋谷撰　中華詩苑
一六四、聲調譜拾遺　翟　翬撰　中華詩苑
一六五、談藝錄　錢鍾書撰　明倫出版社
一六六、文藝心理學　朱光潛撰　開明書店
一六七、中國文學欣賞舉隅　傅庚生撰　地平線出版社
一六八、語文通論續集　郭紹虞撰　華聯出版社
一六九、中國詩學（設計篇）　黃永武撰　巨流圖書公司

本篇引用詩篇作者小計

詩人姓名	頁次
〔詩經〕	103 201
劉邦	189
項羽	189
陶潛	52 53 258
杜審言	171
沈佺期	28 28
駱賓王	147
張說	27
寒山	22 107 107 108 127
賀知章	184
孟浩然	148 183 193
王之渙	182
王昌齡	70
李白	25 54 69 94 125
王維	51 55 55 56 66 146 204 237
賈至	26
高適	42 84 207
崔顥	185
金昌緒	64 121
劉長卿	129 223 223 237
劉方平	91
杜甫	29 43 49 50 50 52 62 65 65 68 75 88 89 92 124 125 125 128 140 160 171 175 181 192 195 208 233 236 248 254 270
岑參	32 48 84 92 95 109 157 165 191 207 214 216 219
張繼	35
張謂	220
戴叔倫	27
韋應物	184
盧綸	109
李益	47 100 225
權德輿	2 237
武元衡	237
王建	122 135
韓愈	49 115 117 144 241 242 249
張籍	118
白居易	98 102 145 152 166 183 210 244 274
柳宗元	33 67 213 251
元稹	24 57 98 215 222 276
孫叔向	209
賈島	45 45 46 47 70 71 130 141 182 193 208 211 262 265 268
施肩吾	115 133 136 142 143 203 235
徐凝	210
姚合	131 135 137 167 170
李賀	24 54 67 113 113 143 143 260
許渾	137 138 179 179
張祜	124 153
朱慶餘	64
杜牧	39 39 40 40 76 79 80 80 82 83 85 93 106 181 184 220 227 234

文學研究（15×21 cm）

B 西洋文學導讀（上冊／下冊）（六印）（26位名教授執筆）（不分售）	朱立民、顏元叔 教授主編
B 國學導讀（四印）	羅聯添、戴景賢、張蓓蓓、方介 教授編著
A 社會寫實文學及其他（13×19 cm）	顏元叔教授 著
B 中國詩學——設計篇（十印）	黃永武博士 著
B 中國詩學——思想篇（七印）	黃永武博士 著
B 中國詩學——考據篇（七印）	黃永武博士 著
B 中國詩學——鑑賞篇（十印）	黃永武博士 著
B 中國文學講話 **精裝全集10冊**（不分售）	
B 中國文學講話㈠ 概 說	文化復興委員會、國家文藝基金會 主編
B 中國文學講話㈡ 周代文學（詩賦部分）	文化復興委員會、國家文藝基金會 主編
B 中國文學講話㈢ 周代文學（諸子部分）	文化復興委員會、國家文藝基金會 主編
B 中國文學講話㈣ 兩漢文學	文化復興委員會、國家文藝基金會 主編
B 中國文學講話㈤ 魏晋南北朝文學	文化復興委員會、國家文藝基金會 主編
B 中國文學講話㈥ 隋唐文學	文化復興委員會、國家文藝基金會 主編
B 中國文學講話㈦ 兩宋文學	文化復興委員會、國家文藝基金會 主編
B 中國文學講話㈧ 遼金元文學	文化復興委員會、國家文藝基金會 主編
B 中國文學講話㈨ 明代文學	文化復興委員會、國家文藝基金會 主編
B 中國文學講話㈩ 清代文學	文化復興委員會、國家文藝基金會 主編
B 中國古典文學研究叢刋 詩歌之部㈠（三印）	林文月教授等 著
B 中國古典文學研究叢刋 詩歌之部㈡（三印）	臺靜農教授等 著
B 中國古典文學研究叢刋 小說之部㈠（三印）	曾永義教授等 著
B 中國古典文學研究叢刋 小說之部㈡（三印）	葉慶炳教授等 著
B 中國古典文學研究叢刋 小說之部㈢（三印）	樂蘅軍教授等 著
B 中國古典文學研究叢刋 散文與論評之部（三印）	葉嘉瑩教授等 著
B 金瓶梅探原	魏子雲教授 著
B 金瓶梅劄記	魏子雲教授 著
B 詩經吟誦與解說	魏子雲教授 著
B 詩經吟誦錄音帶（總經銷）	魏子雲教授 著
B 西遊記探微（總經銷）	趙天池 著
B 日本江戶時期之儒學	岡田武彥 著、洪淑芬 譯